Ullstein

ÜBER DAS BUCH:

»Sie half meinem Bemühen mit einigen geschmeidigen Bewegungen ihrer Alabasterschultern nach und bot sich nun, als das Stückchen Seide zu Boden geflattert war, vollkommen entblößt meinen gierigen, unersättlichen Blicken dar. Ich sah sie auf dem schwarzen Samt ruhen, ganz wie ich es mir erträumt hatte, nein, wie ich es, einem schönheitsdurstigen Künstler gleich, entworfen hatte.«
Dieses Buch spricht in seiner prachtvollen Offenheit für sich. Es führt in ungebrochenen Farben nicht nur ein erstaunlich getreues Gemälde des 19. Jahrhunderts vor das geistige Auge des Lesers, sondern schildert menschliche Lust und Triebhaftigkeit in einer Aufrichtigkeit, die zu einem aufrüttelnden Erlebnis wird.

ANONYMUS

Das wahre Bildnis des Dorian Gray

Roman

Ullstein

ein Ullstein Buch
Nr. 23753
im Verlag Ullstein GmbH,
Frankfurt/M – Berlin

Originalausgabe

Umschlaggestaltung:
Vera Bauer
Foto: Anna Weise

Gesamtherstellung:
Ebner Ulm
ISBN 3 548 23753 3

März 1996
Gedruckt auf alterungs-
beständigem Papier mit
chlorfrei gebleichtem Zellstoff

Die Deutsche Bibliothek –
CIP-Einheitsaufnahme

Das **wahre Bildnis des Dorian Gray** :
Roman / Anonymus. – Orig.-Ausg. –
Frankfurt/M ; Berlin : Ullstein, 1996
(Ullstein-Buch ; Nr. 23753)
ISBN 3-548-23753-3
NE: GT

INHALT

Vorwort

Der Autor des vorliegenden Werkes verkörperte den Geist einer Epoche, des müden, faszinierenden *»Fin de siècle«*. Er stand am Ende seines Jahrhunderts wie die Säule an der scharfen Biegung der antiken Rennbahn. Er war ein Kind seiner Zeit und *dichtete* für sie wie kein anderer. Ein Sittenschilderer, der zuerst der Welt über Jahrzehnte seinen Stempel aufdrückte und sie dann beschrieb, souverän, ein Feuerwerk an Geist versprühend. Es ist nicht unsere Absicht, seine Bücher hier zu zergliedern, und es ist wohl auch nicht das erste Mal, daß ein mit literarischen Lorbeeren Gekrönter etwas schuf, das in mehr oder minder auffälliger, ja, sensationeller Art aus dem Rahmen seines allgemein bekannten Œuvres fällt. Es ist aber sicherlich mehr als verwunderlich, daß wir einer zweiten Fassung eines weltberühmten Romanes gegenüberstehen – oder vielmehr seiner *ursprünglichen* Fassung, die bisher nur dem kleinen Kreis, für den sie bestimmt war, nicht jedoch der breiten Öffentlichkeit bekannt war, aber in ihrer Doppelgängerrolle das Erstaunlichste darstellte, das uns bisher in der Literaturgeschichte begegnete. Eine Parallele findet sich vielleicht, wenn wir an den ruhmreichen Meister einer anderen Kunst denken, bei *Goya*, der eines seiner Bilder in zwei Fassungen konzipierte: Zuerst die sogenannte »bekleidete Maya«, der er seine lange Zeit verborgen gehaltene »nackte Maya« folgen ließ; beide waren Bilder seiner Geliebten, der Herzogin von Alba . . .

Hat nicht auch unser Autor, ganz wie Goya, die Fassung, um die es sich hier handelt, ausschließlich für sich und seinen allerengsten Freundeskreis geschaffen? Er wollte von dem Gegenstand, der ihm so teuer war, ein zweites, heimliches Porträt entwerfen, nur den Verehrern zugänglich; er war wie der verliebte Tor, der seinen Schatz wohl der Welt zeigen muß – er war wie Goya –, aber, klüger als dieser, hielt er die geheimsten Schönheiten in instinktiver Vorsicht noch zurück. Erst als der Drang zu stark wurde, schritt er zur Niederschrift, mit dem Schwur, diese Offenbarung nur dem eigenen Alter zu widmen oder allerhöchstens noch den *würdigsten* Dienern des Heiligtums diese Psalter der Freundschaft vorzulegen.

Also bloßes Abreagieren? Man darf nicht vergessen, daß der hypersensible Autor in einem »Turm aus Elfenbein« saß, sublimsten Wortzaubers fähig, daß für ihn Schreiben herrlicher Zwang bedeutete, süße Fron. Daß ihm das Thema alles galt, diesem Fanatiker des Sujets, der, wenn er sich einmal in eine Sphäre, in eine Gestalt verliebte, sie darstellen mußte.

Es wird nicht an höhnischen Anfeindungen fehlen, an Beweisführungen gegen die Autorenschaft dieses Buches; aber wer Ohren hat, der höre, und wer Augen hat, der sehe: Ist es nicht fast selbstverständlich, daß eine derartige Schilderung, der Niederschlag einer unerhörten Erfahrung und noch unerhörteren Einfühlung, nur einem Genius gelingen konnte, der dieses Purgatorium wirklich durchwandert hat? Der wie Dante inmitten der Verdammten nicht nur Mensch, sondern auch immer Künstler blieb. Man ist versucht zu glauben, daß das neuaufgefundene Werk, Bekenntnis und Beichte, vielleicht einer *gewissen sexuellen Einseitigkeit* huldigen, daß es die Liebe und deren Surrogate von einer *einzigen* Seite schildern müsse, wenn der Autor seinen *innersten* Trieben und Neigungen gefolgt wäre, wie es der Charakter dieses sensationellen Buches erwarten ließe. Aber hier läge ein Irrtum. Der Verfasser entrollt ein Gemälde, das alle Farben, ja, *alle Nuancen* enthält, in feinster Mischung und so meisterhaft aufgetragen, daß die Ereignisse und die Dargestellten vor unseren Augen förmlich zu leben beginnen. Er wollte ein heimliches Porträt schaffen, haben wir gesagt, neben dem offziellen den *wahren* Helden zeigen, jene Gestalt, die ihn zeit seines Lebens, im Wachen und im Träumen verfolgt hat und die ihrerseits durchaus nicht einseitig war . . .

Es wurde ihm ein leidenschaftliches Bedürfnis, seinem Liebling noch einmal zu folgen, jeden seiner Schritte nachzumalen und an einem einzigen vollkommenen Exemplar seines Schöpfers, also des Autors, Gnaden aufzuzeigen, wessen seine Phantasie fähig war ... Darum durchstreift dieser andere Dorian Gray die sinnliche Welt *diesmal* nicht als Freund eines großen Mannes, als Freund eines »griechisch« empfindenden Spötters – der in der Maske des Zynikers Lord Henry Wotton seine mephistophelische Verführerrolle zu spielen hatte, damit, unter Zuhilfenahme des schaurigen Memento in Form eines anklagenden Bildes, der säuerlichen Moral Englands um 1900 Genüge getan wurde –, sondern er lebt wie ein genialer Erotiker leben würde: er lebt, wie Don Juan, wie Casanova ... Der Leser wird selbst urteilen können und erstaunt sein, daß es sich hier nicht um wirkliche Memoiren handelt. Der Autor hat diese Wirkung sicherlich nicht beabsichtigt und würde es als einen Formfehler brandmarken, wenn er erfahren könnte, daß sein Werk die Schranken des reinen Buches gesprengt hat und als *erlebt* und nicht als *geschrieben* empfunden wird. Ihm war es um ein Kunstwerk zu tun, allerdings hat er es unter der Voraussetzung geschaffen, auf nichts und niemanden Rücksicht nehmen zu müssen und die Dinge mit ihrem wahren Namen nennen zu dürfen. Er hat es niemals begreifen können, daß Worte auf reife Menschen manchmal eine so alarmierende Wirkung haben, und war glücklich, das so lange Zurückgehaltene einmal – hier – aussprechen zu dürfen. Er hat damit, vielleicht unbewußt, ein Standardwerk der erotischen Literatur geschaffen. Ob damit das Schamgefühl verletzt wird? Vergessen wir nicht, daß es hier um ein Kunstwerk geht, um eine hochinteressante literarische Entdeckung. Wer die Eintönigkeit und tödliche Vulgarität pornographischer Erzeugnisse kennt, wird uns recht geben, wenn wir sagen, daß dieses Buch neben die zwei bis drei Bücher zu stellen ist, die dieses jämmerliche Niveau überragen. Es schien uns jedoch angezeigt, die Publikation nicht allgemein zugänglich zu machen, obwohl schon der Seltenheitswert seine Veröffentlichung rechtfertigt. Derjenige, der dieses Buch zu lesen wünscht, ist sich sicherlich darüber im klaren, was es für den Kenner und den Liebhaber bedeutet, und wird es vor profanen Händen bewahren. Er wird es literarisch werten und seine unglaubliche Fülle an Gestalten und Ereignissen auf sich einwirken lassen, ohne einen falschen Maßstab anzulegen. Er wird auch vor Kühnheiten nicht erschrecken, denn er wurde gewarnt: Der Autor fühlte sich frei von allen Fesseln (um es mit allem Nachdruck nochmals zu sagen), er wollte – und das ist unserer Ansicht nach der Freibrief, den sich der Künstler hier selbst ausstellt – an einem grandiosen Beispiel zeigen, in welche Tiefen, in welche Höhen ein Mensch steigen kann. Was der wahre Dorian Gray erlebt, erleben wir mit ihm, jede Phase, jede Gefühlsregung wird bis ins geheimste Fältchen verfolgt, mit auffallendem Realismus, wenn wir zum Vergleich die starke Stilisierung des anderen Buches heranziehen.

Das Werk spricht in seiner prachtvollen Offenheit für sich. Diese erste deutsche Übertragung, deren Publizierung nur im Wege einer streng limitierten Subskription erfolgen kann, führt in ungebrochenen Farben nicht nur ein erstaunlich getreues Zeitgemälde vor das geistige Auge des Lesers, sondern wirft auch heikle Probleme auf, in einer beispiellosen Aufrichtigkeit, die zum aufrüttelnden Erlebnis wird. Sie vermittelt uns die originale Fassung eines Bekenntnisses, das in der Literatur schon einmal größtes Aufsehen erregte und einem blaublütigen Vertreter gewisser überkultivierter englischer Kreise in den Mund gelegt wurde, die in ihrer Heuchelei menschliche Triebhaftigkeit gerne in verstandeskühles Spiel umsetzen. In der Muttersprache des Verfassers erschien dieses Unikum in nur 13 Exemplaren. Diese einzig existierende Übertragung nimmt nun in unserer Ausgabe erstmalig, etwa 37 Jahre nach der Abfassung des Urtextes, den Weg in die, allerdings beschränkte, Öffentlichkeit.

Der Herausgeber

Ich werde reif fürs College

Mein Vater war ein vollblütiger, lebhafter Mann, allen Genüssen des Lebens zugetan. Ich erinnere mich seiner als einer mittelgroßen, zu einem leichten Embonpoint neigenden Erscheinung, breitschultrig, mit stets geröteter Gesichtsfarbe und Anzügen von meist auffallender Farbe. Meine liebe Mutter war früh gestorben, ich hatte sie eigentlich nie richtig gekannt. Meine Liebe zu ihr wurde hauptsächlich durch Schilderungen meiner Großmutter geweckt, die nicht müde wurde, mir von ihrer geliebten Tochter zu erzählen.

Als mein Vater sich zum zweiten Mal verheiratete, war ich neun Jahre alt. Diese Ehe galt aus ausgesprochene Mesalliance; meine Stiefmutter war »eine vom Theater«, eine üppige, rotblonde Irländerin, die mein Vater derart faszinierend fand, daß er sie gegen den Willen der ganzen Familie nach einer Bekanntschaft von nur sechs Wochen heiratete, um gleich darauf mit ihr eine Reise nach Ägypten anzutreten. Diese Art »Flucht« war aber auch die einzige Konzession, die er der Familie machte, und es war auch die letzte. Das sollte sich nach der Rückkehr des Paares zeigen.

Ich wurde, sozusagen als vorübergehender Doppelwaise, bei meiner Großmutter untergebracht. Zu meiner Aufsicht sollte eine neue Erzieherin engagiert werden; denn ich war ein unruhiger Knabe und für mein Alter ziemlich aufgeweckt. Es war nach Ansicht der ganzen Familie von besonderer Wichtigkeit, eine eher strenge »Governess« zu finden.

Nun, was die Autorität anbelangte, war Miß Durante schon äußerlich allem Anschein nach die geeignete Persönlichkeit. Sie hielt sich sehr aufrecht, was mir, als ich sie das erstemal erblickte, allein schon Respekt, gemischt mit Furcht, einflößte. Ihre gemessenen Bewegungen, der forschende Blick, der durch die funkelnden Brillengläser etwas besonders Gebieterisches erhielt, waren nicht geeignet, erkennen zu lassen, daß sie eigentlich nicht häßlich war, sondern vielmehr das, was man kurzweg in Ermangelung anderer, phantasievollerer Ausdrücke »interessant« nannte. Die betont unfeminine Kleidung, aus einer gestärkten Leinenbluse und einem sehr gerade fallenden Rock bestehend, erhielt durch den schlichten Ledergürtel, der ihre auffallend schmale Taille umspannte, und durch die Herrenkrawatte, die den hohen Kragen der hemdartigen Bluse umschloß, noch eine gewisse Vervollkommnung, die auf zehn Schritte nach »Gouvernante«, nach Vokabeln und drohenden Prügeln mit dem Lineal roch . . .

Unsere erste Unterredung unter vier Augen war auch sehr charakteristisch. Großmutter hatte mich zu ihr geführt und mich ihrer Obhut empfohlen. »Seien Sie nur nicht zu nachsichtig mit ihm«, sagte sie, »er ist ein bißchen verhätschelt und glaubt, daß dies immer so weitergehen wird.« Miß Durante erwiderte mit wenigen Worten – sie wußte sich immer sehr kurz auszudrücken und versäumte nie, »Herumrederei« als eine der größten Untugenden zu brandmarken –, man könne bei ihr in dieser Hinsicht ganz unbesorgt sein, ich würde mein »Pensum schon abkriegen«.

Als ich später mit meiner Governess allein war, sah sie mich eine Weile stumm an; dann hob sie den Kopf (ich hätte es, ohne hinzusehen, an dem Auffunkeln der Gläser erkannt) und sagte leichthin:

»Well, my Boy, ich hoffe, du wirst dich fügen. Du hast jetzt *mir* zu gehorchen. Ich bin nicht überstreng, aber wenn ich etwas sage, muß es befolgt werden. Zeig mal deine Hände her!«

Ich hielt folgsam meine kleinen, leider nicht hervorragend sauberen Hände vor mich hin.

»Na, das ist gerade kein Sauberkeitsrekord«, konstatierte Miß Durante gelassen. »Komm, ich will dir jetzt zeigen, wie man sich die Hände wäscht – und dann, wie man sie rein behält!« Diese letzten Worte wurden, wie es mir schien, mit einem leise drohenden Unterton ausgesprochen. Wir gingen ins Badezimmer, wo meine Erzieherin mich gleich zum Waschbecken dirigierte und mich das Wasser aufdrehen hieß. Sie knöpfelte inzwischen an ihren Manschetten herum und schlug diese von den Handgelenken zurück. Nun ergriff sie das große Stück Seife und begann meine beiden Hände einzuseifen. Sie hatte lange, schmale, eigentlich feine Finger, spitze, mattglänzende Nägel und eine auffallend weiße Haut.

Es dauerte nur eine ganz kurze Weile, und ich fand dieses leise Drücken und Massieren meiner Hände nicht nur angenehm, sondern auch geeignet, einen feinen Schauer auszulösen, der meinen ganzen Körper überrann. Ich war, wie jeder kleine Junge, schon häufig weiblicher Berührung ausgesetzt gewesen, aber es war das erstemal, daß ich etwas ganz Besonderes dabei empfand. Ich erinnere mich, daß meine erste Kinderfrau, die mich sehr liebte und kaum von ihren Knien ließ, mich oft derart gegen ihren ungemein vollen, fast schon mit dem Prädikat »mächtig« zu bezeichnenden Busen preßte, daß mir Sehen und Hören verging und ich die eigentümliche Elastizität dieses Fleischpolsters ausgiebig kennenlernte. Und obzwar ich damals noch bedeutend kleiner war, machte diese warme kautschukartige Wölbung auf meine Phantasie schon einen gewissen Eindruck. Wenn ich nachts in meinem kleinen Bett lag, dachte ich mir oft aus, daß mein Kopfpolster eine der beiden gewaltigen Brüste Betsys sei. Und ich bohrte mein Gesicht mit einer Art unbewußter Wollust in das gutgefüllte Kissen, mir vorstellend, daß dieser Busen jedes Gewicht auszuhalten fähig sei. Dies war aber lediglich kindliches Empfinden, von dem Gefühl, das mich jetzt durchrann, ganz verschieden. Auch ein ähnliches Berührungserlebnis aus diesen Tagen mit einer ebenfalls weiblichen Person war nicht anders zu werten. Ich neckte mich gerne mit unserem damaligen Stubenmädchen, das sehr gutmütig war und auf alles einging. Ich bekam sie auch eines Tages dazu, mich huckepack durch alle Zimmer zu tragen. Meine Schenkel fest um ihre Taille pressend, fühlte ich, als ich einmal in der Angst, das Gleichgewicht zu verlieren, mich erschrocken an sie klammerte, plötzlich zwei Kugeln in meinen Händen. Es waren nicht die mächtigen Wölbungen meiner Kinderfrau, die mir seit langem vertraut waren, sondern ballähnliche, mit je einer harten Spitze versehene Gebilde. Ich hätte ganz gerne mit ihnen gespielt, aber ich war gezwungen, mich festzuhalten, und später ergab sich keine Gelegenheit mehr, diesen Wunsch zur Ausführung zu bringen.

Auch diese Episode löste in mir keinesfalls jenes Gefühl aus, das ich nun bei der Prozedur des Händewaschens kennenlernte. Der sanfte und doch so bestimmte Druck, die streichenden, sich wiederholenden Bewegungen der energischen Frauenhand, durch den dicken Seifenschaum angenehm gleitend gemacht, wirkten fast hypnotisierend auf mich.

»So, nun bist du etwas sauberer, ich fürchte, ich werde dich öfter waschen müssen!« Die Worte klangen nicht unfreundlich, wurden aber mit besonderem Nachdruck gesprochen. Miß Durante hatte überhaupt eine leise, jedoch sehr bestimmte Art. Sie ordnete an, und man gehorchte ihr. Es schien, daß das Befehlen zu ihrer Natur gehörte, ich erfuhr später auch, ihr Vater sei ein höherer Offizier in den Kolonien gewesen – und sie habe ihm als ganz junges Mädchen den Haushalt geführt; das brachte es vielleicht auch mit sich, daß sie schon frühzeitig lernte, einer zahlreichen, wenn auch nur eingeborenen Dienerschaft zu gebieten. Später wurde sie Waise und war gezwungen, ihren Lebensunterhalt als Erzieherin zu verdienen. Sie kam mir vom ersten Augenblick an sehr geheimnisvoll vor. Ihre stille Art, ihre gewissermaßen köstliche Strenge, ihr Anzug, alles an ihr war irgendwie Maske, die ihr wahres Wesen verbergen sollte.

Ich war, den Umständen gemäß, viel allein mit ihr. Seit jenem ersten Eindruck, den ich beim Händewaschen empfangen hatte, war ich bestrebt, vielleicht zuerst unbewußt, in körperliche Berührung mit ihr zu kommen. Ich wußte es manchmal so einzurichten, daß ich mit ihr wie zufällig zusammenstieß; ich fühlte in solchen Momenten flüchtig ihre festen Formen und bemerkte ein herbes, aber nur in ihrer nächsten Nähe wahrnehmbares Parfüm, das ich nie mehr vergessen werde. Sie wurde dann zornig und schalt mich besonders, wenn ihre immer makellose Leinenbluse auch nur einen winzigen Knick erhalten hatte. Anfangs strafte sie mich selten und nur mit dem Entzug des Kompotts oder ähnlichen Harmlosigkeiten, aber ich hatte bald herausgefunden, daß sie sich gewissermaßen zurückhielt. Ihre Augen blitzten manchmal so seltsam hinter der Brille auf, und eines Tages sagte sie: »Mein lieber Junge, du wirst immer ungezogener, ich werde dir die Hosen ausklopfen müssen!« Dem Wort folgte die Tat auf dem Fuße. Sie erfaßte mit festem Griff meine Hand und führte mich in ihr Zimmer zu einem hohen Stuhl, auf dem sie sich niederließ. Nun zog sie mich über ihren Schoß, so daß mein Leib quer über ihren, wie ich deutlich fühlen konnte, sehr harten Schenkeln lag.

»Heute bekommst du zehn *auf* die Hosen, das nächste Mal aber werde ich sie herunterziehen«, und schon fiel ihre Hand auf den gespannten Stoff, der mein Hinterteil umschloß. Ich fühlte den Schlag deutlich, aber es war keineswegs unerträglich. Er wiederholte sich, wie angekündigt, zehnmal, was übrigens leicht zu merken war, denn Miß Durante zählte mit lauter Stimme. Nach dem zehnten Schlag entschlüpfte ihr etwas wie ein leiser Seufzer. Sie stieß mich von ihrem Schoß und ging mit raschen Schritten aus dem Zimmer. Als ich ihr scheu nachsah, fiel mir, eigentlich das erste Mal besonders deutlich, die Schlankheit ihrer Taille, unter der sich ein ziemlich volles Gesäß rundete, auf. Der dunkle Rock umspannte es recht knapp, und im raschen Schreiten zeichnete sich anmutig das Spiel der beiden Hälften ab. Abends, in meinem Bett, dachte ich noch lange an diese große schwarze, leicht gekerbte Kugel . . .

Ab jetzt schien es mir, als würde ich viel strenger gehalten. Miß Durante wiederholte oft, daß mich nur Schläge zur Vernunft bringen könnten, und versuchte, dies durch häufige Züchtigungen darzutun. Sie verbot mit vieles und setzte für die Übertretung ihrer zahlreichen Vorschriften ebenso viele kleine Strafen aus. Sie »sammelte« sie aber meist und verabreichte mir dafür fallweise die sich immer mehr einbürgernden »Zehn auf die Sitzfläche«, wie sie diese Standardbestrafung mit Vorliebe nannte. Und zwar auf die *nackte* Sitzfläche; ich hatte das angekündigte Stadium längst erreicht. Manchmal wurden aber auch fünzehn bis zwanzig

Hiebe daraus. Immer mit der bloßen Hand auf mein nacktes Hinterteil. Es dauerte jedoch immer eine gewisse Weile, bis es soweit war. Miß Durante probierte nämlich verschiedene Sitzgelegenheiten aus; einmal versuchte sie, ihre Füße auf einen Schemel zu setzen, einmal, sie auf einen gegenüber gestellten Stuhl zu stemmen, einmal schlug sie die Beine übereinander, so daß ich nur auf dem oberen Schenkel zu liegen kam. Dann wieder brauchte sie einige Zeit, bis sie mich »zurechtgerückt« hatte. Die Hosen wurde mir nie vorher heruntergezogen, sondern erst, wenn ich ergeben über dem Schoß gebreitet lag. Da knöpfelte Miß Durante dann lange herum, und endlich schob sie, wie es mir schien, mit besonderer Umständlichkeit das Beinkleid gänzlich zurück; das Unterhöschen erlitt die gleiche Prozedur, und schließlich wurde das Hemd hochgeschlagen. Jetzt trat meist eine kleine Pause ein, die ein eigentümliches Gefühl in mir wach werden ließ . . .

Waren die Schläge ausgeteilt, rieb sie mit der anderen Hand, die kühl geblieben war, meine reichlich erhitzten Hinterbacken ab, um, wie sie sagte, den Delinquenten schon für den nächsten Strafvollzug empfangsfähig zu machen. Diese Maßnahme ließ mich die ganze Strafe rasch vergessen, die ohnedies nie sehr schmerzhaft ausfiel. Miß Durante aber, es kam wohl von der Anstrengung, atmete dann immer sehr schwer, und ich konnte deutlich wahrnehmen, wie sich die Muskeln ihrer Schenkel anspannten; einmal, sie hatte jeden der Schläge in besonders eindrücklicher Weise mitgezählt, ihre Stimme klang heiser und eigentümlich gepreßt, ließ sie mich länger als sonst auf ihrem Schoß liegen. Und da geschah das Unvermeidliche: Mein kleines Glied hatte begonnen, sich zu versteifen und mit der empfindlichen Spitze an seiner Unterlage zu wetzen. Die Schenkel unter mir preßten und rieben sich nämlich leise gegeneinander, ich empfand einen unwiderstehlichen Kitzel – und plötzlich ergoß sich eine heiße Feuchtigkeit auf Miß Durantes Schoß. Sie merkte die Bescherung jedoch erst, als ich kurz darauf aufstehen mußte . . .

Miß Durante war aus dem Zimmer geeilt, nicht ohne mir

vorher aufzutragen, ich solle mich gleich im Badezimmer, es lag nebenan, waschen und abtrocknen. Was ich auch schleunigst tat. Ich fürchtete mich ein wenig vor dem, was jetzt kommen würde, denn irgendwie kam ich mir schuldbewußt vor. Wie hatte Miß Durantes Rock ausgesehen! Ein wenig neugierig war ich aber auch. Würde meine Erzieherin aus dem Vorfall irgendwelche Schlüsse ziehen und mich strenger als bisher bestrafen? Der Vorfall war mir noch ganz unverständlich. Was war eigentlich geschehen? Und da meine Gedanken immer wieder zu der merkwürdigen Szene zurückkehrten, wurde mir schließlich von neuem so komisch zumute, in meiner Hose regte sich etwas Widerspenstiges, und ein seltsames Gefühl unbekannter Lust begleitete diese mir ganz neue Sensation.

Als Miß Durante zum Abendessen aus ihrem Zimmer kam, schien sie noch ruhiger als gewöhnlich. Sie erwähnte den Vorfall mit keiner Silbe, mit keinerlei Andeutung, während sie doch sonst vor der fälligen Bestrafung gern mit kleinen Anspielungen »Stimmung« machte.

In meinem Bett fiel mir wieder alles ein. Ich sah meine Erzieherin, wie sie, den Rock durch den großen Fleck verunziert, hastig aus dem Zimmer eilte, das volle Hinterteil, wie gegen seinen Willen in das sehr enge Futteral des Rokkes eingezwängt ... Unbewußt spielte hierbei meine Hand am Geschlechtsteil, das mich ein wenig juckte, einen sehr angenehmen Kitzel auslösend. Und mechanisch die feine Haut des merkwürdig steifen Schwänzleins hin und her schiebend – ich preßte die Schenkel zusammen, unwillkürlich daran denkend, wie wohl die Schenkel meiner Governess, die mir schon durch ihre Härte bekannt waren, *nackt* aussehen mochten –, da, schon wieder! Langsam stieg ein heißes, unendlich süßes Gefühl in mir empor, gipfelte in der Spitze meines leise erzitternden Gliedes, und eine sehr warme, klebrige Flüssigkeit ergoß sich über Hand und Schenkel ...

Als ich mich mit dem Hemd etwas abgetrocknet hatte und zufällig meine Hand dem Gesicht nahe kam, strömte diese einen süßen, fast berauschenden Duft aus.

Die nächsten Tage war Miß Durante besonders nervös und launisch. Einmal lobte sie mich, einmal schalt sie mich. Endlich sagte sie, mein französischer Aufsatz schiene ihr sehr fehlerhaft, so ginge es nicht weiter. Ich weiß nicht, ob sie damit meine Qualität als Zögling meinte oder ihre eigene Nervosität, die mir, so klein ich auch war, deutlich auffiel. Schließlich kam der entscheidende Moment. Ich hatte aus Unachtsamkeit eine hübsche Vase zerbrochen. Großmutter, in ihrer Güte, hätte sicher nichts gesagt, aber in Miß Durante schien sich etwas zu straffen, und entschlossen sagte sie: »Ich wußte es ja; du treibst es immer so lange, bis ich dich überlegen muß!«

Nun kam wieder das übliche Verfahren. Als wir in Miß Durantes Zimmer eingetreten waren, drehte sie jedoch den Schlüssel der Türe im Schloß um. Ich wurde nun doch ein wenig ängstlich. Würde sie mich so schlagen, daß ich um Hilfe schreien mußte?

Miß Durante war auf einmal sehr ruhig, ja geradezu sanft. Nur ihre Stimme bebte ein wenig, als sie sagte: »Um nicht wieder so eine Überraschung zu erleben, werde ich diesmal meine Vorkehrungen treffen. Dreh dich mal um!«

Ich gehorchte und hörte gleich darauf ein Rascheln, das dem Abstreifen eines Kleidungsstückes glich.

»So«, sagte meine Governess, »jetzt komm. Und wenn du wieder so unartig bist wie letztesmal, habe ich doch wenigstens meinen Rock gerettet!« Ich riß die Augen auf. Träume ich? Da stand meine strenge Erzieherin vor mir, die Brille funkelte mich scharf an, die hochgeschlossene, gestärkte Bluse saß straff und ohne Fältchen – aber unter ihr lugte das rosafarbene, mit niedlichen Spitzen besetzte Endchen eines anscheinend sehr kurzen Hemdchens hervor, denn es ließ zwei prachtvolle, kernige Schenkel frei, deren schneeweißes Fleisch sich von schwarzen, wie Kohle glänzenden Seidenstrümpfen wundervoll abhob.

Eine Sekunde später lag ich über diese Schenkel hingebreitet, mit pochenden Schläfen und glühenden Wangen. Ich fühlte, wie die zitternden Hände Miß Durantes meine Kleider in der gewohnten Reihenfolge abstreiften, und schließlich berührten meine nackten Glieder ihren gleichfalls nackten Schoß ... Ich fühlte nichts mehr, keine Scham, aber auch keinen Schlag – nur die brennende Berührung mit diesem weißen Fleisch. Mein Glied war stocksteif und ganz von selbst zwischen die beiden kräftigen Schenkel geraten, die ständig in einer Art mahlender Bewegung begriffen waren. Nun bemerkte ich auch, daß die Hand meiner Erzieherin mich nicht mehr züchtigte, sondern mit aller Kraft meinen nackten Popo knetete und preßte – und ich fühlte, daß es mit Wollust geschah ...

Wir atmeten beide heftig, stoßweise. Ein leises Ächzen war das letzte, was mir zu Bewußtsein kam. Mein Kopf dröhnte, alles um mich drehte sich in rasendem Taumel, und mit entschwindenden Sinnen ergoß ich mich zwischen die weißen Schenkel ...

Als ich erwachte, zeichnete die Sonne auf meine Decke lustige Punkte – ich lag in meinem vertrauten Knabenbett, und um mich herum standen alle die tausendmal gesehenen Dinge, die meine Kindheit möblierten. Neu war nur die junge Person, die neben mir saß, und die helle, freundliche Tracht einer Pflegerin trug.

Von ihr erfuhr ich, daß ich schon eine hübsche Weile krank war, hohes, ganz häßliches Fieber hatte und nach Miß Durante verlangte. »Aber Miß Durante ist fort«, erklärte die Pflegerin, »sie hatte einen Trauerfall in ihrer Familie. Und es ist nicht sicher, ob sie wiederkommt.«

Sie kam auch nicht mehr zurück. Eine Episode meines Lebens war abgeschlossen und hatte einen tiefen Eindruck, den ersten in seiner Art, in meinem jungen Gemüt hinterlassen.

Ich durfte bald wieder aufstehen, und Miß Patrick, so hieß die junge Pflegerin, blieb bei uns. Jetzt war sie meine Governess. Anfangs gespannt, ob sie ein ähnliches Strafverfahren einführen würde wie ihre Vorgängerin, mußte ich bald feststellen, daß nichts dergleichen zu erwarten war. Miß Patrick war nicht streng veranlagt und ließ »alle fünfe gerade sein« – vorausgesetzt, daß sie ungestört ihrer scheinbar einzigen Leidenschaft frönen durfte, der Lektüre. Ich kam jedoch rasch darauf, daß sie noch eine andere, stärkere hatte, der das Lesen nur als Stimulationsmittel diente. Eines Tages beobachtete ich sie durch eine undichte Stelle des Milchglases, das in die Badezimmertür eingesetzt war, und sah sie rittlings auf dem Bidet sitzen, den roten Kopf tief über das unvermeidliche Buch gebeugt. Ihr Rock hatte sich über die nackten Schenkel geschoben, die sie weit auseinandergespreizt hielt; im Mittelpunkt, dort, wo die prallen Schenkel zusammentrafen, spielte ihre freie Hand, jedenfalls sah ich deren heftige, zuckende Bewegungen. Genauerer Eindruck blieb mir jedoch versagt, weil diese Partie noch im Dämmer des Schattens lag, halb unter dem Rock verborgen. Nach einer Weile entfuhr der Lesenden ein tiefer Seufzer, sie sank in sich zusammen und blieb eine Weile ganz regungslos. Dann erhob sie sich und schloß das Buch. Leider rutschte der Rock von selbst zurück, so daß ich die hübschen Beine nur flüchtig sehen konnte. Ich hörte noch, wie sie nebenan Pipi machte, sonst war nichts mehr zu holen, und ich verließ ein wenig enttäuscht, aber doch etwas bereichert, meine Warte.

Dieses kleine Erlebnis beschäftigte noch eine ganze Weile meine Phantasie, besonders vor dem Einschlafen, aber Ablenkungen anderer Art ließen mich meine Beobachtungen wieder vergessen.

Bald darauf kehrte nämlich meine Schwester Suzan aus ihrem Schweizer Pensionat heim, und fast zur selben Zeit kamen mein Vater und meine Stiefmutter von ihrer großen Reise zurück. Sie waren ziemlich lange fortgeblieben, und ich hatte meinen Vater fast vergessen. Jedenfalls fiel mir jetzt manches auf, was wahrscheinlich früher nicht zu bemerken war, als er noch mit meiner richtigen Mama, der ersten Lady Gray, lebte. Aber zuerst muß ich erzählen, welches Ereignis meinen Gesichtskreis diesmal erweiterte.

Zur musikalischen Weiterbildung für uns Kinder wurde ein Klavierlehrer bestimmt, ein magerer, blasser Mensch, der seltsam brennende, dabei melancholische Augen und sehr große, knochige Hände hatte. Meine Schwester Suzan war übrigens das, was man einen »Musiknarren« nannte, ihr Zimmer mit Bildern berühmter Komponisten und »großer«

Tenöre geradezu tapeziert, und ihr Tag gehörte dem Klavier und ihr Abend der Oper oder dem Konzert. Mr. Gibbons, so hieß unser musikalischer Mentor, kam zweimal in der Woche und schloß sich dann stundenlang mit Suzan im Musikzimmer ein, aus dem nun eine Fülle von Skalen, Etüden und Läufen, Akkorden und Trillern ertönte. Manchmal aber wurde es auch längere Zeit sehr still – Mr. Gibbons gab dann *theoretischen* Unterricht, wie mir Suzan einmal hoheitsvoll erklärte. (Komischerweise erhielt ich nie diese Materie vorgesetzt, was mir natürlich mit der Zeit auffiel und mich ermunterte, dieser geheimnisvollen »Theorie« einmal auf den Puls zu fühlen ...) Suzan war jetzt vierzehn Jahre und ziemlich entwickelt für ihr Alter. Sie hatte kräftige, gerade Beine, und ich bemerkte zu meinem Befremden schon so etwas wie einen Busen, was mir, bevor sie in das Pensionat zog, niemals aufgefallen war. Wir waren auch gar nicht mehr so vertraut wie früher, als Suzan öfter in mein Bett geschlüpft kam oder mich in das ihre nahm. Wir hatten dann immer sehr viel zu kichern und betrieben unter der Bettdecke die merkwürdigsten Spiele. Zum Beispiel befahl mir Suzan häufig, sie zu kratzen, und zwar, wie wir es nannten, »nach der Windrose«; wir gingen nämlich vom Nabel aus, der Kopf entsprach Norden, links Osten, rechts Westen, und die Beine waren natürlich Süden. Sagte Suzan nun: »Südwesten«, so war der rechte Schenkel gemeint usw. Meistens verlangte sie aber »Nordnordwest« oder »Nordnordost«, da mußte meine gehorsame Hand nämlich den Weg über eine der kleinen Brustwarzen nehmen, die sich dann – von einem auch nur im Ansatz sich zeigenden Busen konnte ich, wie gesagt, nichts bemerken – leise in die Höhe reckten, zum sichtlichen Vergnügen Suzans. »Süden« war auch sehr beliebt, und oft wurde mir gerade beim Beginn der Schenkel Halt geboten. »Südsüd« war eine von uns frei erfundene Himmelsrichtung und lag ganz genau zwischen den Schenkeln, »eine tiefe, unwirtliche Schlucht« genannt ...

Oft spielten wir auch »Jiu-Jitsu im Bett«, und Suzan wandte dann stets ihren »Meistergriff« an, d. h., sie preßte meinen Schenkel mit aller Kraft zwischen die ihren, um mich »wehrlos« zu machen, wie sie sagte. Nach einer kurzen Weile begann sie zu keuchen und leise zu beben, dann trat eine Art Stille ein, worauf sie mich freigab. Merkwürdigerweise haben wir uns jedoch eigentlich nie an den Geschlechtsteilen berührt.

Nun war das alles scheinbar vergessen, unwiderruflich vorüber. Ich fühlte mich zurückgesetzt und war eifersüchtig, besonders auf Gibbons. Der »theoretische Unterricht« mit seinem vielsagenden Schweigen gab meiner Phantasie ununterbrochen Nahrung, um so mehr, als ich einmal so etwas wie ein erregtes Flüstern durch die Türe, an der ich nun öfters lauschte, zu vernehmen glaubte. Nach gewisser Überlegung sorgte ich eines Tages heimlich dafür, daß das innere Schlüsselloch frei blieb – ich klemmte einfach ein Stück Blech zwischen den kleinen Schuber und das Messing –, und legte mich auf die Lauer. Mein Unternehmen war auch bald von Erfolg gekrönt.

Es wurde gerade, allem Anschein nach, kein theoretischer Unterricht erteilt, denn Suzan saß am Klavier und spielte eine Serie ihrer famosen Skalen. Ich sah nur ihren Rücken. Auf der Bank neben ihr hatte Mr. Gibbons Platz genommen. Und nun sah ich noch etwas, und zwar Mr. Gibbons große Hand. Sie streckte sich vorsichtig hinter dem Rücken meiner Schwester aus, um ganz sachte auf ihrem hübsch gerundeten Hinterteil liegenzubleiben. Hie und da machte sie streichelnde Bewegungen, auf und ab, auf und ab, aber immer wieder landete sie auf jener prallen Partie, auf der Suzan zum großen Teil saß und dessen Rest sie auf der Bank einladend breitdrückte. Suzan schien nichts zu bemerken, nur wenn die Hand ihren Popo heftiger bearbeitete und durch das dünne Seidenkleid unverkennbare Knetversuche anstellte, wurde ihr Spiel leidenschaftlicher, der Vortrag bewegter, soweit sich dies beim Abspielen einer Skala eben ausdrücken ließ. Aber schließlich endete das so seltsam temperierte Skalenspielen auf sehr merkwürdige Art. Mr. Gibbons erhob sich nämlich plötzlich, bückte sich zu Suzan nieder und hob sie mit einem Schwung auf den Flügel. Oder vielmehr, er setzte sie auf den Teil, der sonst die

Noten zu tragen hatte. Er selbst nahm wieder auf der Bank Platz und legte sich Suzans Beine über die Schultern, je eines rechts und links. Sein Gehabe erschien mir mehr als wunderlich, und ich versuchte, mir die Situation auf meine Art zu erklären. Vielleicht ist das ein neues System musikalischer Gymnastik, dachte ich bei mir und beschloß, gut aufzupassen. Suzans lange Beine hingen ruhig über seinen Rükken, und ihr Oberkörper lehnte wie willenlos nach rückwärts. Der Klavierlehrer mit den melancholischen Augen hatte jedoch seinen Kopf zwischen die Schenkel seiner gehorsamen Schülerin gesteckt und beschäftigte sich nun angelegentlich in dieser Gegend. Da ich lediglich seine Kehrseite beobachten konnte, hatte ich den Eindruck, als ob er in eine nur schwierig bloßzulegende Sache zwischen Suzans Schenkel Einsicht nehmen wollte, was mir sehr erstaunlich vorkam, da ich nie davon gehört hatte, daß Mr. Gibbons auch ärztliche Kenntnisse besitze. Nach einer Weile sah ich noch, wie meine Schwester ihre Hände auf seinen Kopf legte und diesen scheinbar noch näher an die interessante Stelle zu bringen versuchte . . .

Diese an und für sich neuartige Szene war mir vollkommen unverständlich – ich blieb auf bloße Vermutungen angewiesen. Um so mehr, als meine Beobachtungen an diesem Tage jäh unterbrochen wurden – Miß Patrick erschien im Nebenzimmer und rief mich; es war die Stunde des täglichen Spazierganges.

Zu meiner großen Überraschung, wie es schien, zum nicht geringen Ärger Suzans, zeigte unsere neue Stiefmutter, die recht üppige, etwas gewöhnlich aussehende neue Lady Gray, eines Tages gleichfalls Lust, mit Mr. Gibbons zu »üben«, weil sonst »ihre Stimme noch ganz einrosten würde«. So kam unser Klavierlehrer noch öfter als früher ins Haus, und Pamela – wir Kinder konnten uns nicht daran gewöhnen, sie anders zu nennen – betrieb Musik, daß es nur so durchs Haus schallte. Als mir jedoch nach gewisser Zeit andächtige Stille eine Art »theoretischen Unterrichts« andeutete, bezog ich wieder einmal meinen Posten am Schlüsselloch. Und was ich diesmal sah, war höchst befremdend und gleichzeitig derart aufregend, daß es, wie ich glaube, den Anstoß zu einem Unternehmen gab, welches mich Knirps mit einem Schlage, in gewisser Beziehung wenigstens, erwachsenen Männern gleichstellte ...

Ich sah, wie unsere Stiefmutter vor dem schwarzen, glänzenden Flügel stand, den in ein enges, hellgrünes Seidenkleid gepreßten Oberkörper darübergebeugt; ihren rotblonden Kopf hielt sie in den Armen verborgen, so daß ich schon dachte, sie weine. Aber seltsamerweise waren ihre Röcke nach oben zurückgeschlagen, weit über die runden, recht soliden Hüften, und der blanke, schneeweiße Popo lag ganz, ganz nackt vor meinen geblendeten Augen. Hinter ihr aber stand Mr. Gibbons, aus seiner Hose ragte ein entsetzlich großes Glied, das er allem Anschein nach mit großer Energie in Pamelas wehrloses Hinterteil zu bohren versuchte ... Ich war starr. Sollte ich meiner Stiefmutter zu Hilfe kommen? Ich konnte mir die eben gesehene Szene nicht erklären. Lange grübelte ich mit pochenden Pulsen, ich konnte kaum essen, mich beherrschte nur der eine Gedanke; mir Aufklärung zu verschaffen. Ob ich den Versuch machen sollte, Peggy, das dralle Mädchen, das jetzt unsere Stiefmutter bediente, zu befragen? Sie hatte mir schon öfter verstohlen einen Kuß gegeben und ebensooft ganz laut erklärt, daß ich ein »schrecklich feiner, bildschöner Engel sei« – ob ich wohl von Peggy etwas herauskriegen konnte?

Bevor ich jedoch weitererzähle, möchte ich hier noch eine kleine Episode einschalten, die, wie es mir scheint, charakteristisch für meine damalige völlige Unschuld ist. Ich war inzwischen elf Jahre alt geworden und für mein Alter ein großer, wenn auch etwas zarter Junge. Sehr empfindlich, zart und ziemlich verwöhnt, war mein Wesen eigentlich nicht besonders zur Anpassung geneigt.

Ich hatte damals nur einen Freund, den kleinen, mir gleichaltrigen Allan. Er und seine um zwei Jahre ältere Schwester waren die einzigen Sprößlinge der Saviles, einer sehr angesehenen Familie aus dem Bekanntenkreis meiner Großmutter. Ich besuchte die beiden oft in ihrem schönen Haus, das am Russel-Square gelegen war, eine damals noch als besonders fein geltende Gegend. Eines unserer Mädchen oder Miß Patrick brachte mich hin und holte mich auch wieder ab, aber während meines Besuches blieben wir Kinder oft allein. Meine kleinen Kameraden hatten zwar einen Erzieher, aber dieser war häufig abwesend, und so wurden wir der nur gelegentlich ausgeübten Aufsicht einer alten Beschließerin überlassen. Diese hatte eine kleine Enkelin, die sich, so wie wir, öfter zu Besuch einfand und mit uns »Herrschaftskindern« spielen durfte. Sie war fast um ein Jahr älter als Allans Schwester Maud und hieß Kate. Ihr Alter verschaffte ihr den Respekt, der ihr sonst infolge ihrer einfachen Herkunft vielleicht versagt geblieben wäre, obgleich wir, wie man sagt, sehr wohlerzogene Kinder waren. Kate, meiner Erinnerung nach ein blasses, etwas mageres, blondes Mädchen, bildete einen hübschen Gegensatz zur rundlichen, immer lebhaften Maud, die mit ihrer gesunden Haut und ihrem vollen dunklen Haar ein hübsches kleines Mädchen genannt werden konnte. Wir bildeten auf diese Weise zwei Paare, und es lag sehr nahe, daß wir, einer vagen Vorstellung folgend, bald auf die Idee kamen, »Mann und Frau« zu spielen. Wir wußten noch nicht viel, aber es war uns bekannt, daß Frauen öfter krank sind und dann im Bett liegen, um den Doktor zu empfangen. Und dieser untersucht sie und weiß immer etwas, das ihnen hilft. Also spielten wir »krank sein«, d. h., eines der Mädchen mußte »das Bett hüten«, und einer von uns Knaben gab den Doktor. Ich übernahm diese Rolle immer besonders gern, denn es war ausgemacht, daß die »Kranke« nicht mit den Kleidern im Bett liegen konnte und daß andererseits der Herr Doktor sie gründlich zu untersuchen hatte. Ein Vorgang, der nicht nur meine geringen anatomischen Kenntnisse einigermaßen erweiterte, sondern mir außerdem einen besonderen Kitzel verschaffte, eine geheime Aufregung, die, wie ich glaubte, von den anderen nicht bemerkt wurde.

Wir wagten es allerdings nicht, die Patientin zu entkleiden; so schoben wir das Kleidchen und das Hemdchen bis zum Hals hinauf, und das Höschen wurde heruntergezogen und versteckt. Die kranke Dame mußte nun ganz still liegen, als Bett fungierte das Kanapee und wurde mit der Sofadecke zugedeckt; an ihrer Seite saßen die hilfsbereite »Schwester«, anfänglich von Kate dargestellt, und der Gatte Allan. Nun kam der Herr Doktor, und nach kurzer Begrüßung begann die Untersuchung. Ich ließ mir natürlich zuerst die Zunge zeigen und fühlte auch sachverständig den Puls, um dann festzustellen, daß es eine *innere* Sache sei. Zur Bekräftigung meiner Diagnose griff ich unter die Bettdecke und – kurz, ich wandte mich der »inneren Sache« zu. Meine leise bebende Hand strich über den nackten Körper der regungslos daliegenden Maud und landete nach kurzer Zeit in der kleinen, zwischen Bauch und Schenkeln gebetteten Mulde. Nach einigem Pressen und Kneten versuchte ich an dieser Stelle mit dem Zeigefinger etwas tiefer einzudringen, aber Maud hielt sich stocksteif, und ich konnte, wie ich sagte, schließlich doch nichts finden. Ich war übrigens erstaunt, daß Maud scheinbar dort, wo wir Jungen »etwas« hatten, derartiges *nicht* aufweisen konnte. Als Allan einmal, ausnahmsweise, den Doktor spielte, teilte er mir auch gleich hinterher seine Bedenken mit und meinte verwundert, es käme ihm unwahrscheinlich vor, daß kleine Mädchen »mit nichts Pipi machten«. Eine überraschende Wendung nahm alles, als einmal Kate an der Reihe war, »krank« zu sein. Siehe da, *diesmal* hatte mein Versuch, an der bewußten Stelle mit dem Finger einzudringen, einen gewissen Erfolg: Das Mädchen schien meine Absicht zu verstehen, ja, zu billigen, denn sie gab, im Schutz der verhüllenden Decke, die Beine ganz leise auseinander . . . So glitt mein ausgestreckter Finger mühelos tiefer und tiefer – um an eine zarte, feuchtwarme Spalte zu gelangen, eine ganz neue, seltsame Entdeckung, die mich in größte Aufregung versetzte. Ich konnte meine Diagnose nur stammeln; die Geschwister schienen etwas bemerkt zu haben, und so beendeten wir unser Spiel rascher als sonst, mit einer etwas erzwungenen Lustigkeit, die die allgemeine Verlegenheit verbergen sollte.

Es verging eine geraume Weile bis zu meinem nächsten Besuch, und als ich das Haus meiner Freunde wieder betrat, sagte mir Mrs. Smith, die alte Beschließerin, gleich bei der Begrüßung, daß Allan nicht zu Hause sei. Er war mit dem Erzieher zu seinem Onkel nach Oxford gefahren. In diesem Augenblick hüpfte Maud in die Halle und bat mich, doch ein wenig mit ihr zu spielen, da sie sich »ganz gräßlich langweile«. Mrs. Smith fand nichts dabei, und so schlüpften wir denn in die Bibliothek, die uns mit ihren großen Bücherschränken, den riesigen Fauteuils und Kanapees nicht nur sehr geeignet zum Versteckspielen vorkam, sondern überhaupt als besonders »romantisch« bei uns Kindern beliebt war. Maud machte mir ein bekanntes, zwischen uns verabredetes Zeichen, das soviel wie »Vorsicht« bedeutete, kletterte auf den Schreibtisch und brachte ein außerordentlich dickes Buch heran. Es war ein populäres medizinisches Werk, und nach kurzem waren wir beide in das Anschauungsstudium der bunten Tafeln, die den Unterschied zwischen den männlichen und weiblichen Genitalien sehr plastisch zum Bewußtsein brachten, vertieft. »Ist das *wirklich* so bei euch, Dory?« fragte Maud und zeigte mit dem kleinen, rosigen Finger auf die männliche Figur, die in gezierter Stellung ihre Nacktheit präsentierte.

»Ja – hast du denn das nicht gewußt?« war meine geheuchelte überlegene Gegenfrage.

»Nein«, sagte die Kleine gedehnt, »bei uns Mädchen ist es nämlich ganz anders – willst du's mal sehen?« Und ohne meine Bitte abzuwarten, warf sie das Buch beiseite, sprang auf und hob ihr Röckchen hoch. Ich sah ihre drallen kleinen Schenkel und unterhalb des niedlichen, wie aus Elfenbein gedrechselten Bäuchleins eine kleine Anhöhe. Der zarte Hügel wies aber noch kein einziges Härchen auf; nur eine feine Linie, die sich senkrecht zwischen den Beinen verlor, deutete den Beginn der süßen Spalte an, die so vieles enthält, Gutes und Böses . . .

Jetzt *sah* ich zum erstenmal, was ich beim Doktorspiel fast erraten hatte, und hoffte, *diesmal* vielleicht meine Untersuchung, ähnlich wie bei Kate, vertiefen zu können.

»Und sonst habt ihr wirklich nichts?« fragte ich, Sicherheit vorgebend. Meine Vermutung war, daß bei den Mädchen sich etwas nach innen entwickeln mußte, was wir Knaben aus uns heraus, nach außen gerichtet, besaßen. Maud war, ich erinnere mich noch ganz deutlich, ein recht appetitliches, kleines Mädchen. Sie hatte sehr lange, gerade Beine, so schlank, daß sie im pikanten Gegensatz zu ihrem festen, erstaunlich vollen Popo standen. Dies sah ich, während Maud noch immer mit dem hochgehobenen Kleidchen vor mir stand.

»Ich glaube, du versteckst etwas zwischen den Beinen, Maud. Und deshalb willst du sie auch nicht spreizen!« sagte ich listig. Ich wollte meine Partnerin zum Protest verlocken.

»Oh! Was fällt dir ein?« sagte sie empört. »Guck her . . .«, und schon hielt Maud ihre niedlichen Schenkel auseinander, voll Eifer und einen Schritt näher tretend. Ich hatte richtig spekuliert.

»Du mußt mir aber auch ›deines‹ zeigen, Dory!« bat sie mit, wie es mir schien, etwas belegter Stimme. Ihre Backen waren jetzt rot wie reife Äpfel.

Ein unerklärliches Gefühl hieß mich, ihr zu gehorchen. Meine natürliche Scham überwindend, ließ ich einem sonderbaren, unsagbar süßen Lustempfinden die Oberhand; außerdem ereignete sich das, was ich bei Miß Durante schon erlebt hatte; mein Glied versteifte sich. Ich knöpfte mechanisch meine Hosen auf und befreite den sich gerade aufrichtenden Gefangenen . . .

»Aber Dory! Das ist doch ganz anders als auf dem Bild!« meinte Maud erstaunt. Und sie hatte ja recht: Dort war das männliche Glied in Ruhestellung abgezeichnet, während sich meines erregt in Positur stellte und die kleine, rosige Eichel sehen ließ.

Maud streckte jetzt ihr Händchen aus. »Wie heiß das Ding ist – nein, wir Mädchen haben so etwas nicht! Eigentlich sehr praktisch, besser als bei uns: wenn wir Pipi machen, treffen wir oft daneben. Ihr habt es viel leichter, nicht wahr,

Dory, mit dem Röhrchen kann man ja geradezu zielen!« Und bei diesen Worten begann die in Eifer geratene Kleine mein Glied leise zu pressen und zu drücken. Ich war sehr unruhig. Ich hatte ein komisches Gefühl, eine verwirrende Hitzewelle durchrann meine Adern. Ich verspürte unbändige Lust, Maud zu Boden zu werfen, mich auf sie fallen zu lassen, mich, an sie gepreßt, auf dem Teppich zu wälzen ... Etwas Bestimmtes konnte ich mir nicht vorstellen.

»Warum greifst du ›meines‹ nicht auch an?« sagte da Maud schmeichlerisch. Kleine Verführerin! So war es im Paradies. Das ewige Motiv. Eva hatte den richtigen Weg gefunden ...

Maud stand nun so nahe vor mir, daß sie mit ihren weißen Schenkeln, die bis zu den kurzen Socken hinab nackt waren, meine Knie berührte. Ich brauchte meine Hand nur ein wenig auszustrecken, um an ihre leise klaffende, wie Perlmutter schimmernde Spalte zu rühren. Unsagbar weich und fein war hier die Haut, und das kleine drollige Fleischpolster warf einen zarten Schatten.

Wir rieben und streichelten uns jetzt gegenseitig leise an dem, was uns bisher als das Heimlichste erschienen war, mit glühenden Wangen und seltsam dröhnendem Herzschlag ... Mein Finger wagte sich immer tiefer, und das Erlebnis der schwülen, warmen Feuchtigkeit, die ihm nun begegnete, war so atembeklemmend, so verwirrend, daß ich plötzlich fühlte, es werde sich im nächsten Augenblick dasselbe ereignen wie damals auf Miß Durantes Schoß oder an manchen Abenden, wenn ich im Bett »mit mir selbst lieb war« ...

Da, wir zuckten zusammen, schreckte uns Lärm, der aus der Halle hereindrang, auseinander. Hastig ordneten wir, instinktiv, zuerst die Kleider, dann verteilten wir uns in entgegengesetzte Ecken des großen Raumes, und Maud, die zuerst ihre Fassung wiedergefunden hatte, rief laut, wenn auch mit etwas gepreßter, unsicherer Stimme: »Du findest mich bestimmt nie, Dory!« Und schon ging die Türe auf – Allan war mit seinem Erzieher früher nach Hause gekommen, als er erwartet wurde.

Dieses kleine erotische Abenteuer und meine früher erwähnten, verstohlenen Beobachtungen führten mich dazu, einmal selbst einen Vorstoß zu wagen, um endlich etwas »Bestimmtes« zu erfahren. Ich hatte schon so manches gesehen, hatte beklemmende, heimliche Gefühle kennengelernt – aber wie reimte sich das alles zusammen, wo lag eigentlich der Kern der Sache? (Ach, ich sollte diesen wahren Mittelpunkt der Dinge, dieses verfluchte und doch so heiß begehrte Ziel aller sinnlichen Wünsche, nur zu bald, gründlich und ausgiebig kennenlernen . . .!)

Und jetzt komme ich wieder auf Peggy zurück. Dieses eigentlich hübsche, eher mollige Ding machte sich viel um mich zu schaffen; und es traf sich sogar bald, daß ich, als Miß Patrick zwei Tage freigenommen hatte, für diese Zeit ganz auf sie angewiesen war. Sie schlief im Nebenzimmer, im verwaisten Bett meiner Erzieherin – und gleich in der ersten Nacht glaubte ich, etwas Besonderes zu bemerken. Ich lag noch wach, trotzdem ich schon vor geraumer Weile von Peggy ins Bett gebracht worden war, und dachte eben daran, wie diese nun in dem Bett nebenan lag – entkleidet –, nur einige Schritte entfernt, bei weit offener Tür . . .

Da hörte ich, wie leise mein Name gerufen wurde, und gleich darauf die geflüsterten Worte: »Schläfst du schon, Bubi?« Ich rührte mich nicht, und daraus schien Peggy zu schließen, daß ich fest eingeschlafen sei. Kurz darauf hörte ich sie heftig atmen, leise Seufzer ausstoßen und ein merkwürdiges, eigentümlich auf mich einwirkendes Rascheln. Weitere Wahrnehmungen entfielen, da ich schließlich doch einschlief. Am nächsten Morgen erinnerte ich mich wieder und nahm mir vor, Peggy zu befragen. Aber im Badezimmer ereignete sich eine Szene, die alles andere vergessen ließ. Peggy war eben dabei, mich zu baden und abzureiben, und ich muß sagen, daß sie ihre Aufgabe ebenso gründlich wie gewissenhaft durchführte, das heißt, besonders gewissen Teilen meines Körpers die aufmerksamste Pflege angedeihen ließ. Sie wusch sie mit einem, wie mir schien, geradezu zärtlichen Eifer und sichtlichem Vergnügen. Kein Wunder, daß mein gewisser Teil recht steif wurde und meine Wangen zu glühen anfingen, um so mehr, als ich bemerken konnte, daß Peggys Blick wie gebannt an dem hing, das sich so schwellend aufgerichtet hatte. Sie fand allerlei Vorwände, es immer wieder zu berühren, einmal war es nicht gut genug abgetrocknet, einmal mußte sie es ein wenig einpudern, und schließlich meinte sie, daß sie es, da es so »geschwollen« erscheine und sich so heiß anfühle, unbedingt »abkühlen« müsse. Sie hielt auch gleich ihre eigenen Hände unter das nun kalt fließende Wasser.

»So, *das* wird ihm guttun, er ist ja wirklich ganz erhitzt!« sagte sie mit besorgter Stimme, die mir aber etwas geheuchelt vorkam. Und dann begann sie, mein sich trotz ihrer eiskalten Finger nicht merklich abkühlendes Glied in einer Weise zu streicheln und zu pressen, daß es einem diplomierten Masseur Ehre gemacht hätte. Wir waren beide eifrig bei der Sache, plötzlich sagte Peggy: »Dory, ich weiß etwas Besseres, *das* wird ihn abkühlen!« Sie beugte sich auch gleich hastig vornüber und nahm ohne weiteres mein schon vor Überreiztheit nervös zitterndes Ding zwischen ihre frischen, kühlen Lippen, was mich in höchstes Erstaunen versetzte und ein unendlich süßes Gefühl in mir auslöste, dann eine befreiende Entspannung, die meinen ganzen Körper durchrann, und im nächsten Augenblick ergoß ich *das* in Peggys Mund, was damals den großen Fleck auf Miß Durantes Rock verursacht hatte . . .

Ich war sehr betroffen, trotz meiner Erregung, aber Peggy war nichts anzumerken. Sie saugte noch eine kleine Weile an meinem nun schlaff gewordenen Glied, dann spuckte sie aus. Lachend sagte sie: »Siehst du, *jetzt* ist er nicht mehr geschwollen!«, und ging zur Tagesordnung über.

Es schien, daß mit diesem Vorfall zwischen Peggy und mir ein gewisser Kontakt hergestellt war. Ich suchte tagsüber ihre Nähe, und sie ließ mich merken, daß sie mich für einen hübschen Jungen hielt. Die zweite Nacht, die sie in Miß Patricks Bett verbrachte, verlief fast programmgemäß, denn als Peggy mich zu Bett brachte, hatte ich meinen Plan schon längst gefaßt ... Ich wartete nur ab, bis sie in dem ihren lag, um in ihr Zimmer zu schlüpfen und nun meinerseits zu murmeln: »Peggy, schläfst du schon?«

»Nein – was willst du, Bubi?«

»Ach, Peggy – es brennt mich wieder!«

»Was brennt dich?« fragte sie verwundert zurück.

»*Das* – so wie im Bad, heute morgen ...«, stammelte ich.

»Ach so ... na, komm, Bubi, ich werde dir's wieder kühlen«, und ihre Stimme zitterte ein wenig, als sie mich bei diesen Worten in ihr Bett zog. Mich befiel ein leichter Taumel. Jetzt begann es! Das große Abenteuer erwartete mich. Ich sog den mir bis dahin unbekannt gebliebenen weiblichen Dunst, diese auch für starke Nerven gefährliche Mischung aus Frauenfleisch, Bettwärme und billig parfümierter Wäsche, die als zusätzliche Ingredienz den Eigengeruch des weiblichen Körpers angenommen hatte, mit vollen Nüstern ein. Mir schwindelte, mir schlug das Herz laut im Halse. – Wenn das nur gut ausging! Den Rest gab mir die Berührung mit den lauen, molligen Gliedern Peggys, die, weich und üppig, von der harten Matratze des altjüngferlichen Bettes Besitz ergriffen hatten.

»Komm, komm, und fürchte dich nicht«, flüsterte sie, indem sie zärtlich über meine Arme strich; und dabei blieb es nicht. Ihre Hände streichelten auch meinen Rücken, meine Schenkel – um zwischen meinen Beinen haltzumachen. »Oh, er ist schon wieder geschwollen! Sag, Bubi, weißt du überhaupt, wie das da heißt?«

Ich schwieg, denn ich schämte mich meiner Unwissenheit.

»Das ist das Schwänzchen, Bubi, und das«, hier nahm sie behutsam den kleinen Beutel zwischen ihre Finger, »und das sind die Eierlein!« Ich fand das sehr natürlich und fragte nun meinerseits: »Und was hast du ›dort‹, Peggy?« Mir war Allans kleine Schwester eingefallen und die geradezu auf fallende Neugier, die sogar der erwachsene Mr. Gibbons für die Zone zwischen Suzans Beine bezeugt hatte. Nun würde ich endlich Näheres erfahren!

»Da, du neugieriger Bub, überzeuge dich selbst«, stammelte Peggy, nahm meine Hand und führte sie zwischen ihre prallen Schenkel. Wie warm war es da!

»Siehst du – du mußt den Finger tiefer hineinbohren, bei mir ist eine kleine Grotte. Willst du dein Schwänzchen einmal *da drin* abkühlen?« Und damit zog sie mich, der ich nicht wußte, wie mir geschah, mühelos auf ihren weichen Körper. Ich lag jetzt in der gutgepolsterten Gabelung ihrer Schenkel, das erhitzte Gesicht auf dem sich lebhaft hebenden und senkenden Busen gebettet. »So, Bubi, jetzt stecken wir ihn in die kleine Grotte, du wirst sehen, wie gut das tut . . .« Und schon glitt mein kleines, aber stocksteif gewordenes Glied in eine Art fleischgewordenes Paradies, das es zärtlicher umschloß, als dies je einer noch so weichen Hand möglich gewesen wäre. Es erschien mir geschmeidiger, irgendwie elastischer, als selbst die Lippen Peggys . . .

»Ah . . . wie gut – oh – das ist *gut* . . . fühlst du auch, wie gut das ist?« stöhnte Peggy zwischen den Zähnen. Und ob ich das fühlte. Um so mehr, als die unter mir Liegende sich mit ungeduldigen Stößen ihrer Last entgegenhob, so daß mein Glied in seinem Futteral nur so hin- und herglitt. Ja, sie unterstützte diese unsagbar wonnige Prozedur noch, indem sie mich mit ihren kräftigen Armen abwechselnd an sich preßte und wieder von sich stieß . . . Ich war fast bewußtlos vor Seligkeit. So jung ich war, empfand ich doch als sehr frühreifer Knabe, daß dies die innigste Vereinigung zwischen Mann und Frau bedeutete. Ich vergaß ganz, auf das sich nun meldende, mir schon bekannte Gefühl zu achten, das den Höhepunkt ankündete und stets mit einer Entladung endete. Und plötzlich war es auch soweit – ich fühlte, wie es unaufhaltsam und heiß in Peggys Schoß strömte. Mein Lustempfinden hatte den Gipfel erreicht . . .

»Bubi, was machst du – hör nicht auf – oh – ich muß, ich *muß* – gleich, gleich . . .«, und Peggy preßte mich wie wütend zwischen ihre Schenkel, sie umklammerte mich, wie ein wilder Reiter sich an die Flanken des flüchtenden Pferdes klammert. Gleich darauf durchlief ein Zittern ihren vollen Körper, eine kurze Weile lag sie wie im Krampf, dann lösten sich ihre Glieder, so daß auch die Umklammerung – ich hatte, ernüchtert, schon ein wenig Angst bekommen – sich lockerte, ohne mich jedoch ganz freizulassen.

Wie lange wir so lagen, weiß ich nicht; wir waren beide von einer Art Halbschlaf umfangen, als ich durch mein eigenes Gewicht von Peggys Leib herabglitt. Nun schlief ich erst richtig ein, und ich dürfte mich nicht gerührt haben, bis mich das Licht des Morgens weckte.

Es beschien einen kleinen Jungen, der symbolisch ein Mann geworden war. Meine Gefährtin lag wie in einem bleiernen Schlafe regungslos neben mir. Die Arme hatte sie unter den Kopf geschoben, und ich sah jetzt erst, wie schön gerundet sie eigentlich waren. Aber meine noch schlaftrunkenen Augen blieben auf etwas ganz anderem haften: Das herabgeglittene Hemd ließ die beiden weißen Hügel ihres vollen Busens frei, so daß ich sie in Muße betrachten konnte. Jede der reichlich großen Kugeln war mit einer hellroten, kräftigen Warze geschmückt, die mich komischerweise an die Gummistöpsel in der Hausapotheke unsere Haushälterin erinnerten. Ich fuhr leise mit dem Finger darüber und bekam plötzlich Lust, eine davon zwischen meine Lippen zu nehmen. Ach, das schmeckte wunderbar! Und seltsam, sie wurde in meinem Munde noch größer und viel härter – ganz wie bei meinem Schwänzchen, dachte ich erstaunt. Da rührte sich Peggy – ich erschrak ein wenig –, aber sie lächelte mich an und sagte bloß: »Hast du Durst, Bubi?« Ich nickte. Ich war wieder ganz erregt und hoffte, es werde sich etwas Ähnliches wie am Abend vor dem Einschlafen ereignen.

»Da ist noch keine Milch drin – schmeckt aber trotzdem ganz gut, nicht wahr?« Ihre Hand war unter mein Hemd gefahren und hatte dort mein längst wieder steif gewordenes Anhängsel entdeckt.

»Aber der ist ja schon wieder ganz heiß und geschwollen – willst du ihn nicht rasch noch einmal abkühlen, bevor wir aufstehen müssen?«

Ich ließ mir das nicht zweimal sagen. Ich stieg diesmal, mich mit beiden Händen auf ihre Brüste stützend, schon ganz von selbst auf meine Partnerin hinauf und lenkte auch mein Glied gleich in die richtige Bahn.

»Oh, du machst es schon ganz gut, Bubi!« flüsterte Peggy erstaunt und erfreut, als sie meine heftigen Stöße bemerkte und sie gleich darauf ebenso prompt mit Gegenbewegungen ihres stattlichen Hinterns beantwortete. Ich war sehr stolz. Aber mein Eifer ließ mich nicht ruhen, ich wollte zeigen, daß ich auch Phantasie habe, und versuchte daher, eine der dicken Brustwarzen in den Mund zu bekommen. Ich geriet dabei freilich etwas aus dem Takt, aber schließlich gelang mir mein Unternehmen doch. Nun begann ich, ohne mit dem Stoßen auszusetzen, an dem dicken, elastischen Stummelchen zu saugen, was ein wohliges Stöhnen Peggys auslöste.

»Noch fester, Bubi, stoß fester ...«, stammelte sie endlich, und ihre Erregung erhöhte die meine, obwohl ich nicht geglaubt hätte, daß sie noch steigerungsfähig sei. Und es erschien mir diese Wiederholung noch schöner, noch berauschender als die Premiere, die doch das Überraschungselement für sich hatte ... Ich war halb von Sinnen, als wir, diesmal fast gleichzeitig, zum Ziele gelangten ...

Jetzt war ich ein wirklicher Mann, und ich würde den Akt noch oft vollziehen, ich hatte ja jetzt eine Geliebte! Ein wertvoller Besitz, wie es mir schien. Trotzdem ich mir nun, wie gesagt, allerhand einbildete und schon ein wenig auf meine Schwester Suzan herabsah, kam ich nicht auf die Idee, die teils komische, teils beängstigende Szene zwischen meiner Stiefmutter und Mr. Gibbons habe etwas mit »Abkühlung« zu tun gehabt ...

Mein Verhältnis zu Peggy blieb vertraulich, wenn sich auch nach der Rückkehr Miß Patricks – die seltsamerweise niemals erotische Gefühle in mir erweckte – nur sehr spärlich Gelegenheit ergab, mit ihr allein zusammenzusein. Sie begnügte sich dann, im Dunkel einer Ecke an meine Hosen zu greifen und zu fragen, »ob es mich wieder einmal gebrannt habe«; diese hastigen, verstohlenen Berührungen reichten jedoch nicht aus, eine Entladung herbeizuführen, so daß ich mich wieder mehr der Selbstbefriedigung zuwandte. Um so mehr, als meiner Phantasie durch gewisse, recht befremdende Szenen, die ich zwischen meinem Vater und meiner Stiefmutter beobachten konnte, neue Nahrung geboten wurde. Ersterer war längst »entzaubert«, er hatte zu trinken begonnen und wurde immer unberechenbarer und cholerischer. Er war selten zu Hause, aber wenn er kam – ich hatte es einmal zufällig beobachtet und wartete seitdem geradezu auf die Gelegenheit –, ereignete sich unweigerlich folgende Szene: Sowie er meiner Stiefmutter Pamela ansichtig wurde, stürzte er auf sie zu – stets mit derselben dumpf gemurmelten Redensart: »Komm – laß mich doch . . .« –, warf sie nach kurzem Ringen aufs Sofa oder auf den Fußboden, während er ihr in zitternder Hast die Kleider oder was sie sonst gerade anhatte, nach oben schob, wobei es ihm nichts ausmachte, wenn der Rock oder die Unterkleider von seinen brutalen Griffen zerrissen wurden. Kaum lag er auf ihr, verhielt er sich ein bis zwei Minuten ganz ruhig, ohne sich zu rühren . . . Hierauf, während Pamela nur immer wiederholte: »Du Vieh – du besoffenes, geiles Schwein, laß mich zufrieden –, kannst du nicht bei deinen Dirnen bleiben . . .?«, stand er mühsam auf und wankte, ohne noch ein einziges Wort zu verlieren, aus dem Zimmer.

Pamela erhob sich dann ebenfalls, sichtlich benommen, mit zusammengebissenen Zähnen und sehr bleich, und wenn sie nun mit zitternden Händen ihre Kleider ordnete, hatte ich reichlich Gelegenheit, ihre eigentlich sehr schönen und prallen Schenkel und ebenso wohlgeformten Waden zu betrachten. Ich konnte mich dann nicht enthalten, in meinem Versteck mir rasch jene Befriedigung *allein* zu verschaffen, die mein Vater bei Pamela gesucht hatte . . .

Studentenliebe und schlechte Beispiele

Wenn ich bedenke, was ich bald darauf erleben sollte, als ich das väterliche Haus mit der Schule vertauschte, bin ich versucht zu behaupten, daß mich diese Ereignisse vielleicht besser für das College vorbereiteten, als die eher fragwürdigen häuslichen Studien in den üblichen Fächern. Ich beglückwünschte mich oft, dort nicht als ganz unerfahrener Junge eingetreten zu sein, denn dann hätte ich wahrscheinlich mehr Lehrgeld bezahlt, als die Sache im besten Falle wert war. Ich wurde, wie hundert andere Jungen meines Landes, interner Schüler im Kerrington-College. Ein ehrwürdiges Institut mit ehrwürdigen Einrichtungen. Auch die sittlichen Zustände konnten so bezeichnet werden, denn was auf diesem Gebiete sich seit Adam und Eva ereignet hat, kann ja, dem Alter nach, ebenfalls ruhig als *ehrwürdig* gelten – ich will sagen, daß im Kerrington-College keinerlei neuartige Fehltritte zu erfinden waren, da die bisher bekannten gewissenhaft wiederholt wurden und vollständig ausreichten. Das wohlorganisierte Onanieren, das Lesen verbotener Bücher, das Herumzeigen anstößiger Bilder, alles das gehörte, wenn auch nicht zum Lehrplan, so doch zumindest zu den »ehrwürdigen« Einrichtungen dieser berühmten, traditionsreichen Schule. Mir sollte es jedoch beschieden sein, eine absolut neue »Verirrung« einzuführen, ich glaube wenigstens, daß mein Beispiel sehr anregend gewirkt haben dürfte.

So alt unsere Schule auch war, so bestand die in einem Nebenflügel installierte Mädchenabteilung eigentlich erst seit jüngster Zeit. Eine der Insassinnen dieses nachbarlichen Instituts war meine Kusine Lucy, die hübsche Tochter Lord Lessons, eines Bruders meiner richtigen Mutter. Dies alles gehört zur Vorgeschichte meines Falles.

Ich drückte nun schon drei Jahre die von so vielen Jungenpopos ganz glattgescheuerten Bänke meines Colleges; alljährlich einmal gab es eine besondere Festivität; »gemischt«, seit wir weibliche Nachbarschaft hatten. Die Krönung war eine Theatervorstellung. Diesmal wirkten nun auch die Mädchen mit, und das ebenfalls gemeinsame Dinner mit drauffolgendem Tanzvergnügen ermöglichte die Anbahnung unschuldiger Flirts, die sich in der Folge zu entwickeln versprachen. Mir war es aber vorbehalten, mehr zu erreichen und unverhofft rasch zu einem etwas reelleren Genuß zu kommen . . .

Ich hatte schon vorher durch meine Kusine ihre vier Zimmerkameradinnen kennengelernt, lauter gutgewachsene, junge Mädchen, die durch zahlreiche Freundschaftsschwüre unzertrennlich geworden und bereit waren, sich füreinander »in Stücke« reißen zu lassen. Mein großes Abenteuer (das meinen Ausschluß aus der Schule zur Folge hatte) bestand darin, daß ich eines Tages, oder vielmehr eines Nachts, nach zahlreichen vorangegangenen Verhandlungen, geheimen Briefchen und Botschaften – im Zimmer dieser fünf Mädchen landete. Es war die Nacht, die der so ungemein beliebten Theaterveranstaltung, dem »Clou der Saison«, folgte – es wurde, ich erinnere mich noch, »Ali Baba und die vierzig Räuber« gegeben – und die, wie erwähnt, unsere Schulen vereinigte. Meine Kusine hatte ihren Schlafgenossinnen versprochen, einmal einen richtigen Mann zur Stelle zu schaffen, und in dieser Nacht sollte *ich* ihr Gelegenheit geben, ihr Wort zu halten. Es ging auch alles gut, ich konnte mich in der improvisierten Garderobe des Theaterbetriebes als Mädchen verkleiden, meine schlanke, mädchenhafte Figur und meine regelmäßigen Züge taten das Ihre, um unerkannt in das Zimmer der fünf Verschwörerinnen zu schlüpfen.

Eine Überraschung war nicht mehr zu befürchten. Die Vorhänge hatten die Mädchen schon sorgfältig zugezogen, und der ziemlich große Raum wurde von einer einzigen Kerze nur undeutlich erhellt. Das »Hallo« schien anfangs nicht sehr groß, denn wir waren alle etwas verlegen, aber Lucy faßte sich rasch: »Tun wir doch so, als wenn nichts passiert wäre, meine Damen – und mein Herr . . .«, setzte sie schelmisch hinzu, »was ist denn dabei? Wir werden uns jetzt alle ausziehen und zu Bett gehen, wie immer. Mit einer kleinen Variation allerdings: Wir dürften uns heute, wie ich glaube, nicht schlecht amüsieren!«

Nun kam Leben in die reizende Gruppe, man fand Lucy »great« und »very smart«, und kurz darauf konnte ich in aller Unbefangenheit fünf blühende, junge Geschöpfe bei allen nur möglichen Beschäftigungen beobachten, als ob ich eine der Ihren und nicht ein verkleideter Mann gewesen wäre. Ich bekam Reize zu sehen, die in dieser Fülle und in dieser Qualität im allgemeinen vielleicht nur wenigen Augen, und dann nur weiblichen, vergönnt waren. Wir hatten übrigens bei dem Festessen den Likören reichlich zugesprochen, wodurch das natürliche Schamgefühl schon an und für sich ein wenig gelockert erschien, und auch meine Verkleidung, die ich noch nicht abgelegt hatte, trug dazu bei, daß ich nicht als völlig Fremder, als absolut anderes Geschlecht empfunden wurde. Die ganze Situation hatte etwas prickelnd Zweideutiges, man machte sich ein wenig lustig über die neue »Kollegin« und spürte doch gleichzeitig eine lüsterne Neugierde auf den Mann . . .

Es war ein erlesener ästhetischer Genuß (ich war damals leider noch zu jung, um mein Glück richtig einschätzen zu können), diese prangenden Brüste und diese fünf wohlgerundeten und so verschieden geformten Backenpaare ihrer rosigen Hinterteile vergleichen zu können, die schlanken Mädchenbeine aus den kurzen Höschen fahren und augenblicklich auch die kleinen hellen Bäuche aufblitzen zu sehen . . . Was würde nun geschehen? Lucy war als erste in ihr Bett geschlüpft.

»Heute dürfen keine Mädels beisammenliegen«, ordnete sie von dort aus, wie von einer Kommandobrücke, an, als Zimmerälteste hatte sie die Autorität, »Dory wird euch jetzt der Reihe nach besuchen, und dann wird er selbst entscheiden – welche von ihm –«, hier senkte sie ihre Stimme und fügte fast unhörbar hinzu: ». . . gepimpert werden soll!« Ersticktes Kichern beantwortete dieses kühne Programm, das mir eigentlich die schönste Rolle zuerkannte, die einem Manne in den Schoß fallen kann: die Rolle des Paschas. Es war das erste Mal und wird mir deshalb unvergeßlich bleiben. Später kam es vor, daß mir mein vorteilhaftes Aussehen als sehr unbequem verhaßt wurde, wenigstens vorübergehend, denn ich habe fast zu viele Proben weiblicher Begierde kennengelernt.

Ich hatte mich also auf dem Präsentierteller herumreichen lassen. Übrigens, meine Augen hatten schon eines der Mädchen mit besonderem Wohlgefallen wahrgenommen, eine kleine, kapriziöse Brünette, ihr reizend voller, ja geradezu reifer Busen hatte mir buchstäblich ins Auge gestochen. Er war von einer so verheißungsvollen Schönheit und stand in so großem Kontrast zu den »sweet fifteen« seiner Besitzerin, daß ich ihm sozusagen vom ersten Blick an, der ihn mir in seiner ganzen Pracht verriet, verfallen war.

Vielleicht spielte mein großer Sinnenhunger bei dieser Wahl mit und ließ mich stark ausgeprägte Geschlechtsmerkmale ersehnen. (Der gesättigte Mann läßt sich gerne von *Feinheiten* bestechen, feinschmeckerisch genießt er die übermäßig kleine Hand, den zierlichen Fuß und einen eher kindlich-unreifen Busen – mit einem Worte das Blumenhafte, ja Knospende.) Hier bei Ethel war aber eigentlich für *jeden* Geschmack vorgesorgt. Sie war zart und besaß Geschlechtsmerkmale, die auch einer derberen Erscheinung Ehre gemacht hätten. (Ich vergaß zu erwähnen, daß sie auch über einen aufreizend und herausfordernd gerundeten Popo, ein chef d'œuvre an Pikanterie und von einer Weiße, die eine Lilie beschämen konnte, verfügte.)

Aber – ich mußte meine »Tournee« beginnen. Kusine Lucy, ein loyales und ganz und gar nicht zimperliches Mädchen, hatte ich schon bei gelegentlichen Ferienbesuchen näher, ich kann wohl sagen, intim kennengelernt, wir waren richtige Freunde und erzählten uns rückhaltlos alle unsere Abenteuer und Geheimnisse. Erhitzt durch die oft recht dick aufgetragenen Schilderungen, hatten wir die Gewohnheit angenommen, gemeinsam zu »spielen«, d. h. uns, nachdem wir die ersten Hemmungen siegreich überwunden hatten, gegenseitig zu streicheln, auch an den verschwiegeneren Partien des Körpers, um eines Tages herauszufinden, daß es sich auch ganz leicht bewerkstelligen läßt, *paar*weise

Selbstbefriedigung zu treiben. Ein besonderer Kitzel ergab sich aus dem Ehrgeiz, uns hier gegenseitig wenn möglich zu übertreffen. Ihr verdanke ich auch manche wertvolle technische Aufklärung, denn sie war in diesen Dingen viel reifer als ich und außerdem von größter intuitiver Begabung. Sie pflegte schon in sehr frühem Alter ihre persönlichen Beobachtungen durch systematisches Nachschlagen im Lexikon wissenschaftlich zu fundieren. »Der Meyer ist eine Fundgrube«, pflegte sie anerkennend zu sagen. Da ihr Körper mir nichts Neues war und sie eigentlich stillschweigend »hors concours« stand, konnte ich gleich zu Nummer zwei übergehen. Dies war Mabel, das richtige, gut englische »Sweet-heart«, blondgelockt, rundlich und mit kindlich blikkenden, unwahrscheinlich veilchenblauen Augen. Kindlich ist nicht ganz richtig: Sie sah aus wie ein zu groß geratenes Baby. Aber als ich neben ihr lag, stellte ich rasch fest, daß sie sich in Kürze zu einem recht lüsternen Weib ausgewachsen haben dürfte. Als erstes nahm sie mein Glied in ihre weiche, mollige Hand und ließ es nicht mehr los. Und sie machte auch sofort flüsternd den Versuch, mich mit ausgesucht gewöhnlichen, ja gemeinen Worten »aufzupulvern«; sie dachte wahrscheinlich, daß mich ihre unverhüllte Geilheit gleich gefangennehmen würde. Ihre Ausdrücke verrieten, daß sie es sich einige Mühe hatte kosten lassen, sie sich in *dieser* Qualität und Derbheit zu verschaffen, denn ein junges Mädchen hört derartiges, noch dazu in einem wohlbehüteten Pensionat, nicht alle Tage.

»Oh, ist das ein Schwanz – dick, dick, wie ein Prügel« (hier übertrieb sie, aber ihr Wortschatz war eben auf ihre Ansprüche eingestellt), »gib her, er soll mich bedienen, ja, ganz fest – *pudern* soll er mich ... Ich bin wild ...« Hier brach sie ab, denn ich ermunterte sie nicht, und es wurde ihr nun scheinbar doch ein wenig unheimlich zumute. Ich schwieg eigentlich aus Verlegenheit, aber nicht, ohne die Gelegenheit zu benützen, meine Hände über ihren appetitlichen Körper spazieren zu lassen; zuerst war ich übrigens auch ein wenig verblüfft, denn sie hatte in aller Eile, noch bevor ich zu ihr geschlüpft war, ihr Hemd ausgezogen, um mich ganz nackt zwischen ihrem Leintuch und ihrer Decke empfangen zu können. Ihre Brüste bildeten kernige Hügel, die Warzen waren jedoch so zart und unausgebildet, daß ich sie gar nicht finden konnte. Tiefer gleitend bemerkte ich, daß sie ihre Schenkel weit auseinandergespreizt hielt und daß ihre freie Hand – die andere hielt noch immer krampfhaft mein steifes Glied – in der kleinen Muschel steckte. Da ich befürchtete, daß ihr wildes Pressen mich zu einer unerwünscht voreiligen Entladung zwingen könnte, schickte ich mich an, sachte die Übersiedlung in das nächste Bett zu bewerkstelligen. Aber ich hatte vorher noch einige Mühe, den wichtigsten Teil aus seinem engen Gefängnis, der kleinen weichen, aber egoistischen Mädchenhand, zu befreien.

Mabels Nachbarin war *Jane*, ein rassiges, recht munteres Mädchen, dessen Mutter, eine Spanierin, selbst noch als eine überaus begehrenswerte Frau zu bezeichnen war und durch ihre Liebesaffären ganz London in Atem hielt. (Es hieß, daß sie ihre Butler monatlich wechsle und nie versäumte, sie »persönlich« auszuprobieren ...) Jane empfing mich nicht weniger zärtlich, wenn auch weitaus dezenter in ihrem Gebaren als ihre Vorgängerin.

»Du bist so hübsch, Dory«, raunte sie in mein Ohr, »ich will, daß du mich küßt!«

Und schon preßte sie ihren süß und rein duftenden Mund auf den meinen, aber ihre unwissenden, geschlossenen Lippen ließen meine erregte Zunge nicht passieren. Ihr Körper war zart und geschmeidig, ohne sehr entwickelt zu sein, sie erinnerte mich eigentlich an einen Knaben, an einen kleinen Italiener, der mir schon immer auf einem der Bilder in unserem Salon zu Hause aufgefallen war; besonders ihr Popo, den ich leicht streichelte, verstärkte diese Vorstellung, denn er war sehr klein, wenn auch kernig und reizend gewölbt. Ich lag ganz ruhig und preßte und streichelte ihn traumverloren.

»Was ist denn los, Dory, du darfst jetzt doch nur kosten – wann willst du denn fertig werden?« ließ sich jetzt die ungeduldige Stimme Lucys vernehmen. Ich mußte also zu *Maudie* übersiedeln, die wunderschönes, kupferglänzendes Haar und eine solide Figur besaß. Ich löste mich gehorsam von Jane und kroch in ihr Bett. Sie war für ihre Jahre ein reif zu nennendes Mädchen, mit kräftigen Gliedern, einer kleinen, sehr harten Brust und besonders vollen Schenkeln. Ein Geschöpf, das als der Inbegriff strotzender Jugend erschien. Mir war sie zu hausbacken, obwohl ihre seidenglatte, straff gespannte Haut sich sehr angenehm anfühlte und ich ihr beim Auskleiden gern zugesehen hatte, als sie sich langsam, etwas träge bewegte, besonders als sie die langen Seidenstrümpfe von ihren noch längeren Beinen hinabschob und dabei ihre weißen, so kernigen Schenkel achtlos preisgab . . .

Sie nahm mich stumm in Empfang und legte sich, gleichfalls ohne ein Wort zu verlieren, gleich auf mich, wobei mein Glied wie von ungefähr zwischen ihre Schenkel geriet, dort, wo diese am weichsten und zweifellos am weißesten waren . . . Ich war so verwirrt, daß ich ihren Körper kaum auf mir lasten fühlte; meine Hände tasteten wie instinktiv ihre hinteren, hübsch entwickelten, recht muskulösen Reize ab, was sie scheinbar ermutigte, sich noch fester an mich zu drücken. Sie begann auch gleich leise, aber beharrlich ihren dichtbehaarten Schamberg an meinem Bauch zu wetzen, während sie, immer noch wortlos, in geradezu verbissener Stummheit, meinen Kopf zwischen ihre Hände preßte. Es mochte sein, daß ihr mühsam verhaltener Atem und die auffallende Stille etwas verriet . . . wir wurden diesmal von Lucy *und* Jane gestört, die plötzlich geisterhaft auftauchten und empört und energisch die sich an mich klammernde Maud von mir zogen.

»So haben wir nicht gewettet, meine Liebe! Dory ist nicht Mabel – an der kannst du dich wetzen, soviel du willst, aber jetzt: Fair play, please!« Und damit stießen mich vier Mädchenarme in das letzte Bett der Runde, in das der hübschen *Ethel*, auf die ich besonders neugierig war. Ich hatte, wie gesagt, gleich anfangs feststellen können, daß sie von allen fünf Mädchen wohl den appetitlichsten Körper besaß. Ihr Busen war nicht nur voll und im Gegensatz zu ihrer eher zierlichen Figur auffallend reif, er besaß überdies noch jene eigentümlich aufreizend, so gefangennehmende Linie, die auf den ersten Blick seine Straffheit verrät, aber auch gleichzeitig über seine süße Fülle volle Auskunft gibt. Er stand förmlich rechtwinklig vom Körper ab, er ragte in die Luft wie eine Angriffswaffe, die langen rosigen Spitzen unterstrichen noch diesen wehrhaften Eindruck. Und der gar nicht so kleine, sehr feste Popo stand ihm an herausfordernder Schönheit in nichts nach. Ich hatte seine makellose Haut schon bewundert, als sich Ethel, wie es mir schien, deutlich zu mir gekehrt, das Kleid besonders langsam über den Kopf gezogen hatte; dieser Popo war in Wahrheit die würdige Krönung ihrer schlanken, zierlich gedrechselten Soubrettenbeine. Jetzt lag ich bei diesem pikanten Mädchen, konnte jedes dieser schwindelerregenden Details in voller Muße genießen, betasten, streicheln quetschen oder pressen ... O Ethel, diese Nacht wird mir immer unvergeßlich bleiben!

»Nun, Dory, sind deine Eindrücke abgeschlossen, hast du deine Wahl getroffen?« ließ sich jetzt aus ihrem Winkel die Stimme der unermüdlichen Wächterin, meiner Kusine, vernehmen. Allgemeines Kichern bildete das Echo.

»Ja, ich bin im Bilde!« antwortete ich mit betont fester Stimme. Mein Entschluß war gefaßt: nur *Ethel* kam als erster Preis in Betracht.

»Also auf, Mädels, jetzt beginnt die Lustbarkeit!« mit diesen Worten nahm meine Kusine das Zeremoniell in die Hand. »Komm her, damit ich dir die Augen verbinden kann, mein werter Herr Paris – ich glaube, das Höschen einer der Damen wird sich am besten dazu eignen.« Und im Handumdrehen hatte sie ihr Werk auch schon vollbracht, einer ihrer dünnen Seidenstrümpfe hielt die improvisierte Binde fest.

»So, Verehrtester, jetzt aufgepaßt! Du darfst nur mit den Händen wählen, der Tastsinn soll entscheiden – die, welche du aussuchst, darf aber auch frei über dich verfügen, und wir hoffen alle, daß sie sich auf der Stelle *das* hineinstecken wird, auf das wir alle nicht übel Lust haben!«

Sie versicherte mir noch, daß alle Kandidatinnen im Halbkreis um mich herum Platz genommen hätten und ich nur die Arme auszustrecken brauchte, um meine Wahl zu treffen.

Mich beherrschte nur der Gedanke an Ethel und die Angst, sie vielleicht zu »übersehen«, d. h., vielleicht nicht richtig zu erraten. Aber da ich mir die Form ihres Busens gut gemerkt hatte, da mich überhaupt nur der Gedanke an diese zwei so reizvollen, geradezu magischen Kugeln beherrschte, konnte ich eigentlich kaum fehlgreifen, im wahrsten Sinne des Wortes ... Außerdem war ich so vorsichtig, die Prüfung mit einem gewissen Fingerspitzengefühl vorzunehmen, die Brust, die mir durch ihre wollüstige Schwellung Ethel als wahrscheinliche Besitzerin verriet, zuerst sorgfältig ein wenig zur Seite zu pressen, förmlich in meiner hohlen Hand abzuwiegen, denn mein Gefühl sagte mir, daß sich auf diese Weise die besondere Schwere und Elastizität des ersehnten Busens am ehesten verraten würden ... Und schon bei dem dritten Paar junger Brüste, die sich mir willig zur Wahl anboten, nein, förmlich aufdrängten, war ich ganz sicher. Ich riß mir die Binde von den Augen und sagte hastig: »Hier, das soll meine Partnerin sein!« Ich hatte richtig geraten. Vor mir saß Ethel, mit dem im leisen Stolz aufrechten, vollkommen entblößten Oberkörper, ein bißchen rot im Gesicht.

»Hurra, jetzt geht's los, Kinder! Ethel, du hast den Vogel abgeschossen, kein Wunder, wenn man *so* einen Milchladen hat!« Aber das konnte nur der pure Neid sein, der Jane so sprechen ließ; übrigens erbot sie sich gleich darauf großmütig, ihr Bett als das für »den Staatsakt« geeignetste zur Verfügung zu stellen, denn es sei berühmt für seine unzüchtige Breite und seinen soliden Unterbau, wie sie in komischer Prahlerei hinzusetzte.

Man konnte es den Mädchen ansehen, daß sie erregt waren. Aber diese Erregtheit hatte nichts Frivoles, sie war eher sportlich. Ach, ihr schönen Stunden der Unschuld, in welch anderen Situationen habe ich euch glühend zurückgewünscht! Nie mehr habe ich mich in einer so verfänglichen Situation von soviel unbefangenem, hingebungsvollem Eifer, der ganz der Sache galt, umgeben sehen ... Mir war aber trotzdem ein klein wenig ängstlich zumute. Die Öffentlichkeit der Prozedur schüchterte mich ein, mir wäre es tausendmal lieber gewesen, hätte ich sie im heimlichen Kämmerchen begehen können.

Aber die Würfel waren gefallen, jetzt hieß es die Schanze nehmen; zum Glück war ich schon fast betäubt vor Begierde und wie berauscht von dem seltsamen Abenteuer.

»Vorwärts – anfangen, junger Held –, Ethel wird sich nicht sträuben, los, *nütze die Stunde*, wie unser Lateinlehrer immer sagt!« rief meine übermütige Kusine, und schon bettete die muntere Schar der »Statistinnen«, so hatte sie Lucy lustig benannt, die kleine Schönheit, die mein sein sollte, mit zärtlichem Eifer auf das weitgeöffnete Bett. Die Decken wurde zu Boden geworfen, »da sie ja doch nur stören«, bemerkte Mabel praktisch, dann ergriffen mich acht Mädchenarme, um mich dem Opfer zuzuführen. »Packt ihn an, wo ihr ihn gerade erwischt, die Jungfrau wartet schon!« predigte Lucy als Rädelsführerin. Dies war ein kleiner Seitenhieb auf Mabel, die mich schon bei dem umklammerte, was sich trotz meiner kleinen Befangenheit bereits ganz stattlich in die Höhe reckte. Und gleich darauf lag ich auf dem jungen Leib, dem ich mich in so seltsamer Weise vermählen sollte. Zwei Mädchen hatten es sich nicht nehmen lassen, die »Braut« mit einem improvisierten Schleier, einem Vorhang, zu schmücken, nun hielten sie, eine auf jeder Seite, ihre schlanken Beine weit auseinandergespreizt, und Mabel, die mein Glied noch nicht losgelassen hatte, setzte es an den »Eingang des Mysteriums«, wie sie pathetisch sagte. Ich versuchte einzudringen – Lucy drückte mich von hinten mit beiden Händen nieder –, als Ethel einen unterdrückten Schrei ausstieß. »Oh, es tut weh – nein, nicht –, ich kann nicht . . . ich wußte nicht, daß es so weh tun wird . . .!« klagte sie jämmerlich. »Das werden wir gleich beheben«, antwortete die resolute Lucy, »Jane, bring etwas Coldcreme her, wer gut schmiert, der gut fährt! Und du, Baby«, fuhr sie fort, »halt jetzt den Mund, und sei froh, daß du etwas erlebst – sonst löst dich vielleicht noch eine von uns ab!« Die Coldcreme schien die Sache wirklich zu erleichtern, denn jetzt fühlte ich ganz deutlich, wie mein Speer, ohne besonderen Widerstand zu finden, ein gutes Stück eindrang, was eine ganz unbeschreibliche, köstliche Gefühlssensation in mir auslöste. Ein Kitzel überlief mich, eine Wonne, die wundersame Elastizität dieser jugendfrischen Pforte, ihre Weichheit, ihre schwellende Zartheit betäubten mich. Ich nahm neuerlich Anlauf, und wieder konnte ich ein Stückchen tiefer in diese herrliche Materie vorstoßen, bis ich schließlich mit vorsichtigen, aber regelmäßigen Stößen den ganzen Weg zurücklegte, der zur Verfügung stand, wobei ich jedesmal, wenn ich mich auf den Körper unter mir niedersenkte, an der äußersten Spitze so etwas sie ein Aufprallen auf ein unendlich feines, himmlisch weiches Kissen zu spüren vermeinte ... Die Mädchen sprachen nun nicht mehr, es war nur das heftige Atmen zu hören, das sich ihren jungen Kehlen entrang, das Rascheln der dünnen Hemden, das leise Knacken des Bettes, das sich unter der Last von sechs erregten Körpern bewegte. Die Kameradinnen Ethels bemühten sich übrigens redlich, ihr und mir und ein wenig auch sich selbst den Reiz der Situation noch so weit zu vertiefen, als es in ihren Kräften stand. Sie streichelten mit gleichem Eifer mich und mein kleines »Opfer«; Jane lag ganz mit dem Kopf auf den Brüsten Ethels und saugte mit Gier an den kleinen harten Warzen; Lucy, die Erfahrenste, massierte den Kitzler meiner Partnerin und meine Eier, abwechselnd, was unsere Lust, wenn dies überhaupt möglich war, noch erhöhte. Meine Stöße wurden jetzt auch kühner und heftiger, ich verlor die letzte Scheu und fühlte immer gewaltiger die in mir aufsteigende Welle, die mich zu überfluten drohte. Die Zärtlichkeiten der Mädchen verdoppelten sich, sie drängten sich an uns, sie küßten uns, wohin sie nur trafen, Mabel, die lüsterne Mabel, hatte meine Hand ergriffen und preßte sie auf ihren Busen, mit der anderen versuchte sie sich jene Befriedigung zu verschaffen, die sie sich lieber mit dem sich zwischen den Beinen Ethels betätigenden, tatsächlich viel geeigneteren Instrument verschafft hätte. Maudie aber war vom Bett geglitten und verbarg ihren Kopf zwischen den leise bebenden Schenkeln Janes, die noch immer die Brust meiner kleinen, leise Schreie ausstoßenden Geliebten leckte ... Und jetzt war es soweit, ich konnte mich nicht länger zurückhalten, es war mir, als verströmte mein Leben ... Wie betäubt lag ich da, nur im Unterbewußtsein wahrnehmend, daß unter mir ein geschmeidiger, sich gleich mir entspannender, schlaff und weich werdender Mädchenkörper lag. Wir, die Hauptbeteiligten, hatten einen Akt vollendet, der uns voll und ganz beansprucht hatte, jetzt waren wir in einen Dämmerzustand verfallen, der schließlich in Schlaf überging. Ich weiß heute nur mehr, daß die nicht zu befriedigende Mabel mich halb in ein leeres Bett trug und, meinen Protesten zum Trotz – ich konnte vor Müdigkeit kein Auge offenhalten –, längere Zeit mit meinem nun recht unansehnlich gewordenen Glied herumspielte. Schließlich, draußen graute schon der Morgen, durch ihr unablässiges Betasten und Streicheln wieder ganz hart geworden und nach dem ersten Schlummer noch recht schlaftrunken, gab ich ihrem Verlangen nach und ließ es zu, daß sie sich auf mich legte und sich als zweite das holte, was ich in *dieser* Nacht eigentlich nur Ethel zugedacht hatte. Dann schlief auch sie ein, wie alle anderen ihrer Zimmergenossinnen. Zum Unglück hatte auch meine tüchtige Kusine den letzten Moment verschlafen, der ein sicheres Entschlüpfen möglich gemacht hätte – kurz, ich wurde, als ich mich durch die Tür zwängte, um die Flucht anzutreten, von einer alten Lehrerin entdeckt, die sofort Alarm schlug, und das betrübliche Resultat war mein Ausschluß aus der Schule.

Eigentlich war dies aber die beste Lösung, denn mir war hier allmählich der Boden unter den Füßen zu heiß geworden. Auch anderer Streiche wegen. Meine Kameraden hatten, wie schon erwähnt, nicht versäumt, mich restlos in die Sitten und Gebräuche unserer Anstalt einzuweihen, und nicht nur dies allein, sie waren auch so großzügig, mich, obwohl ich eigentlich der Jüngste war, auch zu gelegentlichen Eskapaden in das Städtchen mitzunehmen. Über diese kleinen Ausschweifungen wurde viel geflüstert, ein Gerücht entstand, das sich schließlich zu einem ganz netten Skandal verdichtete. Es kam nämlich vor, daß kleine Schülerabordnungen »zwecks Förderung der Selbständigkeit« mit unwesentlichen Aufträgen betraut wurden und zu ihrer Erledigung ohne besondere Beaufsichtigung in die Stadt, vor deren Toren sich unsere Schule befand, geschickt wurden. Meiner Beliebtheit hatte ich es zu verdanken, daß man mich in diese Schar einreihte, ein mit Eifer angestrebter Vorzug. Es war aber auch ein ganz besonderer Anreiz, der meinen Mitschülern diese kleinen Ausflüge verlockend erscheinen ließ: Fast jeder von ihnen wurde zu einem Besuch in ein Haus geschickt, das nicht gerade den besten Ruf besaß. Ja, man konnte es eigentlich als Bordell bezeichnen, und nur die englische Prüderie brachte es zuwege, es »Bierhaus« zu taufen. Die Kellnerinnen gingen durchaus einem Nebenberuf nach, den sie in den Betten der muffigen Zimmer oberhalb des großen Saales ausübten.

Man nannte sie »good girls«, aber ich war von ihnen nicht gerade begeistert, denn ich hatte meine Ideale, und eine Frau erschien mir damals noch als etwas Geheimnisvolles und Anbetungswürdiges; diese Mädchen aber waren vollkommen abgestumpft, keineswegs sehr reizvolle Wesen, die meiner Phantasievorstellung von einem »Freudenmädchen« aber auch gar nicht entsprachen. Jedoch, der Begriff des Verbotenen, die Möglichkeit, jedes von ihnen gegen eine geringe Summe zu »besitzen«, der Wunsch, nach der Enge der Schule einmal über die Stränge zu schlagen, ließen mich diese Ausflüge einige Zeit mitmachen, ohne daß der Ekel überhandnahm. Das erste Mal war ich besonders desillusioniert, und die darauffolgenden Male wurde es nicht viel besser; das selbstverständliche »Du«, mit dem mich diese käuflichen Geschöpfe apostrophierten, schockierte mich vielleicht mehr als ihre merkwürdige Art, sich ohne nähere Erklärung mit hochgehobenen Röcken auf das Bett zu werfen und mich mit trockenen Worten aufzufordern, »ihn hineinzustecken«. Und als ich soweit war, verletzte mich wieder ihre sachliche sichtliche, nur auf Zeitgewinnung berechnete Art, in der sie mir zuredeten, »doch endlich zu kommen«. Die geschäftige, mehr als unbefangene Weise, in der sie die darauffolgende Waschung ihrer intimen Stellen vornahmen, raubten mir augenblicklich das Gefühl des Genusses, das ich einen Moment während der Entspannung, die sich übrigens trotz der dringlichen Aufforderung oder gerade ihretwegen gar nicht so prompt einstellte, empfunden hatte. Der Nachgeschmack war bitter und das Ganze keiner Wiederholung wert. Aber das nächstemal ging ich doch wieder mit ...

Ein anderes Ventil für unsere Pubertätsexzesse lag im Schulbereich selbst, ausnahmsweise »in weiblicher Form«, wie die Klassenältesten gerne witzelten. Es war die Frau des Pedells, eine wohlgerundete und stramme Person, mit einer scheinbar unersättlichen Natur dotiert, einem Sexualhunger, der die Vorstellung in uns erstehen ließ, daß sie jeden Tag aufs neue der Vorsehung dankte, die ihrem Manne einen Posten zukommen ließ, der sozusagen fünfhundert junge Schwänze als Naturalbeitrag in sich schloß ...

Diese Frau Stubbs war in der Tat nicht wählerisch, sie hielt es mit allen Jahrgängen. Nur einen einzigen feinen Unterschied übte sie in der Praxis aus: Die älteren Klassen und kräftigeren Burschen fanden bei ihr die natürlichen Wege, die anatomisch für diese Zwecke vorgesehen waren, die jüngeren Semester und jene ihrer Besucher, die von Mutter Natur weniger verschwenderisch ausgestattet schienen, mußten die Sache »andersherum« nehmen, mit weniger ausgetretenen Pfaden vorliebnehmen, wenn man so sagen kann ... Da sich diese Szenen unweigerlich im Hinterstübchen der Dienstwohnung des braven Pedells abspielten, fand der Ausdruck »Hinterstübchen« auch gleich Verwendung als Bezeichnung jener Lokalität, die bestimmt war, der männlichen Lust der noch etwas Unentwickelten unter uns als Belustigungsort zu dienen. »Das Hinterstübchen der Frau des Pedells« wurde zum geflügelten Wort an der ganzen Anstalt. Es wurde aber keineswegs als Demütigung empfunden, sondern ganz im Gegenteil, die hierzu »Verurteilten« wurden sogar von Feinschmeckern beneidet, die sich übrigens häufig über die entgegengesetzte, »recht ausgeleierte« Richtung geradezu beschwerten. Ich entdeckte nach einiger Zeit sogar, daß Frau Stubbs noch einen Pfeil im Köcher hatte: Sie forderte mich und meinen Freund auf, sie *gemeinsam* zu besuchen, da sie uns dann etwas Besonderes bieten wolle.

Wir waren beide neugierig und fanden uns auch pünktlich ein. Frau Stubbs tat, wie gewöhnlich, sehr unbefangen und fragte uns über alles mögliche aus, sie war nämlich bezüglich unserer Studien und der Gepflogenheiten unserer Lehrer ausgezeichnet unterrichtet. Während sie die Schilderung wichtiger Schulereignisse mit sachverständigen Zwischenbemerkungen zur Kenntnis nahm, knöpfte sie sachte unsere Hosen auf, dort, wo sich diese schon erwartungsvoll gebauscht hatten und derart unsere wahren Gedanken verrieten.

»So, Jungs«, sagte sie, »ich sehe, daß ihr in Stimmung seid, meine neue Idee auszuprobieren.« (Wir erfuhren erst später, daß das nur eine Phrase war, denn diese »Neuheit« praktizierte Frau Stubbs schon lange und sogar mit besonderer Vorliebe, wenn es ihr gelang, sich an ein Freundespaar, dessen Diskretion sie sicher sein konnte, heranzumachen.)

Wir waren sehr gespannt. Allem Anschein nach lag diese Neuerung auf dem Gebiet des Geschlechtlichen, das leuchtete uns ein.

»Habt ihr überhaupt schon eine ›Gruppe‹ versucht?« Wir verneinten, zumindest stimmte das in bezug auf weibliche Partnerschaft.

»Ich kann euch sagen, meine Lieben, daß das eine ganz feine Sache ist!« fuhr Frau Stubbs fort, und ihre Augen leuchteten vor Begierde auf. »Sitzt doch nicht so verträumt da! Jetzt wollen wir uns alle drei einmal etwas Besonderes gönnen!« Hierbei zog sie ihr Kleid über den Kopf und gab unseren Blicken die in der ganzen Schule berühmte Pikanterie ihrer *Dessous* preis, die sie sich eigens in Paris gekauft hatte, als sie vor Jahren einmal mit ihrem Mann die Bank-Holidays dort verbracht hatte. Sie hatte es fertiggebracht, ihre üppigen Brüste in einen Büstenhalter aus hellblauem Tüll zu zwängen, der auf jeder Seite einen Ausschnitt aufwies, aus dem vorwitzig die dicken, dunkelroten Brustwarzen hervorlugten. Sonst war sie nur mit einer kurzen Hose bekleidet, ebenfalls aus hellblauem Tüll, mit einer Unzahl verführerischer Volants besetzt. Das Ganze, schon etwas zerdrückt und zu eng geworden, aber doch von unwiderstehlichem, ordinär-erotischem Reiz. Die dünne Hose ließ das Fleisch der prallen Backen durchschimmern und zeigte vorne im klaffenden Spalt ein dunkles Fell, dem ein betäubender Duft billigen Parfüms entströmte . . .

»Fred, du bist doch ein guter Junge, nicht? Komm und stecke dein süßes Ding da vorne hinein – so, siehst du, es geht ganz gut – nein, bleib nur sitzen, es ist sehr gut so auf deinen Schenkeln – ah ja, ja – nur hinein – gleich, Dory, gleich kommst du an die Reihe! – aber Fred, du darfst ihn nicht herausrutschen lassen – so, jetzt lehne dich ganz zurück –, gut, ja, gut so, stoß nur, mein Liebling, fest, von unten nach oben, so – ja – fein, nicht?«

Fred lag fast auf dem Rücken, auf einem niederen Fauteuil. Auf seinen Schenkeln ritt, ihre massiven Beine weit auseinandergespreizt, Frau Stubbs, nicht ohne vorher den steil aufgerichteten, recht ansehnlichen Stachel Freds an die richtige Stelle gerückt zu haben. Ihre mächtigen Brüste, die Frau Stubbs mit ihren beiden Händen zusammenpressend zu einer noch kompakteren Fleischmasse zu ballen bestrebt war, lagen noch auf dem Gesicht meines Freundes.

Ich stand mißlaunig da. Sollte ich lediglich den Zuschauer spielen. Oder eine Art Nachlese halten? Aber da rief mich schon die unersättliche Reiterin. »Dory, Liebling, willst du nicht auch deine kleine Frau Stubbs liebhaben?« Ich trat näher. »Du mußt doch auch etwas tun, komm, steck mir das kleine Schwänzchen hier hinein, es geht ganz leicht!« Und damit hob sie mir ihr volles Hinterteil aufmunternd entgegen. Die dünne Hose klaffte hier weit auseinander und ließ eine tiefe Furche frei, die nur in der Mitte von einem kleinen kreisrunden, rosig-braunen Loch unterbrochen wurde.

»Komm schon, Dory, überleg dir's nicht lange! Schau, wie brav Fred zustößt, er ist schon die ganze Weile drin und wird immer strammer. So, ja, setz nur mutig an. Ein kleiner Ruck, und du bist ganz drin, du wirst schon sehen! Na, also, jetzt – war das so schwer? Und warum stößt du nicht? Aber Dory, du mußt doch auch hin- und herfahren! Ja, so – so, es geht ja wie geölt, ach, Kinder – ist das nicht herrlich? Das beste sind doch zwei Schwänze! Ihr müßt öfter kommen – Dory, nicht nachlassen, fest, fester, – du – ja, so, *fest* – ich werde – ja, gleich, gleich kommt es mir – ah – ah, ah . . . aaah! *Jetzt!* Jetzt! Noch – *noch*, ein bißchen, langsamer, aber nicht aufhören – so, weiter, weiter – ja, gleich – ich – ah! . . . ich – ich komme – stark, so – zum zweitenmal . . . fest, fest! – Fred, so stoß doch! Beiß mich da vorn, in die Brust, tu mir weh! Ich bin wild – gleich, gleich! Oh! *Jetzt* wieder, jetzt . . . ah – *das* war gut – *gut* . . .«

Wir arbeiteten wie die Tollen, jeder von seiner Seite. Freds Atem ging stoßweise, man hatte den Eindruck, als ersticke er unter den gewaltigen Brüsten, die schwer auf seinem Gesicht lasteten. Seine Lippen schmatzten, er hatte sicher eine der Warzen im Munde und saugte daran. Ich aber stak in einer verteufelt engen Gasse, die elastisch und energisch zugleich mein überreiztes Glied umspannte. Bei jedem Stoß prallte ich auf die festen Backen Frau Stubbs, die hart wie Granit waren. Trotzdem fühlte ich aber deutlich die Stränge ihrer Muskeln unter der ausgespreizten, wie ausgespannten Haut hin und wider rollen. Wir arbeiteten einmal im Takt, einmal wild und undiszipliniert gegeneinander, verbissen, versunken, zwischen uns das Medium, das gleichzeitig unsere Sinne aufpeitschte und seine eigene Befriedigung suchte . . .

»Ah, ihr süßen Jungen, ich bin ganz voll von euch . . . ihr habt mich ja förmlich überschwemmt – oh, war *das* schön . . .«, seufzte Frau Stubbs, und ihre Beobachtung schien vollkommen richtig; Fred und ich hatten unser Bestes gegeben und fast gleichzeitig den Höhepunkt erreicht; ernüchtert löste ich mich als erster Mann aus der kunstvollen Gruppe. Die Befreiung meines Freundes ging etwas umständlicher vor sich, da er sich unter der wie leblos auf ihm Liegenden mühsam hervorarbeiten mußte.

Wir haben später noch oft über dieses Abenteuer gelacht

und uns stets gern an das »Hinterstübchen von Frau Stubbs« erinnert. Leider kamen, wie es häufig so ist, diese Besuche und ebenso jene im Bierhaus »Zur feuchten Spalte« der Schulleitung zur Kenntnis, und wenn ich nicht sowieso umgeschult worden wäre, hätte sich sicherlich auch noch meine Beteiligung herausgestellt.

Ich gehe auf Reisen

Die nächsten Semester waren etwas ruhiger, mit Strenge und Arbeit erfüllt. Aber auch diese langen Schuljahre gingen vorüber, die Jahre, die, eingeengt zwischen grauen Mauern und dem ewigen Zwang, fast nicht zu ertragen waren – so schien es uns damals. Und nun lag ein verlockender Lebensabschnitt vor mir: ich sollte meine Studien in Paris fortsetzen! Wir hatten oft davon geträumt, uns einmal im »Seine-Babel« auszutoben, wir verschafften uns schon früh auf Schleichwegen gepfefferte Pariser Witzblätter und verwendeten die eindeutigen Zeichnungen als Unterlage für die Erkenntnis der Reize der Normalfranzösin einerseits und als Ersatz lebender Formen überhaupt. Ich glaube, es ist wohl keiner Zeitschrift zu Ehren in ganz England *soviel* onaniert worden, wie dies dem glorreichen »Vie Parisienne« widerfahren ist.

Nun waren wir wirklich in Paris! Ich besuchte die Vorträge gemeinsam mit einigen meiner ehemaligen Mitschüler, die derselben Alters- und Gesellschaftsklasse wie ich und mein Vetter Allan angehörten. Unsere kleine Gruppe wurde durch einige Studienkollegen, die aus dem »Lutèce« selbst stammten, bereichert; und diese »copains« hatten den löblichen Ergeiz, uns in alle Geheimnisse ihrer schönen Stadt einzuweihen, besonders in jene, die das Gebiet praktischer Erotik betraf.

Nur ein sehr junger, besonders lebenslustiger Mensch kann begreifen, was es heißt, das erste Mal in Paris anzukommen. Ein derart veranlagter Ausländer wird zuerst einen Blick auf »Notre-Dame« werfen und dann unweigerlich dem geheimen Traum seiner Sinne folgen und trachten, die »erste Pariserin« kennenzulernen . . . Leider ist dies meist mit einer mehr oder minder gewaltigen Enttäuschung verbunden, denn es gibt in Paris wohl eine ungeheure Industrie, die sich mit verkäuflichem Fleisch befaßt, aber wenige, zu *wenige* authentische Pariserinnen finden sich in diesem Angebot. Und wenn sie es schon der Geburt nach sind, sind sie es nicht immer der Vorstellung entsprechend, decken sie sich recht selten mit dem Weibchen, das lüstern, pikant, frech und appetitlich die Seiten Pariser Witzblätter zu Tausenden von wohlgebildeten Exemplaren bevölkert.

Meine ersten Begegnungen mit diesen Geschöpfen hatte ich im Kreise meiner Kollegen in den Lokalen des damals noch in voller Blüte stehenden Montmartres, der heute verschwundenen Welt der Maler und ihrer Modelle, in die der joviale Kommis und die lebenshungrige Midinette nur abends einbrachen. Sie verkörperte das Tanzparadies des Pariser Bürgers und wurde dem Fremden noch als eine etwas provinzielle Kuriosität gezeigt. Der Staub, den man sah, war ländlichen Charakters, der Montmartre war damals noch nicht das durch Verödung verstaubte Vergnügungsviertel Europas, amerikanisiert, prostituiert und schal wie eine Grottenbahn für den »reifen« Erwachsenen ...

Oh, diese tollen Nächte in der »Moulin« oder im »Taberin«! Wie viele Mimis und Musettes habe ich damals geküßt, wie viele Franchons und Ninons mit einer Selbstverständlichkeit besessen, die ganz einfach der Verwendung des nationalen breiten Bettes entsprang! Man aß zusammen zu Abend, man ging tanzen, man trank einige Gläser, man wurde müde und man ging zu Bett – voilà! Das war wie das Essen und Trinken, »faire l'amour« war so natürlich wie das Schlafen. Mit der Zeit gewann aber der Wunsch, heimlichere Genüsse zu verkosten, in uns die Oberhand. Wir waren doch *in Paris*, zum Teufel! Die Stadt, in der man in einem »Maison de rendez-vous« sich eine bekannte Aristokratin, eine berühmte Künstlerin (wie im Restaurant einen Hummer) »bestellen« konnte! Oder vielmehr eine gelungene Kopie, in Form einer Doppelgängerin, die von denen, die da einfachen Geistes sind, als echt hingenommen wurde, von den anderen aber als erwünschte Illusion. Heraus mit den Spezialitäten, was gibt es *noch*? Wir taten sehr verwegen, aber unsere Erfahrung und unsere Monatswechsel waren unzureichend, um wirklich Sensationelles beanspruchen zu können. Man raunte sich zu, daß die Spesen für solche Passionen in die Tausende gingen ... vielleicht bekam der

Liebhaber für den richtigen Preis wirklich die richtige Bühnengröße ...? So hielten wir uns einstweilen noch an das Erreichbare, nachdem wir einige Male ganz gut genasführt wurden, denn ein junger Engländer ist für die zweideutigen Gesellen, die die Umgebung des Café de la Paix unsicher machen und dem Spaziergänger ihr »want a guide?« zuraunen, ein gefundenes Fressen.

Jeder Anfänger benützt z. B. unweigerlich die Pause, die die große Revue der *Folies Bergères* teilt, dazu, um sich von einem der zahlreichen Schlepper in irgendein Bordell der näheren Umgebung führen zu lassen. Ein ziemlich flaches Vergnügen, denn die zwanzig nackten Mädchen, die die »Salons« bevölkern, sind etwas steif: sie sollen ein vornehmes Bordell markieren: Der Champagner ist lächerlich schlecht, und meist hat man Lust, anstelle dieser bleichen Geschöpfe die handfeste, aufgedonnerte Maîtresse de la maison auszuprobieren.

Der einzige Typ einer »Maison‹, der auf mich tieferen Eindruck gemacht hat, befolgte eine ebenso einfache wie ingeniöse Geschäftsordnung: Als Entrée wurde eine nicht übermäßige Summe verlangt, die im Zwischengeschoß, das auch Einzelzimmer enthielt, hinterlegt wurde. Im oberen Stock gab es noch mehrere andere, jedoch derart verdunkelte Räume, daß man erst nach einiger Zeit die Vorgänge, die sich in ihnen abspielten, wahrnehmen konnte. Und die waren allerdings der Mühe wert, in Augenschein genommen zu werden. In jedem Zimmer stand in der Mitte ein großes Bett, auf dem jeweils einige ganz nackte, aber interessant maskierte Mädchen in malerischen Stellungen herumlagen. Eine eigens hierzu bestellte »Sous-maîtresse«, sie war fürchterlich geschminkt und hatte ein großartiges elegantes Seidenkleid an, hatte die Aufgabe, die übrigen Anwesenden, eine beträchtliche Anzahl von Männern und Frauen, die die Betten umstanden, zur Gruppenbildung zu animieren. »Madame, wollen Sie nicht die Liebenswürdigkeit haben, Ihre Beine ein wenig zu spreizen, damit diese Dame Sie dort küssen kann?«Diese Worte leiteten meist die Bildung einer

Keimzelle ein, aus zwei intensiv miteinander beschäftigten weiblichen Wesen bestehend. Dann ermutigte die routinierte Maîtresse de plaisir den einen oder anderen Unschlüssigen, näherzutreten, um entweder vom Rande des Bettes aus die eine der »Damen« zu beglücken oder sich gleich zwischen die Besetzung zu legen, »vraiment une bonne place«, wie sie versicherte. Nun kam allmählich Leben in die Zuschauer, und es dauerte nicht lange, bis sich 15 bis 20 Personen zu einer grandiosen Gruppe vereinigt hatten, die alle Arten und Abarten der Befriedigung zu erreichen suchten. Er bot ein wahrhaft *infernalisches* Bild, dieser unentwirrbare Knäuel dunkler Gestalten, diese verkrampften Körper, wie Ameisen durcheinander kribbelnd; man hörte nur das Keuchen der Erregten, das mühsame Schnaufen jener, die mit ihrem Kopf zwischen den Schenkeln ihres Partners staken, das Knarren des überlasteten Bettes, das Seufzen und die trotz der allgemein herrschenden Wildheit nur erstickt geflüsterten Worte ... Eine Symphonie der Wollust, eine kolossale Zeremonie der Genitalien, eine Apotheose der Geilheit ...

Ich sah Unglaubliches. Ein Mann, der lange reglos dagestanden hatte, stieß seinen Nachbar beiseite, ein dumpfes »Pardon« murmelnd, und versenkte im nächsten Augenblick seine dicke Lanze in den vollen Hintern eines Weibes, der über den Bettrand hinausragte. Ich sah, wie sich ein zweiter mühsam aus dem Schoß eines mageren Mädchens löste und ein dritter gierig hinzustürzte, um *das* auszuschlürfen, was der erste dort zurückgelassen hatte ... Zwischen den Reihen der Zuschauer, die keinen »Anschluß« mehr gefunden hatten, wanden sich Frauen, die die gebannt auf diese Vorgänge starrenden Männer flüsternd aufforderten, ins Nebenzimmer zu kommen, um dort eine bessere Chance zu ergattern. Mancher zuckte überrascht zusammen, wenn er plötzlich, in das Schauspiel vertieft, an seiner Hose eine weiche Hand spürte, die sein längst steifgewordenes Glied betastete. Es kam auch vor, daß vor einem anderen ein dunkler Körper am Boden kniete, scheinbar unbeachtet, und dem eifrigen Zusehenden den Mund zur raschen Entladung bot ...

Meine Freunde hatten mich schon vorher unterrichtet, daß dieses seltsame Institut mit Vorliebe von gutbürgerlichen Frauen aufgesucht werde, die sich hier, abseits der Hausmannskost, einen besonderen Nervenkitzel nebst ausgiebiger Geschlechtsbefriedigung holen wollten. Sie hatten nichts zu befürchten, denn alle »Damen« trugen ausnahmslos eine Maske; es war auch vorgesorgt, daß die verräterischen Kleider abgelegt werden konnten, zumindest bis auf ein gewisses Minimum. Ich war sehr begierig, auf eine dieser Bacchantinnen zu stoßen, denn es schien mir, daß eine derartige Partnerin ihre Qualitäten haben müsse. An der Gruppenbildung wollte ich mich nicht beteiligen, ich wartete lieber einen günstigen Moment ab, um mich mit einer der Besucherinnen, die besondere Eignung versprach, in ein für derartige Zwecke reserviertes Zimmer zurückzuziehen. Mir war auch schon eine anscheinend sehr gut gestaltete, durchaus nicht gewöhnliche Person aufgefallen, die sich gleich mir eher im Hintergrund gehalten hatte, beobachtend, abwartend. Ein kleines Manöver brachte mich in ihre Nähe, und schließlich stand ich dicht neben ihr, die heimliche Hoffnung nährend, daß sie vielleicht ihrerseits die Initiative ergreifen würde. Ich konnte nun ihr diskretes Parfüm deutlich wahrnehmen, mein Arm streifte den ihren, wir befanden uns beide in einer Situation, die vollkommen eindeutig war und gänzlich und ausschließlich das Interesse an geschlechtlicher Begierde bewies – ich fand jedoch nicht den Mut, diese Frau auch nur anzusprechen. (Später erst bekam ich heraus, daß gerade an diesem Orte das Sprechen *obszöner* wirken mußte als die ungeschminkte, brutal fordernde Geste ...) Da kam mir der Zufall zu Hilfe. Die Sous-maîtresse im feierlichen Schwarzseidenen schlängelte sich an uns heran und fragte uns in ihrer süßlichen, aufdringlichen Art, der man sich aber nicht entziehen konnte, ob wir nicht Lust hätten, an einer kleinen *»Privatveranstaltung«* teilzunehmen. Es werde gerade noch ein Paar gesucht, »une dame bien faite et un joli petit Monsieur ...« Meine Nachbarin schrak ein wenig zusammen, aber im nächsten Moment hatte sie sich gefaßt, und mit einem Seitenblick auf mich erklärte sie sich einverstanden. Die kleine Szene hatte sich im Flüsterton abgespielt, und es gelang uns auch, durch den Kreis unserer Nachbarn zu schlüpfen und ganz unauffällig die von einem unbeschreiblichen Dunst erfüllte Geschlechtshölle zu verlassen. Die Sous-maîtresse führte uns über eine kleine Wendeltreppe und ließ uns in einen der reservierten Räume eintreten, die für einen kleinen Zuschlag als »Séparées« abgegeben wurden. Er war etwas besser beleuchtet als die, die dem gemeinsam verrichten Phallusdienst gewidmet waren. Ich konnte nun auch meine Zufallspartnerin besser ins Auge fassen und war überrascht, in ihr eine besondere, ja aparte Schönheit zu entdecken, wenigstens war sie an diesem Ort mit einem im Schmutz aufgelesenen Edelstein zu vergleichen. Ihr prachtvolles Haar leuchtete wie eine rotgoldene Krone, und von ihm hob sich schneeweiß eine zarte, mattschimmernde Haut ab, die einer Prinzessin Ehre gemacht hätte. Sie war groß, vollschlank, und der wie aus weißem Stein gemeißelte Oberkörper wurde von aufregend gezeichneten Beinen getragen; ihre Kleidung hatte sie bis auf ein kurzes Hemdchen aus hellblauer Seide und ein Paar langer, rosig getönter Strümpfe abgelegt, die Maske blieb. Auch eine der beiden Personen, die wir in dem in Talmi-Luxus eingerichteten Raum vorfanden, war maskiert.

»Diese Herrschaften hier haben sich liebenswürdigerweise bereit erklärt, Ihre reizende Gesellschaft zu akzeptieren«, mit diesen Worten stellte uns die gewandte Sousmaîtresse, scheinbar eine Perle ihres Faches, galant vor. »Monsieur ist mit seiner Gattin und würde sich aufrichtig freuen, wenn Sie, mein Herr«, hiermit wandte sie sich speziell an mich, »die große Freundlichkeit hätten, die Dame vor seinen Augen zu bedienen.«

»Ja, wirklich, würden Sie mir diesen kleinen Dienst erweisen, mein Herr?« Es wurde immer bunter, jetzt bat mich der Mann selbst, doch um Gottes willen seine eigene Frau, dies war die maskierte Person, durchzunehmen – »vor seinen Augen!«

Nun nahm ich diese ein wenig unter die Lupe. Es war eine

allem Anschein nach reizvolle Brünette, mit netten Rundungen und einem auffallend üppigen Mund ausgestattet.

»Chérie«, hier wandte sich mein neuer Bekannter an die uns ungeniert musternde kleine Frau, »nicht wahr, du wirst mich glücklich machen und diesen liebenswürdigen Herrn über deine kleine Pussy lassen? Madame – ich habe noch nicht den Vorzug, Ihren ohne Zweifel reizenden Namen – Pardon! Vornamen zu kennen –«, das war auf meine Begleiterin gemünzt, die bis jetzt kein Sterbenswörtchen von sich gegeben hatte, »Madame werden vielleicht auch an unserer kleinen Unterhaltung teilnehmen, meine Frau würde sich ein Vergnügen daraus machen, Sie mit der Zunge zu bedienen, und sie versteht sich darauf, ma parole!«

So, jetzt waren wir alle im Bilde. Perversität plus Ehepaar, das sollte es in »Paname«, wie Paris im Jargon des »milieus« hieß, sehr häufig geben . . . Monsieur geht mit seiner Frau ins Bordell – waren das nicht wahrhaft glückliche Ehen? Etwas ungewohnt, aber unbestreitbar neu für einen jungen Engländer, der von einer der prüdesten Inseln der Welt aufgebrochen war, um das große Leben kennenzulernen. Aber sollte ich mich denn nur mit der besseren Hälfte dieses Herrn befassen – was wurde aus meiner schönen Unbekannten?

Diese machte jetzt Anstalten, der Situation ihre Zustimmung zu erteilen. »Ich heiße Madeleine, und ich weiß eine kundige Zunge zu schätzen. Ich wollte mich auch ein wenig mit Monsieur, der, wenn ich nicht irre, Ausländer ist, befassen.« Entzückende Madeleine! Wie das klang! Mir wirbelte der Kopf. So war das im »Paradies der Männer«, in der »Hauptstadt der Galanterie«? Also war ich auch bemerkt worden von der pikanten Frau mit dem rotgoldenen Helm, vorgemerkt und ausersehen!

»Aber, chére Madame, dem steht ja gar nichts im Wege, Monsieur . . . ah, très bien – Monsieur Dorian wird sicherlich in der Lage sein, *zwei* so schönen Frauen die Honneurs zu erweisen – besser als ich, der ich mich seit dem großen Kriege auf eine weniger aktive Rolle beschränken muß –, oui, Madame, un pauvre malheureux!« Seine Frau schien es gewohnt zu sein, aus seinem Munde langatmige Phrasen zu hören, sie hatte sich mir zugewandt, verzog den üppigen Mund zu einem ermunternden Lächeln – und musterte mich abschätzend.

»Liebling, also nicht wahr, du erbarmst dich meiner und wirst diesen Herrn auf dir liegen lassen? Und, mein geliebtes Kind, übereile nichts, genieße in aller Ruhe jeden Stoß – laß es dir kommen, sooft du willst, dein kleines Männchen ist jetzt schon ganz toll vor Glück!«

Der sonderbare Ehemann lag nun vor seiner Frau auf den Knien. Seine Rolle schien ihn zu beseligen. Er brachte sie mit behutsamen Gesten dazu, sich auf den breiten Diwan zu legen, und drückte ihr vorsorglich die Beine auseinander. Dabei blieb er nicht einen Augenblick ruhig.

»Oh, Monsieur, ist sie nicht wundervoll? Sehen Sie sich doch nur dieses Fleisch an, nein, bitte, Sie müssen es angreifen – ist das mürb und knusprig? Sie Glückspilz« – raunte er mir leise ins Ohr – »Ich an Ihrer Stelle hätte ihn schon drin!«

Meine rothaarige Schöne war nicht müßig geblieben. Sie stand nun ganz nahe bei mir und nestelte an meiner Hose herum; dabei flüsterte sie: »Geben Sie nicht alles her, ich bin eifersüchtig und glaube übrigens, es mit dieser geilen Gans auch noch aufnehmen zu können.« Jetzt hatte sie mein entsetzlich steifes Glied in die sehr kleine, schmale und überaus weiße Hand genommen und preßte es mit Emphase. »Allons, allons – es kann losgehen –, Madame est servie!« sagte sie mit offener Ironie, aus der tatsächlich ein leiser Unterton, der ganz wie Neid klang, herauszuhören war. Ohne mich rühmen zu wollen, es war mir längst bekannt, daß ich allgemein für einen auffallend schönen Jüngling gehalten wurde. Die Frauen liefen mir, wie man sagt, nur so nach, und ich hätte manche auf Anhieb haben können, wenn ich nicht mit der Zeit etwas wählerisch und, was vielleicht ärger ist, pervers geworden wäre . . .

Madeleines Hand hatte meinen Zustand wenn möglich noch verschlimmert. Es flimmerte mir vor den Augen, und es beherrschte mich nur *ein* Wunsch: mich an den weichen Körper einer Frau zu pressen, in ihn einzudringen, meine

Zunge in einen geilen Mund zu versenken, mein Glied in einer brünstigen Grotte zu versenken. Und da lag nun Madame Durand oder Duval oder Dubois vor mir, ihre appetitlichen, kräftigen Schenkel einladend auseinandergespreizt, mit entblößter Brust, die angenehm voll schien und noch im Liegen eine schöne Form bewahrte. Kein Wunder, daß ich im nächsten Moment auf ihr lag – trotzdem meine Sinne eigentlich nach dem Körper Madeleines riefen, der mir unter *tausend* Frauen als der schönste erschienen wäre. Übrigens nötigte der beflissene Gatte mich nicht wenig, ich glaube sogar, daß er mir einen kleinen, aber entscheidenden Stoß versetzte ... Jetzt hatte die unter mir Liegende auch schon ihre Beine um mich geschlungen und begann mit aller Energie ein Tempo anzugeben, das mir verriet, daß sie dieses Haus auch aufgesucht hätte, wenn ihr Mann weniger gefällig veranlagt gewesen wäre. Ihre Stöße, die von unten herauf förmlich gegen mich wüteten, zeugten von ungeheurer, wilder Sinnlichkeit; gleichzeitig aber verurteilten mich ihre Schenkel zu einer mehr passiven Rolle, in die ich mich aber unbewußt schickte, denn ich ließ Madeleine nicht aus den Augen. Der besorgte Gatte hatte sie gegen das Kopfende des Diwans gedrängt und nötigte sie jetzt, sich rittlings so über das Gesicht seiner Frau zu plazieren, daß dieses zwischen den Schenkeln meines neuen Gegenübers verschwand. Ich war dadurch gezwungen, meinen Oberkörper aufzurichten, und befand mich auf diese Weise fast Brust an Brust mit Madeleine. Wir mußten uns ansehen und versenkten auch wie auf Befehl unsere Blicke ineinander. Wir suchten jeder in den Zügen des anderen zu lesen, den Grad seiner Erregung zu erspähen, und obwohl wir schwiegen, sprachen unsere Augen offen aus, was wir empfanden. Ich nahm meine Hände von der vollen Brust »Madames«, auf die ich mich bisher aufgestützt hatte, und umklammerte die Schenkel Madeleines. Sie lagen prall zu beiden Seiten des Körpers der noch immer in unverminderter Heftigkeit Stoßenden und waren, wie ich mich überzeugen konnte, von der Härte und Weiße reinen Elfenbeins. Ich hätte mich aus dem geilen Schoß der Lebensgefährtin des liebenswürdigen

Herrn gerissen, um mich mit Madeleine zu vereinen, wenn die Umklammerung dieser Schenkel mich nicht wie ein Schraubstock festgehalten hätte. Über Madeleines Züge glitt jetzt der Widerschein der Erregung, die in ihr die Liebkosungen der geilen Zunge auslösten, die ihr unsere Partnerin ohne Zweifel in verschwenderischstem Maße zuteil werden ließ, und ihr Oberkörper begann sich wollüstig zu dehnen und hin und her zu wiegen, wie um den Kitzel, der ihr so viel Lust bereitete, noch tiefer in ihre erregte Spalte dringen zu lassen. Ich hielt mich zurück, ich war noch immer von dem Gedanken besessen, mich mit Madeleine zu vereinigen, ich betrachtete »Madame« lediglich als mir aufgedrängtes Horsd'œuvre, von dem ich mir aber meinen Appetit nicht verderben lassen wollte. Auch diese heftigen, so energischen Stöße mußten einmal ermatten, auch diese Gier mußte einmal gestillt sein! Ich war nun ganz nahe dem Gesicht Madeleines, ihre feinen Züge begannen zu verschwimmen, und unsere Lippen berührten sich fast. Und da fühlte ich auf einmal einen unendlich zarten Druck auf den meinen: Sie hatte ihre Zunge ausgestreckt und versuchte sie zwischen meine trockenen, von der Erregung wie ausgedörrten Lippen zu schieben. Im nächsten Augenblick preßte ich schon meinen Mund auf den ihren und trank ekstatisch den frischen Atem, das delikate Parfüm in mich hinein, genoß die unendliche Süße seiner Weichheit; ich vergrub mich in die Perlenreihen ihrer wundervollen Zähne, die ich schon vom ersten Augenblick an bewundert hatte. Ich hatte noch nie eine Umarmung von dieser Intensität erlebt. Unsere Oberkörper waren aneinandergepreßt, und unter uns tobte ein sinnlicher Orkan; wir waren wie ein reines Liebespaar, das sich in zartester Keuschheit anbetet und den Schmutz der Geilheit, den Schlamm der Brunst nur unterirdisch schwelen läßt, sich nur seufzend die nach oben steigende, schon geläuterte Flamme gegenseitig von den Lippen trinkt, entrückt dem gemeinen Regiment der Sinne, aber heimlich befriedigt und mit unerklärlichen Ringen um die Augen . . .

Da flüsterte mir, während ein Schauer den so elastischen, geschmeidigen Körper überflog, Madeleines heißgewordener Atem in den Mund: »Du – mir kommt es – ah, ich kann mich nicht mehr zurückhalten – bitte, bitte – spritz auch, mit mir – zugleich ... rasch, bitte, ich vergehe vor Aufregung ... oh, wie das kitzelt, Liebster, spritz *mit mir,* ja? Ich liebe dich, – ich hab dich sehr lieb, – ooooh, – *jetzt,* – ah, – ja, Liebster, du auch, ich danke dir, – oh, es ist *so* gut, – *so* gut ... laß mich genießen – noch ein bißchen, – ein – ein – kleines – biß ...«

Ich hatte, mich aufbäumend vor schmerzlicher Lust, einen heißen Strahl in die enge Scheide unter mir ergossen, es muß ein förmlicher Strom gewesen sein; es kam mir vor, als hätte ich mich noch nie und niemals mit solcher Macht gegeben. Zuckend stak mein Mast in seinem Gefängnis – die Klammern aus Fleisch hatten mich noch immer nicht freigegeben, obwohl die Stöße »Madames« ein bißchen weniger stürmisch als anfangs geworden waren –, als plötzlich die Tür aufgerissen wurde und totenbleich die Sousmaîtresse hereinstürzte, uns fast kreischend vor Angst und Schrecken zurief: »La *Police*! Rasch, hinaus, sonst werden Sie von der Razzia erwischt!«

Uns erstarrte das Blut zu Eis. Das war ein unerwartetes, etwas ungemütliches Ende. Ich erhob mich mühsam, meine Glieder schmerzten mich – wo war Madeleine? Ich wollte sie in meinen Schutz nehmen, sie über die kleine Treppe, durch den engen Gang geleiten, über den uns die Sousmaîtresse in fliegender Hast geschoben hatte – aber sie war verschwunden, plötzlich unerklärlich –, sie mußte das Haus besser kennen als der flüchtige Gelegenheitsbesucher ...

Ich war doppelt enttäuscht. Kam sie oft hierher? Gehörte sie vielleicht zum Personal des Hauses? Aber alles an ihr widersprach dieser Annahme. Ihr Auftreten, ihre Gepflegtheit, ihre zweifellos sehr teure Wäsche, ihr kostbares Parfüm ... Vor allem aber ihre Sprache – sie machte auf mich sogar den Eindruck, daß sie der feinsten Gesellschaft angehören müßte. Waren wir nicht schließlich in Paris? Andererseits, mit dem Begriff »une femme du monde« wurde nirgends auf der ganzen Welt soviel Schindluder getrieben wie gerade hier.

Was gab sich nicht alles dafür aus! Es gab solche »Frauen von Welt« in jeder Preislage, ja, die Luxusausgabe war derart gediegen, daß sie einer wirklichen Dame unter Umständen sogar den Rang ablief. Um so mehr, als die anständigen Frauen gerade damals anfingen, mit viel Geschick den Kokotten ihre Geheimnisse abzulauschen, sie talentvoll zu kopieren; was blieb den ehrbaren Priesterinnen der käuflichen Liebe anderes übrig, als ihrerseits nun wieder die gesetzte Bourgeoise zu mimen?

Ich stand jetzt auf der Straße. Mein Hut hatte daran glauben müssen, aber das war nicht so schlimm, mich kränkte nur der Verlust Madelaines. Ich war ganz verbrannt von der Begierde nach diesem Körper. Ich schritt wie ein Nachtwandler durch die leeren, verödeten Straßen, die nur von verspäteten Taxis durcheilt wurden; das Quartier Faubourg St-Denis ist eine kleine Provinzstadt für sich, der dort wohnende Bürger geht tagsüber friedlich an den schlafenden Bordellen vorbei, und seine Kinder laufen nach der Schule über die schmutzigen Treppen, ohne zu ahnen, was sich hinter so mancher Tür abspielt – Paris . . . Ausschweifung sucht man stets in einem anderen Viertel als in dem, in dem man wohnt. Aber wie sollte ich Madeleine wiederfinden? Sollte ich so lange dieses Bordell besuchen, aus dem ich soeben knapp entkommen war, bis ich sie gefunden hatte? Es quälte mich unwahrscheinlich. Warum war ich diesem Idioten gefolgt und hatte mich zum Hengst für seine wilde Stute erniedrigt? Ich hätte Madeleine besitzen können, ihren wunderschönen weißen Leib, der in seiner Schlankheit von geradezu mystischer Grazie war. Ihr Fleisch war so fest, als umarmte man eine unendlich kostbare Statue. Fast flüchtig und zufällig hatte ich einmal ihren wundervoll modellierten Busen berührt und war wie erstarrt. Er war so fest, daß ich aufs äußerste verwundert war. War es Wirklichkeit? Oder hatte ich eine Alabasterstatue berührt? Ich hatte viel von der heimlichen Industrie in Paris gehört, die ganz ausgezeichnete Kopien modellierter Körperteile, ja sogar lebensgroße Puppen herstellen sollte, die den Ansprüchen seniler Greise besser entsprachen als lebendes Fleisch . . .

War das die Erklärung? Sie erschien mir unwahrscheinlich. Und dann – mein Entschluß stand fest: Ich mußte Madeleine wiedersehen – nein, ich konnte überhaupt keinen anderen Gedanken mehr fassen, alles schrie diesen Namen in mir, Madeleine!

Ihre Schenkel, ich hatte sie doch gefühlt, gesehen. Im hellen Licht waren sie sicher nicht um ein Atom weniger köstlich als im Zwielicht des verschwiegenen Zimmers, das schon so viele unerhörte Szenen gesehen haben mochte . . . Was mochte wohl aus dem sonderbaren Paar geworden sein? Ich gestand mir sogar ein, daß dieses Erlebnis seinen Reiz gehabt hätte, wenn Madeleine diese Frau nicht ausgestochen hätte. Doch wo war sie jetzt? Ich träumte von ihr. Es wurde immer schlimmer. Ich versuchte, meine Gedanken zu betäuben. Ich verfiel in Ausschweifungen. Es gab wohl kein Haus in ganz Paris, mochte die Gegend auch noch so verrufen sein, seine Besucher einer noch so zweifelhaften Schicht entstammen, ich suchte sie alle auf und lernte die Damen dort alle kennen. Und doch konnte ich das Bild Madeleines nicht verdrängen . . .

Aber es kam der Tag! *Mein Tag!* Ich war einer Einladung gefolgt und verbrachte einen unendlich langweiligen Abend im Kreise der aristokratischen, sehr exklusiven Londoner Kolonie, in die nur eine ganz bestimmte Gesellschaftsschicht Zutritt hat; und da – es war schon spät, und ich war im Begriff aufzubrechen – meldete man plötzlich den Prinzen Oblomoff samt Gemahlin. Alles blickte zur Tür – ein Paar trat in den Saal. Neben einem schmächtigen älteren Herrn mit einem etwas komischen, schütteren Spitzbart schritt eine hochgewachsene, in ein wundervolles schwarzsamtenes Abendkleid gehüllte Frau . . . Und das waren die wie Kupfer gleißenden rotblonden Haare, diese makellose weiße Haut! Es war, es *mußte* Madeleine sein! Ich war wie bezaubert bis zu dem Augenblick, da ich ihr von der Gastgeberin vorgestellt wurde.

Es durchrieselte mich heiß. Würde sie erröten? Würde sie erschrecken? Und würde sie begreifen, daß ihr Geheimnis in meinem Busen wie in einem Grabe verschlossen lag, das mir die schlimmste Folter nicht zu entreißen vermocht hätte?

»Und dies, meine liebe Prinzessin Nana – so dürfen wir sie nämlich nennen, eigentlich steht Ihre Hoheit Prinzessin Natascha Feodorowna vor Ihnen! –, ist Lord Gray, einer unserer liebenswürdigsten Herren, und eigentlich ein ganz hübscher Junge, wie Sie zugeben werden, Prinzessin!« sagte unsere Gastgeberin, die uralte Herzogin d'Aulaincourt, in ihrer burschikosen Weise, die schon Palmerstone zur Verzweiflung gebracht hatte.

Madeleine – nein, die Prinzessin Natascha Feodorowna! – sah mich mit einem leeren Blick an, lächelte eisig und sagte ruhig: »How do you do?« Also, sie wollte mich nicht erkennen, es war selbstverständlich, daß ich nicht mit der Wimper zucken durfte, mit keinem Wörtchen, mit keiner noch so leisen Anspielung an unser gemeinsames Erlebnis rühren durfte. *Solange wir nicht unter vier Augen sprachen!* Aber ich mußte sie allein sprechen! Ich hätte die größten Torheiten begangen, ich hätte das Unmöglichste vollbracht! Ich *mußte* sie sprechen, allein, so bald als möglich, ich mußte dort anknüpfen, wo ich damals gezwungenermaßen aufgehört hatte, ich mußte Natascha – oder Madeleine oder wie sie sonst hieß –, ich mußte sie besitzen, endlich! – ganz, ganz – jede Faser ihres Leibes ...

Es wäre zu ermüdend, wenn ich die anfänglich stets vergeblichen Versuche, sie allein zu sprechen, die Anstrengungen, ihr bei der ersten, mit raffiniertester List abgeluchsten Gelegenheit etwas von dem Vergangenen zu erwähnen, detailliert schildern würde. Sie sah mich erstaunt und abweisend an – wir saßen im Garten des Golfklubs und tranken Tee – und lenkte das Gespräch mit betonter Nachsicht immer wieder ab, wie wenn sie zeigen wollte, daß sie meine Aufdringlichkeit wohl bemerkte, aber mir Gelegenheit geben wolle, mich als Kavalier zurückzuziehen. Eine Prinzessin! Eine Bekanntschaft aus dem Bordell! Oder irrte ich mich wirklich? Diese brennenden Haare, diese weiße, wundervoll gepflegte Haut, diese langen Beine, die ich jetzt nur erraten konnte – dies sollte nicht Madelaine sein? Es war um toll zu werden ... Ich erschöpfte mich in Komplimenten, ich wurde zum Lyriker, um ihr in der zartesten Weise anzudeuten, wie schön ich dieses und jenes – *alles* an ihr fände, ich blickte sie glühend an, ich errötete, wenn ihr Blick etwas länger auf mir ruhte. Ich hätte sie auf tausend Schritte erkannt: ich war rettungslos verliebt in diese Frau, ihr mit Haut und Haar verfallen. Oder war dies wieder nur Selbsttäuschung? Hatte meine Jugend ihr Recht gefordert, fiel auch ich einer nur törichten Leidenschaft zum Opfer, war es auch mir bestimmt, mich in diesen Abgrund von Gefühlen zu verlieren, über die man später, in reiferen Jahren, mitleidig lächelt? »Sie sind nervös, lieber Dorian«, sagte mein Idol ein wenig spöttisch; sie hatte meine fahrigen Bewegungen bemerkt.

»Wer könnte in Ihrer Nähe ruhig bleiben, Sie sind doch wie ein Ereignis, eine Erscheinung, die alles um sich her aus den gewohnten Bahnen wirft!«

»Schon wieder Komplimente? Wissen Sie auch aufrichtigere Sachen zu sagen? Oder glauben Sie, daß wir Frauen von Mondstrahlen, auch wenn sie 18karätig wären, leben können?«

»Wie meinen Sie das, Prinzessin?« stammelte ich.

»Sagen Sie doch Nana zu mir – ich habe allerdings noch einen Namen, für meine wirklich guten Freunde, aber so weit sind wir beide wohl noch nicht.«

»Nana – welchen Namen?« rief ich, und fühlte ganz deutlich, wie ich blaß wurde.

»Hören Sie, Dorian, ich werde ihn dann nennen, wenn Sie ihn tatsächlich verwenden können. Warum sollen wir den Ereignissen vorgreifen?«

»Aber ich beschwöre Sie – Nana –, es handelt sich für mich um eine außerordentlich wichtige Entdeckung . . .«

»Und die hängt mit meinem Intimleben zusammen?« War diese tadelnde Frage Ernst oder Komödie? Spott oder Herausforderung?

»O Nana«, rief ich jetzt fassungslos, ich hatte schon den Kopf verloren, »Sie quälen mich – Sie wissen nicht, was in mir seit Wochen vorgeht!« Ich wußte, daß ich ihr nichts erzählen würde, aber ich mußte mir irgendwie Luft machen. Ich durfte auch nichts Bestimmtes erwähnen, denn sie hätte mich verachtet, falls sie Madeleine war, ihr Geheimnis preisgegeben zu haben – und wenn es auch ihr eigenes Geheimnis, *unser* Geheimnis war.

»Mein lieber Dorian, ich quäle sie nicht im mindesten, im Gegenteil, ich finde, daß ich Sie sehr nett behandle. Aber wollen wir nicht gehen?«

Vielleicht gab mir der Mondschein, der uns durch den nach Frühling duftenden Garten begleitete, den Mut, Nana von mir und meiner Sehnsucht zu sprechen. Denn *davon* durfte ich sprechen. Von meiner Erwartung einer köstlichen Begegnung, meiner Unruhe, meinem Verlangen, ich durfte ihr schildern, daß sie dem Traum, den ich von einer Frau träumte, deren Bild mich im Wachen und im Schlafen verfolgte, aufs Haar gliche, daß mein Herz bei ihrem Anblick ausgesetzt habe. Und sie schien mich zu begreifen. Sie lehnte sich im Wagen, als wir der Stadt zufuhren, ganz unauffällig, unendlich leicht an meine Schulter, und bei einer Biegung, als das Gefährt ein wenig schwankte und der Kopf Nanas durch die Erschütterung auf meine Schulter fiel – da fanden ihre Lippen zu den meinen, und ich spürte denselben, unendlich feinen, so unbestimmten Duft des Lippenstiftes wieder, den ich in der Rue Faubourg St-Denis das erste Mal wahrgenommen hatte und den ich nach hundert Jahren wiedererkannt hätte! Madeleine – oder wieder ein Zufall, ein noch subtilerer – oder auch ein sehr banaler –, konnten nicht hundert Frauen dieselbe Marke benützen? Aber ich war so glücklich, daß ich keinen klaren, präzisen Gedanken fassen konnte, und dann, wenn ich auch nicht Madeleine gefunden hatte, war nicht Nana in meine Arme gesunken, hatte ich nicht die Lippen einer Prinzessin geküßt, mußte es mich nicht mit Freude erfüllen, daß sie von meiner Sehnsucht berührt wurde und daß nicht Gier sie in *ein Bordell* trieb? Schließlich, Madeleine war gar nicht Nana, die war vielleicht, wahrscheinlich eine Dirne, bei Tageslicht abstoßend, verbraucht – hatte ich nicht das Große Los gezogen? Mir war die Frau meiner Träume erschienen, aber geläutert, geadelt, eine Märchenprinzessin . . .

Die nächste Zeit ließ mir keine Gelegenheit, vernünftigen Erwägungen nachzuhängen. Ich traf Nana fast jeden Tag, bei Gesellschaften meistens, erst nach einer geraumen Weile, nach vielen Gesprächen und nach langem Betteln willigte sie ein, mich zu besuchen. Sie hielt mir ihre gesellschaftliche Stellung vor, die Schwierigkeiten, den Skandal, den wir möglicherweise entfesseln würden. Ich beteuerte ihr meine Ergebenheit, stürzte mich in Schulden, um weit draußen in Passy in einer verschwiegenen Allee ein diskretes Pied-à-terre einzurichten, lauschig und stimmungsvoll, nur ihr, der einen und einzigen, geweiht, und erwartete fiebernd den Tag, die Stunde, die sie in meine Arme führen würde. Ich hatte sie nun oft gesehen, stets wundervoll harmonisch gekleidet; sie war eine »grande dame«, von erlesenem Geschmack zeugende Toiletten tragend, die einen routinierten Revuestar in Verlegenheit gebracht und provinzlerisch unbeholfen erscheinen hätten lassen. Ich kannte jede ihrer Gesten, ich hörte, auch wenn ich nicht mit ihr war, ihre wohllautende, etwas tiefe Stimme, die leider nicht den geringsten Akzent verriet und mir deshalb auch keinen Aufschluß bezüglich der Rue Faubourg St-Denis geben konnte ... Ich malte mir unzählige Male aus, wie beseligt ich sein würde, sie in meine Arme zu schließen, sie zu küssen und zu liebkosen, sie langsam, genießerisch zu entkleiden und von ihr Besitz zu nehmen, wie von etwas Heiligem, Unantastbarem ...

Meine größte Sorge war es gewesen, einen ungeheuer großen Diwan zu beschaffen, den ich ganz mit schwarzem Samt überziehen ließ; er sollte der Altar der Wollust sein, auf dem ich den weißen Körper Nanas opfern wollte. Keine andere Farbe erschien mir ihres weißen Leibes würdig. Es gab aber auch Momente, wo ich ihr Kommen, den Tag des großen Ereignisses, nicht herbeiwünschte, wo ich die Träumerei vorzog, denn mich erfüllte ganz insgeheim der Gedanke, daß die Erfüllung vielleicht nicht an meine Träume heranreichen würde. Ich hielt »Generalproben« ab, ich spielte den Regisseur und untersuchte alles auf seine Wirkung, steckte Kerzen in die Leuchter aus altfranzösischem Porzellan, verteilte Blumen von jenen Sorten, die ich als ihre Lieblinge kannte: weiße und gelbe Rosen und weiße Lilien. Wenn der schwere Duft der Blumen sich dann mit dem des feinen Wachses vermischte, sah ich sie im Geiste eintreten, sie, die mir die höchsten Wonnen schenken sollte. Ich malte mir ihren Körper aus, ihre Art, sich nackt in dem mäßig erleuchteten Raume zu bewegen, ihre müde Grazie, die schon bekleidet in jeder Geste an die Schönheit marmorner Göttinnen aus dem Park von Versailles erinnerte. Ich war dann glücklich. Und ängstlich – würde die Wirklichkeit meine Träume erreichen? Ich lag allein auf dem schwarzen Diwan und dachte daran, daß bald der Körper Nanas neben mir ruhen würde, hier, wo noch soviel Platz war. Und wir würden uns unter Küssen von einer Seite zur anderen wälzen, ineinander vertieft, verloren für diese Welt. Ich hatte sorgsam jede Uhr entfernt und nur eine kleine Schäfergruppe aus Porzellan aufgestellt, die die Zeit nur alle Stunden angab, aber nicht durch grausame, gefühllose Schläge, sondern es ertönte ein kleines Liedchen, für jeden Zeitabschnitt ein anderes. Die Blumen dufteten schwül; ich hatte dann zu einem Buch gegriffen, ich wollte bei meinen bevorzugten Autoren Rat holen. Sollte ich die Geliebte empfangen wie ein Held Maupassants, im seidenen Morgenrock, ein wenig mechanisch, ein wenig indifferent, wie es durch die Gewohnheit des pünktlich zweimal wöchentlich eingehaltenen Rendezvous entsteht, oder sollte ich sie à la Huysmans erwarten, zwischen in kostbaren Farben aufschimmernden Teppichen und Brokatdecken, in einer von seltenen, schwülen Parfüms erfüllten Atmosphäre – oder aber Ratschläge Willys befolgen, der geile Frauen zu den Gefährten seiner ins Infantile spielenden Laster machte oder Schulmädchen verführte und ihnen laszive Gebärden und Worte einstudierte? Ich hatte eines seiner Bücher geöffnet, und mein Blick fiel auf eine gepfefferte Stelle:

»Hubert war sehr zufrieden mit sich selbst. Die kleine Claudine war höchstens 18 Jahre alt und gerade in dem Maße entwickelt, das dem erfahrenen Manne so kühne Gedanken eingibt. Sie hatte hübsche, wohlgerundete Waden, die noch in kurzen, rosafarbenen Söckchen staken, einen vollen, sich konvex abzeichnenden Popo, der das etwas zu eng gewordene Kleidchen bedenklich ausdehnte, und einen entzückenden, kleinen und festen Busen, mit dem schon allerhand anzufangen war. Ihre Hauptvorzüge bestanden für Hubert darin, daß sie genügend Naivität mit einer unbezwinglichen Neugierde in geschlechtlichen Dingen verband und daß sie zwischen ihren weißen stämmigen Schenkeln von jener Weichheit und Glätte war, die ihn stets toll vor Begehrlichkeit machte. Er hatte sich gleich das erstemal davon überzeugt, als er ihr unter die kurzen Röcke gefahren war, um ihr, wie er sagte, zu beweisen, daß sie *doch* eine kitzlige Stelle habe . . .

Nun genoß er den Gedanken, ihr zwischen diese weißsamtenen Flächen sein brünstiges Glied zu treiben, sich diese schneeigen Schenkel um den Hals zu legen, so daß das kleine, vielleicht schon feucht gewordene Loch leicht aufklaffend auf seinem Mund zu liegen kam. ›Es geht nichts über den Genuß, die Muschel einer Jungfrau sauber auszulecken‹, pflegte er zu sagen. ›Sie ist in diesem Alter appetitlicher als die schönste Marenne-Auster und gerade von jener Größe, die schon befriedigt, aber noch nicht als zu reif abstößt. Sie besitzt jene köstliche Elastizität, die sie, einmal erschlafft, im ganzen Leben nicht mehr gewinnen kann und die vielleicht nur ein Jahr andauert. Ich hütete mich stets, eine solche Wollustspenderin zu deflorieren, denn dann wäre es aus mit dem Lecken. In einem Loch, in das ein Schwanz paßt, hat eine Zunge nichts zu suchen!‹

Ich erinnerte mich unwillkürlich an die kleine Maud. Meine Hand hatte sich beim Lesen dieser aufreizenden Zeilen in meine Hosen verirrt und hier ein steifes, mächtig aufgerecktes Glied vorgefunden. Ich rieb es leise und benetzte meine trocken gewordenen Lippen. Aber, nein! – *das* wäre schade gewesen, nicht so –, Nana *mußte* doch kommen! Ich hielt mich schon seit Tagen zurück von jeder geschlechtlichen Betätigung, ich sammelte meine Kräfte für die einzige, so sehr Ersehnte – ich wollte *bereit* sein. Gleichzeitig erfüllte mich aber der Gedanke, ob ich nach soviel Erwartung nicht vielleicht doch versagen würde, vor Nervosität, vor zu großer Erregung, ich hatte von Freunden ähnliche Fälle gehört, würde es mir vielleicht ebenso ergehen?

»Also morgen, um fünf Uhr – bei dir!« flüsterte mir Nana am nächsten Tage zu. Jetzt war es endlich soweit! Sie kam, ich hatte Madeleine nicht nur wiedergefunden, ich sollte sie auch besitzen, ganz, sie sollte in meinen Armen ruhen, meine zarten Liebkosungen und meine uneindämmbare Brunst über sich ergehen lassen, mir diesen weißen Leib ausliefern, der mich so viele Nächte wie ein unerreichbarer Schemen verfolgt hatte . . . Ich hatte alles vorbereitet, die letzten Anordnungen getroffen. Es gab zu trinken und vor allem jene schweren russischen Opiumzigaretten, die doppelt so lang wie die allgemein bekannten sind. Blumen und Kissen spendeten lebhafte Farben, in der Mitte des Raumes stand aber der schwarze Diwan, wie ein Katafalk, auf ihn wollte ich den herrlichen Leib aufbahren. Einen Augenblick spielte ich mit dem Gedanken, daß Nana in meinen Armen sterben könnte und vielleicht mit geschlossenen Augen hier liegen würde. Hätte ich den Mut, den kalten Körper noch einmal zu küssen? Ach, hätte ich den Mut, ihn überhaupt zu verlassen, ihn der schrecklichen nassen Erde zu überantworten? Aber ich verscheuchte diese düsteren Gedanken. Wir wollten doch Lebensfreude auskosten, es stand mir eine Stunde bevor, die ich mir unvorstellbar schön dachte und die mir Nana für lange, lange Zeit als sicheren Besitz liefern sollte.

Es läutete. Ich eilte zur Tür und ließ eine hohe, schlanke Gestalt eintreten. Nana gab mir förmlich die Hand, die ich inbrünstig küßte. Sie war schöner denn je. Ein dunkles Kostüm umschloß streng ihren Körper, aber es brachte doch die schöne, harmonische Figur voll zur Geltung. Ich beeilte mich, ihr den Pelz, der um ihre Schultern lag, abzunehmen, ihr zu helfen, die Jacke abzustreifen. Sie trug darunter eine weiße Bluse aus glänzender, sehr schwerer Seide, die sich an ihre Formen schmiegte und besonders den wundervollen Busen wie verliebt umschmeichelte. Die kurzen Ärmel ließen die erlesen schönen, unglaublich weißen Arme frei. Das nächste, was ich tat, war, mir diese um den Hals zu legen. Und nun küßte mich Nana. Ihre Lippen preßten sich verlangend auf meinen Mund, und unsere Zungen glitten aneinander vorbei, jede ihren eigenen Weg suchend oder sich gegenseitig umschmeichelnd. Mich durchfuhr es wie ein elektrischer Strom, und ich wollte Nana schon in die Richtung des Diwans drängen, es schien mir, als könne ich nicht länger warten – da löste sie sich sanft von mir und sagte mit einer unendlich süßen Stimme: »Mein Geliebter, willst du nicht, daß ich mich für dich entkleide, damit ich dir alles auf einmal geben kann?«

»Nana, du Herrliche«, stammelte ich, »du bist so schön, so klug und – so generös!« Nana blickte mich mit ihren großen, grünlich leuchtenden Augen bedeutungsvoll an und begann, ihre Bluse aufzunesteln, um sie nach einigen Augenblicken vollends abzustreifen. Nun bekleidete sie oben nichts als ein unsagbar feines, dünnes Hemdchen, das mehr von den zwei hervorragenden Spitzen als von den Trägern, zwei feinen Perlenschnüren, gehalten wurde. Jetzt kam auch der sehr prall anliegende Rock an die Reihe. Aber das ging im Handumdrehen – die schöne Frau wickelte sich einfach aus dem engen Futteral, und nun waren auch ihre hohen Beine meinen Blicken preisgegeben. Ich verschlang sie förmlich. Sie besaß die kleinsten Füße und trug noch überdies unglaublich raffiniert geschnittene Schuhe mit außerordentlich hohen Absätzen. Dies verlieh ihrem Gang eine besondere Grazie, sie war mit ihren langen schlanken Beinen, mit ihren überaus feinen Fesseln nur mit einer Gazelle zu vergleichen. Die schön geformten Waden gingen in wundervoll gemeißelte Knie über, die von kleinen Grübchen geziert waren, und nun entsprangen den langen Strümpfen, die so hauchdünn erschienen, daß sie nur wie leise Schatten die Beine umspielten, die wundervollsten Schenkel, die ich je gesehen hatte. Lang und fein modelliert, wiesen sie doch jene Fülle auf, die der Wollust so erwünscht ist. Ich war schon begierig, sie auf ihre Härte zu prüfen – würde ich vielleicht an ihnen Madelaine erkennen? Aber diese Erwägung war müßig angesichts meines sicheren Glücks.

Ach, diese Beine! Ich konnte sie jetzt in ihrer federnden Bewegung studieren und genießen, denn Nana war zum Spiegel getreten und richtete ihre Frisur. Dabei machte sie einige Schritte, die mir das entzückende Spiel ihrer feinen Wadenmuskeln unter den dünnen Strümpfen offenbarten. Aber ich sah auch die hoch angesetzten, anscheinend sehr festen Rundungen, die sich unter dem feinen Hemdchen deutlich abzeichneten und von dessen unwahrscheinlicher Kürze profitierten, indem sie bei einem rascheren Schritt neckisch darunter hervorlugten.

Nun kam Nana endlich auf mich zu. »Gefalle ich dir ein bißchen, Dorian? Bin ich wirklich keine Enttäuschung?«

Ich konnte sie als Antwort nur in meine Arme nehmen. Und ich mußte sie küssen, wild und verlangend. Ich preßte ihre Hände mit aller Kraft, ich fuhr ihre glatten Arme entlang, streichelte ihre marmornen Schultern. Mein längst hartgewordenes Glied drohte mir die Hosen zu sprengen und drängte sich sehnsüchtig an die Schenkel Nanas. Ich fühlte deren Gegendruck, ja, sogar ein unverkennbares Bestreben, sich an mich zu schmiegen, was mich um meine letzte Besinnung brachte.

Wir sanken auf den Diwan.

»Liebste, bitte«, flüsterte ich, »laß mich das Hemdchen fortnehmen!«

»Aber gewiß«, hauchte meine schöne Partnerin, »mein Körper gehört jetzt dir, nichts soll sich zwischen dich und mich drängen!«

Sie half meinem Bemühen mit einigen geschmeidigen Bewegungen ihrer Alabasterschultern nach und bot sich nun, als das Stückchen Seide zu Boden geflattert war, vollkommen entblößt meinen gierigen, unersättlichen Blicken dar. Ich sah sie auf dem schwarzen Samt ruhen, ganz wie ich es mir erträumt hatte, nein, wie ich es, einem schönheitsdurstigen Künstler gleich, entworfen hatte. Meine kühnen Vorstellungen hatten sich also verwirklicht!

So war es: Die unglaublich weißen Glieder Nanas hoben sich von dem tiefen Schwarz prachtvoll ab. Ich konnte den herrlichen Linienfluß bewundern, der ihrem Oberkörper, ihren Armen, ihren Schenkeln und Beinen und ihren ansehnlichen Hüften eine so auserwählt schöne Formung verlieh. Ich strich vorsichtig, wie um mich zu überzeugen, daß dies kein Traum sei, über den elfenbeinfarbenen Körper, meine Hände liebkosten jede dieser berückenden Schwellungen und Wölbungen, zeichneten verliebt jede Biegung nach. Aber schon nach kurzer Weile verirrten sie sich immer zu den harten Kugeln der herrlichen Brüste, und schließlich landeten sie bei dem feinen, wie aus Seide gekräuselten Fell, das zwischen dem Ansatz der fein gedrechselten Schenkel entsproß. Und diese lockerten sich in entzückender Bereitwilligkeit unter dem leisen, noch ein wenig unsicheren Druck meiner Finger. Das geheimnisvolle Tal wurde sichtbar, nicht dunkel und ungewiß, ein wenig drohend, wie bei den meisten Frauen, sondern hell und schimmernd – wie aus rosa Atlas und weißem Elfenbein gemacht.

Ich beugte mich darüber. Ein feiner, unsagbar betörender Duft entströmte der süßen Spalte. Mein Kopf sank tiefer, und nun konnte ich nicht anders – ich mußte meine Zunge in diese köstliche Blume versenken, ich mußte mit meinen gierigen Lippen diese feinen, leicht befeuchteten Lippen erfassen, im berauschendsten aller Küsse an ihnen saugen, den zarten Schleim auszuschlürfen versuchen.

»Ah – wie wohl das tut, Liebling, du küßt mich so süß!« hörte ich Nana leise sagen, und ich fühlte, wie gleichzeitig eine kleine, unendliche weiche Hand meine Hose entlangtastete und sich redlich bemühte, sie dort, wo sich mein steinhart gewordenes Glied wie eine glühende Geschwulst überdeutlich abzeichnete, zu öffnen . . .

Knopf um Knopf – vorsichtig, zögernd, aber doch verheißungsvoll. Nun sprang der Gefangene aus seinem Kerker, um gleich darauf von neuem gefangen zu werden, diesmal aber von der kühlen Höhlung einer trotz ihrer Weichheit wundervoll energischen kleinen Hand. Kein Wunder, daß er sich willig in diese schmiegte und vor Erregung feucht wurde, als jetzt eine sanfte, wissende Massage einsetzte. Aber auch das rosafarbene, duftende, kleine Boudoir, in dem meine Zunge jeden noch so kleinen Winkel auszulekken bestrebt war, hatte sich immer mehr mit köstlichem Tau erfüllt.

»Komm zu mir, Darling, ich will dich in mir fühlen, komm, gib mir Glückseligkeit, mein Liebling!« Nanas Hand zog leise an dem, das sie bisher so verständig liebkost hatte, und selbst dieser leichte Zwang war so unwiderstehlich, daß ich im nächsten Augenblick schon zwischen den glatten, kühlen Schenkeln lag, die jetzt ganz weit auseinandergebreitet waren, mit an den Leib gezogenen Knien. Ihre Hand hatte den vor Begierde erbebenden Gefangenen nicht losgelassen und führte ihn geradewegs jener Pforte zu, die ihm das Paradies erschließen sollte. Und er drang mühelos in dieses ein; er wurde von einer Art himmlischer Schlucht aufgenommen, die ihn zärtlich umschloß und durch leise Zukkungen noch besonders liebkoste. Nanas Atem ging jetzt stoßweise, ihre Augen waren geschlossen, und unter ihren langen Wimpern bekam ihr Gesicht einen süß-schmerzlichen Ausdruck, der mich mit unsagbarer Liebe zu diesem wundervollen Geschöpf erfüllte. Sie umschlang mich mit ihren weichen, vollen Armen und preßte ihren Mund auf den meinen. Ich war wie betäubt und wagte es nicht, sie mit zu starken Stößen zu erschüttern. Überdies hatten mich ihre Schenkel fest umschlungen und ließen mir kaum Bewegungsfreiheit. Wir waren so innig vereint und beide ungeheuer erregt, daß uns eine stärkere Betätigung vielleicht wie eine Ablenkung erschienen wäre. Wir waren wunschlos, wie in stiller Übereinstimmung nur von den Gedanken beseelt, diesen Zustand zur Ewigkeit werden zu lassen . . .

Da schlug meine Geliebte die schönen Augen auf und drückte sich noch stärker an mich. »Du Lieber, du Süßer –«, flüsterte sie ganz leise, »es ist ja so gut, ich bin sehr, sehr glücklich! Aaah – bleib noch ein wenig bei mir – o ja, sooo – fühlst du's? – aaah, ist dir auch so schrecklich wohl, Liebling? – Aber – du – oh, ich kann nicht länger warten, – du – du, – wie gut – aaah – jetzt, *jetzt*, – ach, ich vergehe!«

Sie hatte die Augen wieder geschlossen, und ihr Unterkörper rieb sich an mir in fast unmerklicher, überirdische Freuden bereitender rhythmischer Weise. Ich war wie berauscht und fühlte fast gleichzeitig mit ihrem letzten Seufzer auch bei mir den Höhepunkt herannahen. Und schon war der Erguß da. Ich fühlte mich wie unaufhaltsam dahinströmen, es durchrieselte mich ein Gefühl, als entschwebe ich in ferne Höhen. Unwillkürlich wollte ich mich aufrichten. Aber Nanas Umarmung ließ dies nicht zu. Sie hielt mich noch immer umschlossen, noch fesselten mich ihre Arme mit leichtem Druck, noch umschlangen mich ihre wundervoll harten Amazonenschenkel, wobei sie die Füße hinter meinem Rücken übereinandergeschlagen hielt, noch immer stak ich in der zärtlichen Scheide, die trotz ihrer Schlüpfrigkeit nichts von ihrer beseligenden Enge eingebüßt zu haben schien.

»Bleib, Dory, mein kleiner Liebling, ich genieße dich so sehr, entfliehe mir nicht, es ist auch so *zu* schön!« Ich lag nun wie unbeweglich. Ich wünschte mir nichts Besseres. Ich hätte so meine Seele aushauchen mögen, zwischen den herrlichen Schenkeln dieser Frau, auf diesem wundervollsten, vollkommensten Leib, der mir bisher begegnet war.

»Ich möchte, daß er wieder ganz steif wird, Liebster«, hauchte mir jetzt Nana ins Ohr, und ich fühlte mit Wonne, wie ihre junge, mit blutdurchpulsten Muskeln erfüllte Scheide eine sonderbare Art der Massage begann. Sie umspielte mein ruhig darin steckendes Glied mit einer leisen Vibration, die ein unsagbar wollüstig wirkendes, kreisrund verlaufendes Reiben ihres kernigen Unterleibes, des festen kleinen Bauches und des gutgepolsterten Schamhügels unterstützte. Und es dauerte auch nur eine kleine Weile, und meine Lanze war wieder vollkommen angriffsbereit.

»Siehst du, er hat mich lieb! Er reckt sich schon tapfer auf, er wird wieder steif. Braver, kleiner Soldat der Liebe, er ist großartig – liebt er seine Nana auch ein wenig, der schlimme, schöne, blonde, junge Lord?« Ihre Hände betätigten sich jetzt ebenfalls, sie streichelten sanft mein Gesäß, was meine wollüstige Erregung maßlos steigerte.

»Meine indische Lehrerin hat sich also nicht umsonst soviel Mühe mit mir gegeben, ich habe ihren Trick gut angewendet, nicht wahr, Dory, du bist wieder soweit?« Diese Worte informierten mich über die Herkunft der verfeinerten Liebeskunst, über die diese wunderbare, noch so junge Frau verfügte. Sie war nicht nur schön, nicht nur Besitzerin eines mit aufregenden Reizen ausgestatteten Körpers, sie verfügte auch über Intuition und erotisches Wissen, die man selbst bei routinierten Frauen so selten findet. Ich küßte sie mit vergehenden Sinnen, ich wühlte meinen Kopf in ihre aufgereckten Brüste und hatte nur den einen Wunsch: sie annähernd so glücklich zu machen wie sie mich. Und ich holte aus, um mein Glied in ihrer Scheide in Bewegung zu setzen. Meine Stöße wurden jetzt ungestümer, und ich fühlte, daß ihre Umklammerung nicht nur nicht nachgelassen hatte, sondern daß sie mir sogar mit den immer heftiger werdenden Bewegungen ihres prachtvollen Popos ein erstaunliches Tempo vorlegte und mich durch dessen herausfordernde Gegenstöße noch geiler zu machen versuchte. Ich konnte mir nicht anders helfen, ich mußte meine Hände unter seine harten Backen legen und trachten, auf diese Weise im Takt zu bleiben. Nanas Wildheit steigerte sich jetzt unaufhaltsam. Nun fuhr sie mir mit den Spitzen ihrer feinen Finger über den Rücken, was einen besonderen Kitzel auslöste, und auf einmal fühlte ich, wie einer der kleinen Finger in das enge Loch meines in die Luft ragenden Gesäßes eindrang und dieses in einer Art Raserei zu vergewaltigen suchte. Sie reckte ihre Schenkel hoch empor, so daß sich der so wonnig gespaltene Unterkörper hemmungslos bot. Und weiter hämmerte ihr köstlich fleischiger Popo in festen, unglaublich energischen Stößen gegen meinen Leib. Ihre Sinne tobten, ihre Augen waren wie gebrochen, im Munde stand Schaum, und ein Röcheln entrang sich ihrer keuchenden Brust. Eine Mänade, eine brünstige Bacchantin . . . Und sie genoß haltlos, ohne die kleinste Hemmung, mit bebenden Nüstern. Das Urweib schien in ihr erwacht. Die Lippen zitterten, sie waren trocken und aufgerissen, obwohl sie die eigene Zunge unaufhörlich leckte; leise girrende Schreie und Seufzer entflohen ihnen, wenn sie etwas Atem geschöpft hatte. Aber dann begann sie, mich aufzufordern, sie noch fester anzupacken. Zuerst sanft, zuredend, später fordernd, schamlos und wild, in unbeherrschter Raserei. Sie schrie mich förmlich an. Sie sagte nicht mehr unter einem seligen Lächeln: »Gib mir alles, stoß ruhig zu, du brauchst keine Angst mehr zu haben . . .«, nein, sie zischte zwischen den Zähnen, ich möge sie wie eine Hure behandeln, sie sei geil wie eine läufige Hündin . . .

»Du, stoß doch zu, – stoß hinein, – kannst du nicht stärker pudern, – ah, ist das gut – fest, fester – sei doch ordinär, ich bitte dich, ich will gepudert werden, wie ein Mensch, – nimm mich, – nimm mich – *nimm* – ich will mich austoben – stoß in die Fut, fester, *fester!* Ach, ich werde wahnsinnig! – Ist dein Schwanz dick? Warum hast du nicht zwei Schwänze? – Ja, vögel mich, sonst muß ich wieder in das . . .«

Hier brach sie ab. Ich war maßlos erregt und schenkte ihren Worten nur die Aufmerksamkeit, die sie zu verdienen schienen: ich schrieb sie der Ekstase zu, der Selbstaufpeitschung dienend.

»Weiter«, gurgelte sie, »weiter, – stoß doch – fest, stoß hinein, bis an den Nabel – *nicht aufhören,* ich will stundenlang gedengelt werden, überall – du ... mein Gott, ich werde verrückt – zwick mich, fester!« stöhnte sie jetzt wieder. Ich tat mein Bestes. Ich stieß zu wie ein Verdammter und packte sie mit festen Händen an, wo nur Fleisch zu greifen war. Ich zerrte an den immer härter werdenden Brüsten, ich kniff in die erregten, steil aufragenden Warzen und verkrampfte mich in das reiche Fleisch ihres königlichen Hinterns. Als bei einem besonders heftigen Stoß mein Glied aus seinem schon sehr schlüpfrig gewordenen Bett glitt und Nana sich geil aufzuckend herumwälzte, erwischte ich sie *seitlich,* d. h. ich schob ihr die vor Erregung zitternde Lanze, während sie auf ihrer linken Hüfte lag, *von der Seite* zwischen die Beine, so daß ich das eine rittlings unter mir hatte und das andere hocherhoben quer zu meiner Brust in die Luft ragte. Unser Geschlecht vereinigte sich in dieser Stellung wenn möglich noch inniger, und so, sitzend, holte ich zu stets heftiger werdenden Stößen aus, während sich Nana unter mir wand und stöhnend immer wieder Befriedigung verlangte. Sie hatte wohl, soviel ich bemerken konnte, vielleicht schon fünfmal entladen, aber ihre Natur bedurfte einer restlosen, erschöpfenden Erledigung, die nur durch einen Exzeß herbeizuführen war. Ihr Busen flog, von meinen Stößen erschüttert, nur so hin und her, und die kleinen Hände drückten und preßten ihn, wie um sich auch auf dieser Zone eine Sonderbefriedigung zu verschaffen. Diese Teilonanie regte mich bis zum Wahnsinn auf. Ich sah, wie sie die köstlichen Kugeln geradezu erbarmungslos quetschte und preßte, sie kniff und drückte und schließlich, wie sie sie mit kleinen Schlägen der flachen Hand traktierte.

»Oh, ich bin wild, ich kann's nicht mehr aushalten, mach doch stärker, fick mich wund, bearbeite mich, – mehr, sei gemein zu mir, tu mir etwas, zerreiß mich – tu mir etwas an, tu mir doch etwas –« Hier schrie sie wie eine Wahnsinnige.

Ich war ganz toll und konnte nicht mehr klar sehen. Dieses Weib, das sich vor mir wie in Krämpfen wand, dieses weiße Fleisch, die enge Muschi, die mein Glied seit einer halben Stunde in der raffiniertesten Weise massierte und förmlich elektrisierte, dieser auf und ab fliegende Busen, diese prallen, schneeigen Kugeln mit den vor Härte starrenden Warzen – dies alles peitschte mein Blut auf. Es war ein ungeheurer Genuß, gegen diese weiche, so wundersam elastische Masse zu wüten.

Nana tobte wie eine Besessene unter mir. Ihr Körper zuckte konvulsivisch, und ein Schauer nach dem anderen überrann ihren Leib. Sie konnte nicht mehr sprechen, nur ein Gurgeln entfuhr ihrer Kehle. Ihre Augen lagen gänzlich gebrochen unter den bläulich gewordenen Lidern, und ihre Lippen ließen nur mehr pfeifend den Atem entweichen.

Da – ein gewaltiges Zucken kündigte den Gipfelpunkt der Raserei an. Ein gellender Schrei entrang sich den trockenen Lippen, und ganz plötzlich wurde der bisher krampfhaft verdrehte, sich aufbäumende Körper weich und schlaff. Ich hatte auch keinen Moment zu früh denselben Punkt erreicht und schoß in die schon überreich benäßte Pussy. Später lagen wir aufeinander, wie betäubt, nur mühsam nach Luft ringend. Meine Geliebte streckte ihre langen Gazellenbeine aus, mit einem tiefen Seufzer rollte sie auf die Seite, und dann fiel sie in einen Schlummer, der einer Betäubung glich, aus der sie zu wecken ich mich wohl hütete. Ich hatte genug Stoff zum Nachdenken, ich war von dem Erlebnis, das mir diese wunderbare Frau geboten hatte, so erfüllt, daß ich nicht nur froh war, mich ein wenig ausruhen zu können, sondern auch den großen Wunsch hatte, mir über einiges durch Nachdenken Klarheit zu verschaffen. Mir war ihre Drohung von vorhin eingefallen: »Sonst muß ich wieder . . .«

Nana lag ganz ruhig neben mir. Ich konnte sie in aller Ruhe betrachten und gestand mir jetzt nochmals ein, niemals einen schöner durchgebildeten Körper gesehen und niemals mehr Leidenschaft angetroffen zu haben. Ach, noch heute, nach so langer Zeit, sind mir seine Reize gegenwärtig! Diese tolle Nana war mit wahrhaft edel geformten Gliedern begnadet, die einem Praxiteles Ehre gemacht hätten und den süßesten Engeln Casanovas in nichts an Anmut nachstanden.

Ich lag lange Zeit neben der nun wieder leise und ruhig Atmenden. Und so, wie sie selbst, wird auch diese Stunde mir unvergeßlich bleiben. Es war auch die letzte in ihrer Gesellschaft. Denn als ich sie das nächste Mal, mit vielleicht noch größerer Ungeduld, in diesem Zimmer, das durch ihre Wollustschreie mir heilig geworden war, erwartete – ich wußte nun auch, *wieviel* sie mir geben konnte –, war es vergebens. Sie kam nicht und auch die darauffolgenden Tage nicht. Erst geraume Zeit später gelang es mir festzustellen, daß sie mit ihrem Gatten, dem Gesandten, ins Ausland gefahren war, Hals über Kopf, wie es mir schien, in geheimer Mission. Und diese letzte Tatsache erschwerte mir jedes Nachforschen. Besonders alle offiziellen Stellen waren sehr zugeknöpft, und erst durch die Vermittlung des britischen Attachés, Lord Evans, meines Vetters, gelang es mir, herauszubekommen, daß das Paar sich nach Berlin gewandt habe.

Nun hielt mich nichts mehr in Paris, und ich setzte alle Hebel in Bewegung, meine Studien in derselben Stadt fortsetzen zu können, in der ich *sie*, meine entschwundene Angebetete, vermutete. Jetzt, wo ich mich im Besitz ihrer Liebe wähnte, *jetzt* sollte ich den köstlichen Becher absetzen, *jetzt,* nachdem ich einmal genippt und festgestellt hatte, *wie* süß er war?

Aufenthalt in Berlin

Ich erledigte meine Angelegenheiten, so rasch es die Umstände nur erlaubten, und verließ Paris. Der Abschied von der »Ville lumière« fiel weniger sentimental aus, als ich dachte. Bei meiner Ankunft hatte ich geglaubt, daß man sich von dieser herrlichen Stadt nur sehr schwer würde losreißen können, etwa wie von einer geliebten Frau, die einem ihre Geheimnisse verraten hat. Nun aber war ich durch eine Geliebte aus Fleisch und Blut zum vorzeitigen Abschied gezwungen worden. Adieu, Paris! Wenn ich jemals wiederkomme, werde ich dich als eine gute Bekannte begrüßen können! Ich ahnte damals nicht, daß diese Stadt für mich noch so manches Mysterium bereithielt ... Aber ich will meiner Geschichte nicht vorgreifen.

Ich konnte meine Nachforschungen nur vorsichtig anstellen, denn ich erfuhr, daß Prinz O., wenn überhaupt in Berlin, es zumindest nicht offiziell war, und dadurch verlor ich jede Möglichkeit, ihm oder seiner Gattin in der Berliner Gesellschaft zu begegnen. Ich begann aber trotzdem, mir Einlaß in diese Kreise zu verschaffen, denn der Mißerfolg, der nun zum zweiten Mal der Suche nach Nana beschieden war, konnte nur durch Zerstreuung ertragen gemacht werden. Und wer weiß, vielleicht tauchte sie eines Tages auf. Ich klammerte mich an diese Hoffnung und ließ mich im Strome der Sinne treiben. Einer meiner Freunde, ich hatte einige hier lebende Engländer besucht und Londoner Bekanntschaften erneuert, führte mich bei einem reichen Industriellen ein, von dem man behauptete, daß er der Geliebte der stadtbekannten Baronin K. sei, einer sehr hübschen, großen, blonden Frau. Man behauptete auch, daß er eigentlich nicht so sehr ihre Gunst als vielmehr ihre *Ungunst* genoß und sich in seiner ausgesprochen masochistisch gefärbten Rolle sehr wohl fühlte. Die Baronin peitschte ihn manchmal bis aufs Blut, erzählte man sich, und verlangte von ihm, sich ihr nur kriechend zu nähern. Das herrische Wesen der Baronin fiel mir gleich bei der ersten Begegnung, die ich mit ihr im Hause Reimanns, des Stahlmagnaten, hatte, auf.

»Sie wollen sich hier von Ihrem Spleen erholen, Lord Gray?« fragte sie mich freimütig. »Ich will gerne einen kleinen Beitrag leisten, wenn Sie für aparte Zerstreuung Verständnis haben!«

Und es dauerte auch nicht lange, da bekam ich eine Einladung zum Tee; in der Ecke der Karte stand ganz klein gedruckt: Es wird gebeten, sich den Vorschriften bezüglich der Kleidung anzupassen oder abzusagen. Ich beeilte mich, zu akzeptieren, da mein mit den Gepflogenheiten vertrauter Freund, der Earl of Berry, mir recht Ungewöhnliches von den Gewohnheiten der Baronin erzählt hatte. Er empfahl mir auch, bei meinem Besuch auf alles einzugehen, ohne allzuviel Erstaunen zu zeigen.

Als ich ankam, wurde ich von einer älteren Frau, die die Rolle des Butlers übernommen zu haben schien, in Empfang genommen. Sie geleitete mich in eine kleine Kabine, die einem vollständig eingerichteten Garderoberaum zum Verwechseln ähnlich war, und bedeutete mir, da es sich um eine Einladung zu einem »Spezialtee« handle, den reichgestickten, dunkelvioletten Kimono, der schon bereitlag, überzuziehen, aber auf keinen Fall meine Kleider darunter anzubehalten. »Die anderen Herrschaften sind das längst gewöhnt und halten die Regeln sehr streng ein«, fügte sie mit einem eigentümlichen, grauen Lächeln hinzu.

Ich war verblüfft, aber da ich, wie gesagt, bereits auf die sehr exzentrische Art der Gastgeberin aufmerksam gemacht worden war, beschloß ich, mir die Sache jedenfalls einmal anzusehen. Wenn es zuviel würde, konnte ich ja noch immer das Haus verlassen.

Ein bißchen befangen läutete ich, als meine Toilette beendet war. Meine Führerin geleitete mich in eine Art Empfangssaal, in dem ich eine kleine Gesellschaft vorfand, die sich leise plaudernd unterhielt. Die Herren waren, genau wie ich, mit seidenen Kimonos bekleidet, die Damen hatten sich in große, reichbefranste Seidentücher gewickelt, die ihre Schultern und die Beine vollkommen freiließen. Es war ein etwas sonderbarer Anblick, um so mehr, als ich gleich zu Beginn beobachten konnte, wie jeden Augenblick der einen oder der anderen Dame das schwere Tuch herabglitt und für einen Moment den nackten Busen freigab, was darauf schließen ließ, daß der Schal augenblicklich ihre einzige Hülle bildete. War dies schon sehr merkwürdig – die Gelassenheit, mit der der Schal wieder zurechtgerückt wurde, die Abwesenheit jeder Verlegenheit und die Unbefangenheit, mit der die Männer ihre Blicke auf diesem Zufallsdekolleté ruhen ließen, berührten mich besonders eigenartig. Ich wurde mit gedämpfter Stimme vorgestellt, von einem der Herren, dem ich schon in einer anderen Gesellschaft begegnet war. Dann nahm das allgemeine Gespräch wieder überhand; gleich darauf aber öffnete sich der mächtige Samtvorhang, der einen Teil des sehr großen Raumes abteilte. Es entstand eine Stille – alle starrten wie hypnotisiert der Baronin entgegen. Sie trug ein langes Abendkleid, das gleich auf den ersten Blick sehr eigentümlich anmutete. Als sie in unserer Mitte stand und jedem einzelnen die Hand reichte, konnte man erkennen, daß es aus vielen schmalen schwarzen Bändern zusammengesetzt war, die bei der geringsten Bewegung das weiße Fleisch durch die klaffenden Schlitze schimmern ließen. Beim Gehen teilte es sich um die hohen kräftigen Beine und ließ dann auch die ungemein runden, sehr weißen Schenkel sehen. Ja, ich bildete mir ein, manchmal die feinen hellen Haare ihres goldblonden Vlieses durch die Ritzen zwischen den Bändern deutlich erkennen zu können.

Wir wurden nun genötigt, uns auf sehr breiten Diwans um kleine Tischchen zu gruppieren und das »Übliche« als Stärkung zu uns zu nehmen. Es bestand aus winzigen Schälchen sehr starken Tees und eigentümlich herb schmeckenden, kleinen, sehr merkwürdig geformten Süßigkeiten, die teils nach Ingwer, teils nach einer mir gänzlich unbekannten Droge schmeckten.

Die Wirkung des Genossenen bestand nicht in Sättigung – Appetit oder Hunger hatte ich in dieser seltsamen Situation wahrlich nicht! –, sondern in einem erstaunlichen Gefühl der Leichtigkeit, in einer Art Rausch, der mich im Nu vergessen ließ, mit welchem Befremden ich dieses Haus heute zum ersten Mal betreten hatte.

Und den anderen Gästen schien es ebenso zu ergehen. Hier und dort zuckte leises Kichern auf, das bisher ruhige, eher ernste Geplauder wurde von halblauten Ausrufen unterbrochen, und meine Nachbarin, eine rassige Person, mit üppigen Reizen und sehr schönem, bläulich-schwarz schillerndem Haar ausgestattet, begann plötzlich, ganz unvermittelt, schrill, geradezu hysterisch, aufzulachen. Es wirkte einen Moment lang unheimlich, aber dann kam es mir schon ganz gewöhnlich vor, meine Schläfen pochten, und ich fühlte, wie ein Verlangen in mir aufstieg, eine Begierde, und daß ich mich im nächsten Moment auf die Frau neben mir stürzen und ihr den Schal von dem gebräunten Körper ziehen würde . . .

Aus einer Ecke erklang jetzt Musik: schwermütig und wild zugleich, einlullend und – stimulierend. Sie legte sich wie ein leichter, benebelnder Dunst um die Nerven. Die Baronin hatte sich erhoben. Sie stemmte das eine Bein auf das Tischchen vor ihr, so daß die Fransen ihres langen Rockes zurückfielen und ein herrlich modelliertes Bein freigaben. Ihre kalten Augen funkelten.

»Meine Herrschaften, ich bitte nun die Ehepaare, endlich zu vergessen, daß sie ja ohnehin jede Nacht zusammen schlafen – überlassen Sie Ihre Gattinnen jetzt freundlichst einem anderen, meine Herren; aber zuerst ermöglichen Sie mir bitte, eine kleine Parade abzunehmen, denn ich habe heute eine besondere Überraschung vorbereitet!«

Die »Parade« verlangte, daß die männlichen Mitglieder der Runde sich in einer Reihe aufstellen und ihre aufgereckten Glieder vorzeigen mußten. Die Baronin und die übrigen Damen lorgnettierten die präsentierten Waffen der Reihe nach, sachlich und eingehend, wobei ein kleiner Zollstab eine große Rolle spielte. Schließlich blieb die Kommission bei mir stehen.

»*Dem* gebührt die Auszeichnung – Lord Gray. Sie sind als Inhaber des prominentesten anwesenden Schwanzes hiermit als berechtigt erkannt, die heutige Prämie, eine vollkommen neue und tadellos erhaltene Grotte, in Besitz zu nehmen!«

Das lebhafte Stimmengewirr, die unverhohlene Aufregung, die dieser Erklärung folgte, ließ mich erkennen, daß diese Formel wirklich eine Auszeichnung bildete, aber auch, daß die Art der seltsamen Veranstaltung in diesem Kreise vollkommen normal war. Nun wurde es wieder still. Ich hörte die Worte: »Folgen Sie mir nun, bitte, die Zeremonie wird, wie gewöhnlich, im Deflorationskabinett vollzogen!«

Die Baronin schritt voran. Man stieß mich an die Spitze eines kleines Zuges paarweise antretender, ungeheure Gier verratender Männer und Frauen. Letztere hatten ihre Partner – bei den noch immer munter in die Luft starrenden Konkurrenten aus der eben stattgefundenen Wahl, ergriffen, und diese wieder fuhren beherzt unter den Schal, um dort im weichen, sich gern darbietenden Fleisch zu wühlen.

Als ich die Pforte, die der nun zurückgezogene Vorhang bildete, durchschritt, bot sich mir ein mehr als sonderbarer Anblick. In der Mitte des Raumes stand ein ungeheurer, flacher Block, der sich erst bei näherem Zusehen als eine Art Diwan erkennen ließ. Seltsamerweise waren seine Außenränder höher als die Mitte, die sich wie ein Tal nach unten wölbte. Dieser Diwan hatte mindestens einige Meter im Geviert und war über und über mit wollüstig gerundeten Seidenkissen besät. In der Mitte aber, auf einer Anzahl besonders reichgestickter Polster, lag das Gastgeschenk, der vollkommen nackte Körper eines jungen, zarten Mädchens. Sie hatte die Augen geschlossen, und die Art, in der sie die Arme längs des Rumpfes gepreßt hielt, erschien irgendwie unheimlich. Ihre hellblonden Haare flossen in etwas gekünstelt erscheinenden Locken über die Seide ihres Bettes, und dieser lichte, fast metallische Glanz war auch dem feinen Flaum eigen, der zwischen den schlanken, langen Schenkeln entsproß. Aber das Auge wurde in erster Linie von den zwei spitzen, sich leise aufreckenden Jungmädchenbrüsten gefesselt, und ich konnte erkennen, daß die rosigen Beeren derselben, ebenso wie die etwas aufgeworfenen Lippen, mit roter Schminke gefärbt waren. Auch die Wangen schimmerten in einem künstlichen Rot, und der Kontrast zwischen der beängstigenden Jugend des nackten Mädchens und diesen dirnenhaften Schminkkünsten erschien beklemmend. Etwas künstlich Verruchtes wollte dem elfenhaften Wesen jene herausfordernde Schamlosigkeit verleihen, die vielleicht die Aufgabe hatte, unziemliche Bedenken zu übertönen ...

Nun umgab die bunte Gesellschaft den »Altar der Lust«, wie die Baronin das ungeheure Möbel pathetisch bezeichnete; sie fügte die Aufforderung hinzu, ihn ungesäumt in Besitz zu nehmen und die »Feierlichkeit« zu beginnen. Jetzt begriff ich auch die riesigen Ausmaße und die Absicht, die diese konkave Wölbung ersinnen ließ. Dieser überdimensionale, kolossale Diwan sollte mehreren Paaren Platz bieten, er hatte einer kollektiven Wollust zu dienen, sie zu entfachen und die Paare dem stillen Einzelgenuß zu entreißen. Dieser riesige Teller sollte alle Ingredienzien und Gewürze der erotischen Tafel mischen und vereinen, die Glieder sollten sich hier vermengen, die Paare ineinanderpurzeln wie Insekten im Trichter des Ameisenlöwen, und im Grunde dieser Schüssel sollte ein ungeheurer Salat der Brunst entstehen, der Taumel die Geschlechtsteile durcheinanderquirlen, sie untrennbar vermischen ...

Die steifen Pfeile der Männer sollten in alle Öffnungen gleiten, heraus und hinein, von einer feuchten Muschel in einen durstigen Mund, in den Körpern wühlen, von vorne nach hinten wechseln. Mund sollte auf Mund liegen, nur sollten die Lippen einmal ein Glied, einmal eine feuchte Spalte benetzen. Die durcheinandergeschüttelten Paare waren hier keine Paare mehr, sondern jeder besaß so viele Partner, als sich seiner bemächtigten, als er selbst nur erhaschen konnte. Ein Mann stak in einer gierigen Frau, der ein anderer in den Mund stieß, seine Hände krampften sich um Brüste, die ihm von den Stößen, die deren Besitzerin von hinten zu erdulden hatte, hineingepreßt wurden. Sein Atem erstickte zwischen den Schenkeln einer anderen, die diese wildröchelnd zusammenpreßte, da sich gerade in ihr zu enges hinteres Loch ein brutaler Griffel zu zwängen versuchte. Es konnte geschehen, daß der Gierige, wieder abrutschend, im Rachen eines Geschlechtsgenossen landete. Und dieser erntete dann eine ungewohnte Saat ...

Ein furchtbarer Hexenkessel, der jedem etwas und jedem alles bot. Nichts ging verloren, jeder der Teilnehmer genoß drei- und zehnfach, jede Ermattung wurde durch den unaufhörlichen Zwang, sich immer anderen Mündern, Gliedern, Lippen und Händen leihen zu müssen, überwunden. Die Körper rieben sich aneinander, keine Stelle blieb unberührt, die Haut erschauerte in ständiger Aufstachelung. Auf jeder Hand lastete eine von Wollust zum Bersten erfüllte Schwellung, die Brüste drohten zu platzen und schienen die Masten um ihre befriedende Entladung zu beneiden ...

Die Körper dampften jetzt, benetzt vom Schweiß, überzogen von einem feinen Schimmer; die Säfte vermischten sich.

In diesem Höllenwirbel war ich gleich auf den jungen Körper des scheinbar schon vorher betäubten Mädchens geschleudert worden. Man respektierte die »Prämie« anfangs, man ließ mich, der ich völlig von dem allgemeinen Taumel angesteckt war, meinen wilden und plumpen Versuchen hingeben, zwischen diese langen feinen Beine zu gelangen, denn um langwierige Präliminarien abzuhalten, waren meine Sinne zu sehr in Aufruhr geraten; die Droge, der rasende Taumel, der alles um mich herum ergriffen hatte, machten mich zum Tier. Ich zwängte mein brennendes Teil, nachdem ich die Schenkel auseinandergedrückt hatte, jetzt zwischen die leise auseinandergleitenden Lippen, die unter dem blonden Flaum verborgen lagen, die wohl zum erstenmal sich einer derartigen Gier ausgeliefert sahen. Mein Speer drang ein gutes Stück ein, wurde aber von einer schneidenden Enge umschlossen, die mich größten Schmerz hätte empfinden lassen, wenn ich weniger besinnungslos gewesen wäre. Ein gellender Schrei bewies, daß die Baronin ihre kleine Überraschung nicht ohne Kennerschaft ausgesucht hatte. Ich stieß und stieß ...

Berlin wußte seltsame Genüsse zu bieten, das wurde mir allmählich klar. Sie hatten aber alle etwas Düsteres, Beklemmendes, oft geradezu infernal und bösartig Manisches an sich . . . Ich hatte mein erstes Erlebnis in dieser lauten Stadt kaum einigermaßen durch Enthaltsamkeit überwunden – der bittere Nachgeschmack liegt mir noch heute auf der Zunge, wenn ich nur daran denke –, als ich schon bald eine andere Seite abwegiger Erotik kennenlernte.

Die »Gruft« und der »Sammler«

Anläßlich des Todes meines besten Freundes mußte ich jedoch unerwartet schnell nach England zurückkehren. Ich quartierte mich eine Zeitlang bei meiner Schwester ein; sie war verheiratet und hieß jetzt Marquise von *Croyland.* Sie bewohnte mit ihrem Gatten einen sehr schönen Landsitz in Lancashire, der nur den einen Nachteil hatte, ein wenig einsam gelegen zu sein. Aber in meiner damaligen Stimmung machte mir das sehr wenig aus. Gäste gab es fast nie; als es Juni wurde, kamen jedoch ein paar Besucher. Einer von ihnen, ein Franzose, ein lebhafter, temperamentvoller Gesellschafter, ungefähr meines Alters, schloß sich mir an. Wir entdeckten, als wir Erinnerungen austauschten, viele gemeinsame Bekannte aus meinen Pariser und Berliner Tagen, und mit der Zeit wurden wir, Henry Levalois und ich, sehr vertraulich. Eines Tages erzählte er mir eine recht sonderbare Geschichte, die mich aufhorchen ließ und die mir einen ziemlich einleuchtenden Kommentar zu einer Begebenheit lieferte, über die ich öfter, als ich es mir selbst eingestehen wollte, nachgegrübelt hatte.

»Stellen Sie sich vor, lieber Dory«, begann er, »was mir einmal in Berlin, wo ich damals studierte, passiert ist. Ich hatte Gelegenheit, die Bekanntschaft mit Geheimrat P. zu schließen, der mir als ein sehr interessanter Charakter geschildert worden war und als Sonderling dazu. Er war Inhaber eines Sanatoriums, und es dauerte nicht lange, da vertraute er mir so manches aus seiner Praxis an, das mir mehr als merkwürdig vorkam. Ich hütete mich jedoch, Erstaunen zu zeigen – seine Vorliebe für junge Männer war stadtbekannt –, denn ich war zu dieser Zeit wie besessen von dem Verlangen nach Abenteuern und wurde von einer grenzenlosen Gier auf Sexualität verzehrt. Und die Perspektive, die mir der geheimnisvolle Geheimrat – er machte seinem Titel alle Ehre – eröffnete, war äußerst verheißungsvoll. Urteilen Sie selbst, lieber Dory! Ich war Student, nicht gerade mit Reichtümern gesegnet, und ich sollte nicht mehr und nicht weniger – als den Hengst für seine schönen Patientinnen abgeben! Er stellte mich ihnen als Assistent vor, und ich mußte von nun an ›einspringen‹, wenn die Nerven einer Dame, die nicht genau wußte, *was* ihr eigentlich fehlte, ›Beruhigung‹ verlangten. Anfangs amüsierte mich die Sache, ja, ich geriet in einen förmlichen Rausch, bis ich daraufkam, daß durchaus nicht immer diejenigen, auf die ich Appetit hatte, Bedürfnisse empfanden, die meiner Schwäche entgegenkamen. Und ich verlor den Kopf vollständig, als Fräulein *Szegledy* auftauchte. Sie war die erregendste Frau, die ich je gesehen hatte. Eine Figur, die jeden Mann toll machen mußte, Formen, keusch *und* aufreizend, kurz, ich war wie verrückt nach ihr. Sie gehörte der besten ungarischen Gesellschaft an, war launisch, eigensinnig und unsagbar stolz. Jeder Versuch scheiterte, sie nahm von mir keine Notiz, ja, ich erlebte die peinlichsten fünf Minuten meines Lebens, als ich mich ihr einmal nähern wollte und sie mich hochmütig, mit beleidigender Geringschätzung aus ihrem Zimmer wies und den Geheimrat ersuchte, ›sie hinkünftig mit meiner Person zu verschonen‹. Ich wurde nur noch begieriger auf dieses Mädchen, dessen Busen, dessen Schenkel und unglaublich aufreizend modellierte Beine mich bis in den Schlaf verfolgten. Ich bekam Fieber, ich aß und trank nicht mehr. Eines Tages nahm mich P. beiseite. Er teilte mir mit, daß er mir einen Gefallen tun wolle – er könne mich sehr gut verstehen und wolle mir Genugtuung verschaffen. Ich verstand zunächst gar nicht, worauf er hinauswollte. Dann erklärte er mir, daß er Fräulein Szegledy eine Injektion verabreichen werde, die sie für diese Nacht in eine willige Stimmung versetzen sollte. Er arbeite an einem großen Werk und müsse dieses Experiment unbedingt durchführen. Ihn interessierten dabei besonders die Erinnerungsäußerungen des in eine Art Trance versetzten Unterbewußtseins. Er meinte zweifellos die traumartigen Eindrücke, die dem Objekt meiner Begierde nach dem Erlebnis in Erinnerung bleiben würden. Ich war viel zu erregt, als daß ich mir über die Gemeinheit seines Ansinnens Gedanken hätte machen können. Ich hörte kaum noch zu, als der Geheimrat mit einem eigentümlichen Kichern flüsterte: ›Die Braut wird Sie heute nacht Punkt zwölf erwarten. Sie kann zwar Ihre Umarmungen nicht erwidern, dafür wird Sie Ihnen aber auch nichts in den Weg legen, wenn Sie ihr zu nahe treten.‹ Wie hatte der Geheimrat gesagt, ›Braut‹? Ich verstand diesen Ausdruck erst, als ich einige Minuten nach zwölf von ihm in einen Raum geführt wurde, der sich in seiner Villa befand. Unterhalb der Straßenebene und ohne jegliche Fenster. Die gewölbte Decke, die nackten Wände, die tiefen Mauernischen erinnerten an eine Gruft . . . Und seltsam, ein eigentümlicher Duft stieg mir in die Nase, das war es, ja, Blumen, Friedhofsblumen . . . Es roch wie in einer Friedhofskapelle nach Astern, Tuberosen und anderen Totenblumen, ein wenig verwelkt, unsagbar melancholisch. Schon stand ich vor dem Katafalk. Oder war es ein riesiges Lager? Um zwei Stufen erhöht, mit einem weißen Tuch bedeckt, zu beiden Seiten große Leuchter, in denen dicke schwarze, mit weißem Flor umwickelte Kerzen unsicher flackerten. Und hier ruhte die *Braut!* Sie war es tatsächlich, Fräulein Szegledy, die Stolze. Das feine Gesicht mit der etwas aufwärts deutenden Nase lag mit geschlossenen Augen auf dem Kissen aus weißem Atlas; die schwarzen Haare kränzte ein schmaler Reif aus Myrtenblüten, von dem ein feiner Schleier niederfloß, weiß, wie das Gesicht, das seidene Kleid, die Blumen zwischen den gefalteten Händen, weiß wie die Atlasschuhe mit den hohen Absätzen, die eine makellose Sohle vorwiesen, Sohlen, die niemals den Boden berührt hatten . . . Ich stutzte. Der erste beklemmende Eindruck dieser Mausoleumsszenerie war dem heißen Wunsch nach Besitz in die Quere gekommen. Ich mußte die unerwartete Hemmung überwinden – aber wie? War es nicht stets meine Neigung gewesen, ungewöhnliche Situationen zu durchleben? Noch leicht irritiert, nahm ich plötzlich leise Orgelmusik wahr. Mein Blick glitt über die regungslos, in starrer Ruhe vor mir Liegende. Aber da blieb mein Auge haften, ich war wie vom Blitz getroffen. Das züchtige Kleid der jungfräulichen Braut, das am Hals nur einen keuschen Ausschnitt aufwies, war von unfrommer Hand in frevelhafter Weise über die schönen, ebenfalls in fließende weiße Seide gehüllten Beine zurückgeschoben worden, auf der einen Seite sogar so weit, daß ein Streifen des Schenkels zwischen dem Rand des Kleides und dem des Strumpfes sichtbar wurde, der das Weiß der Seide weit übertraf. Ein feines Strumpfband aus schwarzem Tüll und Samt, ein unsagbar freches Ding, das dieses zarte Bein knapp oberhalb des feinen Knies umgab, verlieh der so keusch und bräutlich Aufgebahrten etwas gespenstisch Frivoles, fast mehr als das unzüchtig geraffte Kleid, das den einen der prallen Schenkel preisgab.

Ich starrte eine Weile auf diese aufreizende Unordnung – dann näherte ich mich der Schlummernden mit ausgestreckten, ich leugne es nicht, zitternden Armen. Ich betastete vorsichtig ihren Körper, ich hatte noch Angst, daß dies die Betäubung vielleicht unterbrechen könnte, und machte mich schon darauf gefaßt, nochmals ihrem Zorn standhalten zu müssen. Aber sie rührte sich nicht. Auch nicht, als ich nun mit bebenden Fingern den Rock noch höher schob und schließlich jene Stelle freilegte, wo zwischen den alabasterweißen Schenkeln ein schwarzseidenes Vlies entsproß. Meine Erregung war derart gestiegen, daß ich das Seltsame der Situation zu vergessen begann. Ich hörte kaum mehr die Klänge der klagenden Orgel. Nun versuchte ich, auch den noch verborgenen Reizen beizukommen. Ich nahm vorsichtig die Blumen aus den eiskalten Händen, die außer dieser Eigentümlichkeit keinerlei Starre oder Steifheit verrieten. (Aber über ein solches Detail gab ich mir erst viel, viel später Rechenschaft ...) Ich bemühte mich, das Kleid am Hals zu öffnen, und war auch mit den wenigen Knöpfen, die es vorne schlossen, trotz meiner sehr unsicheren Hände bald fertig. Und nun legte ich den Busen frei, diese schneezarten Hügel, die mich schon wie eine fixe Idee verfolgt hatten. Die ragten, nachdem ich sie aus dem zarten Hemd, das sie gefangenhielt, herausgehoben hatte, wie zwei Bastionen aus Elfenbein in die Luft. Die Knöpfe, die sie zierten, waren sehr blaß, von einem kaum erkennbaren, wie verblichenen Rosa. Die Orgel spielte nun ganz leise, aber eine unsagbar süße

Melodie, die mir ans Herz griff. Jedoch die Eindrücke, die auf mich einstürmten, wurden durch diese wehmütige Musik kaum gedämpft. Ich fühlte, daß ich meinem Verlangen nachgeben müßte, und fuhr fort, meine ›Braut‹ zu entkleiden. Jetzt war ich im Begriff, das Kleid ganz herabzuziehen, und ich konnte erschauern, dieses Weib in seinen intimsten, vielleicht noch von keinem Männerauge geschauten Hüllen zu erblicken. Meine Erwartungen wurden noch übertroffen. Als ich Fräulein Szegledy nun das Brautkleid, es war aus starrer, weißer Seide, mit einiger Mühe unter dem Körper weggezogen hatte, bot sie sich in beinahe völliger Nacktheit, in einem hauchdünnen Etwas, das aus einer kleinen unendlich duftigen Wolke weißer Spitze und Seide bestand, meinen Blicken dar. Die unglaublich weiße Haut schimmerte überall durch.

Anders das sehr eng um das Gesäß gespannte Höschen: Ich hatte bei meinen Bemühungen den leblosen Körper ein wenig auf die Seite gerollt – und es war nur mit einem Hauch, einem Elfenschleier zu vergleichen, der mehr verriet als verbarg. Wie war dieses Fleisch frisch und kalt! Kalt, so unerhört kalt, daß ich mich eines gewissen Schauders nicht erwehren konnte. War es nicht doch eine Leiche, die da vor mir lag? Ich berührte die Glieder – sie waren überall kalt, kalt – eisig . . . Eine Leiche! Aber wie schön sie war und – wie willig . . . Ich war doch förmlich eingeladen worden, meine Gelüste zu befriedigen. War ich nicht vor jeder Überraschung sicher? Und wäre es diese Frau nicht wert gewesen, sie bis in die Totengruft zu verfolgen und zwischen den Kränzen, die rascher verwelkten als der schon leblose, aber noch immer wahnsinnig herausfordernde Leib, zu besitzen, da man dies, als sie noch unter den Lebenden weilte, nicht erreichen konnte? Die Orgel spielte jetzt lauter, mächtige Töne dröhnten durch den hallenden Raum; auch mein Blut sang laut, und ich fühlte, daß ich mich nicht länger würde zurückhalten können . . .

Mein Glied stand erregt, aber von der Stirn perlte Angstschweiß. Ich riß mich empor. Das halbnackte Mädchen lag mit schlaffen Gliedern vor mir, das Willenlose, das ihre Haltung ausdrückte, schien mir zuzurufen: ›Nimm mich!‹ Ihre aufreizenden Formen wölbten sich begehrlich auf dem flachen Ruhelager und gingen in die wollüstigen Variationen über. Da plötzlich – ich fuhr zusammen – glitt die Hand hinab und streifte im Fallen meinen aufgereckten Fahnenmast. Es war wie eine Liebkosung, ein unwillkürliches Streicheln. Und trotzdem war es eine ungeheuer gespenstisch anmutende Geste. Ja, hilf mir nur, dachte ich und nahm die Hand und schob sie in meine Hose. Ich konnte mir, wenn ich mich nun hin und her bewegte, die Illusion verschaffen, als regte sich das eiskalte Händchen in seinem Versteck. Und dann begann ich, das schleierzarte Höschen abzustreifen, es war ein ungeheurer Genuß, diese wundervollen Glieder zu fühlen, die straffe Haut zu betasten, die festen, knakkigen Waden zu drücken. Die Waden. Ach, warum sollte ich nicht in diese seidenglänzenden, fleischigen, so edel geformten königlich stolzen Waden hineinzwicken? Sie fühlte doch nichts.

Schon drückte ich meinen gierigen Mund auf die köstliche Schwellung, und der Gedanke, keine Rücksicht nehmen zu brauchen, brachte mich völlig außer mir. Ich bin der zärtlichste Liebhaber und würde niemals auf den Gedanken kommen, meine Lust durch Schmerzerzeugung zu erhöhen oder zu befriedigen, aber hier, hier war doch eigentlich eine so sonderbare Liebespartnerin vorhanden, eine derart andersgeartete Situation, daß es fast natürlicher schien, Abwegiges zu unternehmen, als den blasphemischen, ja gemeinen Koitus ... Die zarte Seide des feinen Strumpfes knirschte unter meinen Zähnen. Ich fühlte das unsagbar elastische Fleisch, wie es nachgab und wie es wundervollen Widerstand leistete. Jetzt war ich soweit – ich bekam Appetit, ich wollte auch Zarteres schmecken, in die volle, so schneeweiße Brust beißen. Und dabei blieb ich nicht, ich nahm die kleinen, harten Warzen in den Mund, riß und zerrte an ihnen mit meinen Zähnen; sie waren dehnbar wie bester Gummi und schmeckten köstlich. Ich vergrub mich in die prallen Hinterbacken, ich wühlte in dem üppigen Gericht wie ein Eber, ich kostete von dem zarten Fleisch des Bauches, von der weichen Stelle der Flanken, dort, wo die Haut an Feinheit mit dem seidengleichen, so geschützten Plätzchen zwischen den Schenkeln wetteifert . . .

Die Hand in meiner Hose fuhr hin und her, je nachdem wie ich mich bewegte, heftiger oder weniger heftig. Sie hatte sich an meiner Lust nicht erwärmt, sie stieß ein wenig gefühlskalt hin und her, auf und ab, glitt über meinen stolzen Kerl, liebkoste ihn mit Geisteslust . . . Ich wollte mehr. Alles in mir drängte vorwärts, ich wollte eindringen, mir Erleichterung verschaffen, auch an geheimere Pforten klopfen und mir den Einlaß erzwingen. Meine Küsse und meine Bisse hatten zwischen den weißen, so kernigen Schenkeln ihr letztes berauschendes Mahl gefunden. Wie seltsam übrigens, daß die mit soviel Wollust gemarterten Stellen sich nicht im geringsten gerötet hatten! Das Fleisch zwischen diesen köstlich gerundeten, von göttlichem Marmor geformten Dingen schimmerte in einem überirdischen Weiß, von dem das Dunkel des schwarzen Vlieses um so erregender abstach. Und zwischen den seidenweichen Haaren, an denen ich schon einigemal den Speichel getrocknet hatte, lugte, wie eine Rosenknospe, das Geschlecht hervor, in geheimnisvollem Tau schimmernd, die leise geöffneten Lippen wie zum Kusse geöffnet . . .

Mein Speer drang müheloser ein, als ich erwartet hatte. Ich fühlte deutlich einen feinen Seim, der ihm das Gleiten erleichterte, und ich wunderte mich einen Moment, diese Absonderung der weiblichen Wollust in diesem Fall zu beobachten. Aber dies dauerte, wie gesagt, nur einen Augenblick lang, dann verlor ich mich in dem mir eben erschlossenen Labyrinth der Lust, dessen köstliche Enge meine Lanze mit derselben Eiseskälte aufnahm, wie ich sie bisher überall an der Oberfläche der glatten Haut wahrgenommen hatte. Trotz des mich durchdringenden Glücksgefühls, in diesem Etui, das ich mir nicht im Traum als Tummelplatz meines liebestollen Schweifes erhofft hatte, zu stecken, mich an ihm nach meinem Ermessen zu reiben, diesen stolzen, jungfräulichen Bauch mit wuchtigen Stößen zu erschüttern, war ich darauf bedacht, den eingeschlagenen Weg rechtzeitig zu verlassen. Ich wollte noch mehr. Ich wollte alles auskosten ...

Mit einer gewissen Selbstüberwindung, auf die ich fast einen Augenblick stolz war, zog ich mein mächtig angeschwollenes Glied aus seinem, ihm wie angemessen passenden Futteral. ›Du sollst Besseres haben‹, sagte ich ihm wie zur Beschwichtigung und richtete mich auf. Es galt jetzt, die Leblose in die entsprechende Position zu bringen, denn mein Vorhaben verlangte eine besondere Stellung. Und diese mußte dem Körper einen gewissen Halt verleihen, denn er würde nicht von selbst in ihr verharren ... Ich drehte Fräulein Szegledy herum. Dann nahm ich alles, was ich auf dem Lager an weißseidenen Kissen fand, und stopfte diese unter den Bauch meiner stillen Liebsten.

Jetzt ragte der prachtvolle Po hoch in die Luft und zeigte seine schneeigen, so wundervoll prallen Kugeln meinen Blicken, die auch mit Inbrunst an ihnen hingen – bis ich gezwungen war zu handeln. Und ich setzte nun den noch triefenden Speer, der fast die Dicke der still und feierlich brennenden Kerzen erreicht hatte, vorsichtig an jene geheime Grotte an, auf deren Bekanntschaft ich schon begierig war. Sie lag zwischen den leicht auseinanderklaffenden Hinterbacken gebettet, im duftigen Schatten der wonnigen Kerbe, die diese Zwillinge, diese wundervollsten aller Liebespolster, teilt. Leicht genarbt am Rande, von einer so zarten Färbung und wenn möglich noch viel, viel jungfräulicher anmutend als das eben verlassene Paradies, so daß ich mich nicht enthalten konnte, einen glühenden Kuß daraufzudrücken. Ein feiner, unendlich herbsüßer Duft begegnete mir, ein Parfüm, das sich mit dem mir schon bekannten dieser herrlichen Alabasterhaut mischte. Ich stieß noch rasch meine Zunge vor und überzeugte mich, daß mich hier ein straffer Engpaß erwartete – dann setzte ich mein Zepter an ...

Das wundervolle Tal umfing den noch feuchten Stachel wie eine kraftvoll massierende Hand, es umschloß meine Stange wie ein Schraubstock aus Kautschuk, mir schien es sogar, als mache sich eine leise Muskelarbeit, die gleichmäßige Reibungen erzeugte, bemerkbar. Aber diese Idee verflog gleich wieder, sie stand im krassen Gegensatz zu der leblosen Schlaffheit, die den Leib unter mir regierte. Ich stieß schamlos zu. Ich bedauerte nur, daß ich die Lustschreie vermissen mußte, tröstete mich aber, indem ich wie wild gegen die prallen Backen tobte, sie mit meinen Händen packte, mich in sie verkrallte, bis meine Nägel in dem schwellenden Fleisch verschwanden ...

Ein neuer Wunsch peinigte mich, und beunruhigt von der Angst, daß der Erguß sich gegen meinen Willen schneller einstellen würde als erwünscht, zog ich – wenn auch mit größter Selbstüberwindung – meinen erhitzten und überreizt zuckenden Schwanz auch aus dieser Lusthöhle – er sollte sich jetzt an die arroganten, so entzückend aufgeworfenen Lippen dieses stolzen Mundes pressen, zwischen die weißen Perlenzähne dringen und über die weiche Zunge streichen, den Gaumen bedrängen ...

Da hinein wollte ich entladen, die Kraft meiner Lenden in den offenen Kirschmund vergießen und so lange in ihm herumarbeiten, bis ich zufrieden war. Es war herrlich. Unbegreiflicherweise umschlossen die zarten Lippen, die so voll und weich waren, von betörender Zeichnung und blutrot, ohne daß ich eine Spur von Lippenstift wahrnehmen konnte, meine strotzend volle und steinharte Lanze. Die ebenso innig wie schwer zu entbehrende Umschmeichelung mit der Zunge ist jene wollüstige Nuance, die die Angelegenheit im Mund so unerhört wohltuend bereichert. Und dies war der Höhepunkt. Es ging über meine Kräfte. Ich mußte einfach, es war wie ein Dammbruch. Aber es war merkwürdig, daß ihr Mund, der Ring, den die süßen Mädchenlippen bildeten, dieser herrliche Ersatz einer brünstigen Ritze – entschuldigen Sie bitte, lieber Dory, meine Ausdrücke, aber die Erinnerung reißt mich noch heute hin! –, immer noch fast erwartungsvoll meine Lanze umschloß. Und so ging denn der geschwollene Schweif unermüdlich weiter seinen Weg, bis es soweit war. Ich war ganz von Sinnen. Als ich dann endlich das zweite Mal soweit war, wurde ich fast verrückt vor Erregung und warf mich auf den wie ermattet daliegenden Körper, wälzte mich auf ihm, schob mich unter ihn, rückte mir den nackten, schwellenden Po auf das Gesicht, so daß ich seine Last kaum ertragen konnte, und ich versuchte, den Mund auf die noch immer auseinanderklaffende Spalte gepreßt, mir mit meinen eigenen Händen ein drittes Mal Genugtuung zu verschaffen. – Ich wäre nicht fähig gewesen, meiner Raserei *vor* der vollständigen Ermattung, vor der dann tatsächlich eingetretenen Bewußtlosigkeit, Einhalt zu gebieten . . .«

Soweit der Bericht, den mir Henry Levalois in der, wie man gestehen wird, anschaulichsten Weise geliefert hat. Und wirklich – *genauso* hatte es sich verhalten, all dies hatte ich durch die Gucklöcher beobachten können, damals in Berlin, im nächtlichen Grunewald.

Durch besondere Vermittlung hatte ich Zugang zu der versteckt liegenden Villa, die nur wenigen Vertrauten des Hausherrn bekannt war, gefunden. Ich mußte einen Schein unterschreiben, über das Erlebte und Gesehene Stillschweigen zu wahren. Nachdem die erlesene Gesellschaft mit einem kleinen Likör empfangen worden war, begab sie sich, vom Hausherrn, einem steifen, hageren Herrn, geleitet in den Keller.

»Meine sehr geschätzten Gäste«, forderte uns der Geheimrat auf, »wenn das Licht an der Decke erlöscht, blicken Sie bitte durch die kleinen Gucklöcher in der Wand. – Sie werden Gelegenheit haben, eine recht aparte Szene zu beobachten!«

Die Wand wies tatsächlich eine Reihe von Einschnitten auf, die sich zu Gucklöchern verjüngten. Der Geheimrat war plötzlich lautlos verschwunden, und von Ferne erklang leise Orgelmusik.

Verblüfft und erwartungsvoll zugleich schauten wir durch die Gucklöcher – und ein Schauspiel, ganz so wie es mein Freund beschrieben hatte, bot sich unseren gierigen Augen dar: Auf einem kleinen Katafalk aufgebahrt lag die junge Braut, schön wie eine Ophelia, und ihr Liebhaber gab sich alle Mühe, sie mit seinem stolzen Teil zum Leben zu erwekken . . .

Ich und die anderen heimlichen Zuschauer fühlten sich

von dem Schauspiel derart erregt, daß wir in die Hosen oder unter den Rock griffen.

Wir suchten unsere Erregung und aufwallenden Gefühle auf unseren eigenen Instrumenten zu begleiten. Und als die Darbietung immer realistischer wurde, begannen wir uns auch gegenseitig abzugreifen. Die Paare, die zwei nebeneinanderliegende Gucklöcher innehatten, vermählten wie mechanisch ihre Geschlechtsteile; nicht ohne immer wieder ihre Tätigkeit einzuhalten, wenn das Schauspiel einen besonders fesselnden Anblick darbot, und dann den empfangenen Eindruck mit einigen nervösen, hastigen Stößen gleichsam nachzuzeichnen ... Der entnervende Geruch der schwül duftenden Blumen, das fatale Orgelspiel und die Verwesung und Perversion atmende Dekoration überhaupt versetzten uns in einen Zustand, der nicht leicht zu schildern ist. Ich weiß heute nur noch, daß ich in dem düsteren und so nackten Keller öfter mein Opfer darbrachte als wohl je zuvor. Die Damen wurden sogar gewechselt, und es kam auch vor, daß man in der Folge in dieselbe Höhle hineinwollte, nur mit dem Unterschied, daß beim zweiten Mal diese bereits von einem anderen gut ausgefüllt wurde ... Da es sehr spät geworden war und ein Zufall Henry Levalois zwang, am nächsten Morgen abzureisen, habe ich das Ende seiner Geschichte nie erfahren.

Ich habe in Berlin recht merkwürdige Dinge erlebt. Es ist eine sonderbare Stadt, und ihre Bewohner sind von einer Hast besessen, die sich auch in ihren sexuellen Betätigungen ausdrückt. Sie gehen auch gerne aufs Ganze, kennen keine Grenzen, die liebenswürdigen Formen der sinnlichen Liebe liegen ihnen überhaupt weniger, sie sind, bei aller Gutmütigkeit, grausame Genießer. Sie lieben es auch, ihre Exkursionen in das Reich des Eros in skurrilen Mäntelchen zu unternehmen, die oft grotesk anmuten, aber immer die Freude an geheimnisvoller Verkleidung erraten. Als »Verkleidungsfimmel« mit umgekehrten Vorzeichen ist eigentlich auch die Vorliebe für Nacktbälle zu werten. Einen, wie ich glaube, besonders markanten genoß ich in eigenem Erleben, und ich werde vielleicht noch Gelegenheit finden, von ihm zu berichten. Mein Berliner Aufenthalt schloß mit der Bekanntschaft eines sehr merkwürdigen Mannes, der ein bekannter Jurist und ein weniger bekannter Perverser war: Ich spreche von dem »Schuhsammler« Dr. H.

Er war ein kleiner rundlicher Mann mit glattrasiertem Kopf und unvermeidlichem Kneifer, jenen barbarischen Attributen, die so viele seiner Landsleute charakterisieren. Zu seinem jovialen Aussehen paßte der »forsche«, den Assessor und den Leutnant d. R. verratende Ton nicht ganz; erstaunlich aber erschien seine an höchstes Raffinement gemahnende Einstellung der »erlesensten Schönheit der Frau« gegenüber, wie er, als Fanatiker auf diesem Gebiet, mit seinen eigenen Worten das weibliche Bein qualifizierte. Er sammelte alle Bilder, die diesen Körperteil darstellten, alle Plastiken, von der Antike bis zur Moderne, und er hatte in seinem »Museum« Abgüsse »berühmter Beine«, d. h. solcher, die erlauchten Tänzerinnen gehörten und die er sich für oft horrende Preise – er war sehr begütert – zu verschaffen gewußt hatte. Das Glanzstück seiner Sammlung bildete der Gipsabdruck des wahrhaft gräflich modellierten Beines der Fanny Elsner, den Thorvaldsen selbst abgenommen hatte. Er besaß auch einen solchen des königlichen Beines mit dazugehörigem Schenkel Marie Antoinettes; diese hatte ihn von demselben Künstler anfertigen lassen, den sie schon vorher beauftragt hatte, die Form ihres schönen Busens als Höhlung eines goldenen Trinkbechers zu verwenden, für ihren Geliebten, den Grafen Axel Fersen, bestimmt . . .

Die besondere Liebe des Doktors gehörte aber dem bekleideten Bein, nämlich dem mit möglichst raffiniert geschnittenen, ja pervers anmutendem Schuh versehenen Fuß, den von hauchdünnen Strümpfen kaum verhüllten Waden, dem Schenkel, den ein betörendes Strumpfband zierte. Wie ich mich später überzeugen konnte, war seine Sammlung eigentlich eine Kollektion von Schuhen, die in jeder Form, in jeder Farbe vertreten waren. Er hatte historische Stücke – wenn auch zu seinem größten Bedauern die Sandale Salomes, in der sie vor dem Petrarchen getanzt hatte, fehlte –, die in Erstaunen versetzten durch ihr Alter und ihre Geschichte, wie beispielsweise jene ganz entzückenden Stökkelschuhe, die der Pompadour gehört hatten, oder die mit Edelsteinen geschmückten Kurtisanenkothurne der so gefährlichen Lucrezia. In einer Vitrine aus besonders starkem Kristallglas bewahrte er eine Kostbarkeit: einen Fetzen vom Mantel Attilas, über dem Kriemhildes Fuß geschritten sein soll, als Attila ihn in barbarischer Galanterie vor ihr als Teppich ausbreitete.

Die »moderne« Abteilung war aber am interessantesten. Sie enthielt Hunderte von »Nummern«, die ein alter Diener treulich zu bewachen und zu pflegen hatte. Sie waren aus allen möglichen Lederarten, aus Seide oder Samt, stets mit einem auffallend hohen Absatz versehen, der oft sehr überraschend geformt, kantig gearbeitet, aus Kugeln zusammengesetzt, ein oder das andere Mal auch mit Juwelen besetzt war. Das Merkwürdigste erfuhr ich aber erst, als ich den Rundgang durch die gediegenen Räume beendet hatte, bei dem mir Doktor H. selbst seine Lieblinge und Schätze vorführte.

»Jetzt müssen Sie noch meine Mannequins kennenlernen, lieber Lord Gray«, sagte er liebenswürdig. »Sie sollen etwas Hübsches zu sehen bekommen!« Er schnalzte mit der Zunge – wir hatten in einem kleinen Raum Platz genommen, den auf einer Seite ein großer Vorhang abschloß – und blinzelte vielsagend.

»Wissen Sie, ich will meine Sammlung belebt sehen, ich empfinde diese Objekte so durchpulst von geheimem Leben wie andere Männer die Geschlechter der von ihnen geliebten Frauen. Sie denken an die Brüste, an die Schenkel und an die samtweichen Pobacken ihrer Schönen, sehnen sich danach, diese Stellen zu berühren, sich von diesen Rundungen berühren zu lassen –«, hier wurde er unterbrochen, denn der dunkle Vorhang hatte sich geteilt, und ich sah auf eine Art Podium, das mit Spiegelplatten belegt war und über dem in der Höhe von ungefähr einem Meter ein leichter zweiter Vorhang niedergegangen war, der sogar ein wenig durchsichtig schien. »Ich will sehen, wie sich diese Schuhe vor mir bewegen, ausgefüllt mit schönen Beinen; die sehr langschäftigen unter meinen Lieblingen sollen sich um stramme, runde Waden legen. Und dann, wenn ich mich satt gesehen habe wie der Verliebte, der seine Freundin gebeten hat, vor ihm nackt auf und ab zu gehen, damit er das leise Erbeben der süßen Massen, das bei jedem Schritt ausgelöst wird, genießen kann, dann lasse ich dem Wunsch Oberhand, dem Verlangen, diese graziösen, so herrlich geschwungenen Dinger zu berühren, mich von ihnen berühren ... *treten* zu lassen ...« Die Stimme neben mir hatte einen heiseren Klang angenommen, aber ich achtete nicht darauf, denn nun begann sich die »Bühne« zu beleben, mit seltsamen Akteuren, ungewohnten Gesten, aber das Schauspiel war fesselnd. Es waren auf ihr drei bis vier Beinpaare erschienen, jedes anders bekleidet, mit verschieden getönten Strümpfen, Schuhen aus verschiedenem Material, sie schritten auf der Spiegelfläche auf und ab, blieben auch stehen, so daß man die prachtvollen Beine einmal von vorne, einmal im Profil zu sehen bekam. Es gab schlanke, überschlanke Formen, es gab fesche Waden, derbe, ja übermäßig starke Beine zu sehen. Eines jedoch war ihnen gemeinsam: Sie wiesen alle eine unglaublich kleine Schuhgröße auf. Keine Größe lag über 35, ja es konnten auch solche darunter sein, denen ich die Größe 34 und 33 gegeben hätte ...

»Jetzt kommt etwas Nettes, mein Lieber«, sagte nun halblaut mein Nachbar, und noch leiser fügte er hinzu: »Bedienen Sie sich doch, ich bitte, eines kleinen Gastgeschenkes, das ich mir erlaube, Ihnen hiermit anzubieten!«

Ich wußte zuerst nicht, was diese etwas gespreizte Floskel bedeuten sollte, aber ein leiser Parfümgeruch veranlaßte mich, meinen Kopf zur Seite zu drehen, und ich konnte im Halbdunkel ein anscheindend sehr gut gebautes Mädchen erkennen, das sich im nächsten Augenblick leise lächelnd an mich schmiegte und ohne weiteres den Versuch unternahm, sich von der Steifheit eines gewissen Körperteils bei mir zu überzeugen; zumindest knöpfte sie mit zierlich gespreizten Fingern meine Hosen auf und schlüpfte dann mit ihrer schmalen Hand hinein. Ich nahm noch wahr, daß sie nichts als ein kleines Höschen und einen sehr ausgeschnittenen

Büstenhalter anhatte, sehr, sehr lange schwarze Strümpfe, die in funkelnden Lackschühchen staken.

Als ich wieder auf die Bühne blickte, waren dort nur mehr zwei Beinpaare zu sehen. Sie schritten langsam umher, dann blieb das eine stehen, und das andere umkreiste es. Nun näherte es sich dem ersten, und es begann ein apartes Schauspiel, das von einem unsichtbaren Regisseur in meisterhafter Weise inszeniert worden war. Die Pantomime war besetzt mit einem Paar Beine in hellen, unendlich durchsichtigen Strümpfen, die in blaßblauen Seidenschuhen einhertrippelten, und einem Paar strammer Waden, mit schwarzen Ajourstrümpfen bekleidet, die einen unsagbar ordinär wirkenden Zwickel und herausfordernde Soubrettenstrumpfbänder zur Schau trugen. Die dazugehörenden Füße staken in roten Schuhen, die einen schwarzen Absatz hatten. Die »Schwarzen« umzingelten mit ihren Schritten die scheinbar eingeschüchterten »Blaßblauen«, die etwas reizend Schüchternes und, wenn es nicht lächerlich klingt, Jungfräuliches zum Ausdruck brachten. Dann pflanzten sie sich neben den zarten Beinen auf, und schließlich bedrängten die festen Waden ihre rehschlanken Partnerinnen, die runden Knie der schwarzen Partei zwängten sich zwischen die ängstlich bebenden des Unschuldslammes, und jetzt nahmen sie völlig Besitz von ihrem Opfer: Sie umklammerten wie ein brünstiger Hund das helle, zarte Marquisenbein und wetzten sich an ihm in der schamlosesten Weise . . .

Mir war ganz eigenartig zumute. Ich wohnte einer merkwürdigen Szene bei; wieder einmal vollzog sich der ewige Kampf der Geschlechter, auf einer anderen Ebene.

Eine skurrile Travestie drückte den Akt auf seine Weise aus, das unvermeidlich Tierische aufzeigend. Mein Nachbar atmete mühsam, schnalzte manchmal mit der Zunge und rutschte unruhig auf seinem Sitz hin und her. Meine Gesellschafterin hatte längst meinen Speer einer höchst angenehmen Massage unterzogen, als ich plötzlich die brüsken Worte hörte:

»So, also in Stimmung wären wir ja – jetzt lassen wir uns fertigmachen; wollen uns gut amüsieren, aber ein bißchen origineller, als es uns in einer langweiligen Spalte gelingen würde!«

Ich war noch etwas benommen von der ein wenig überraschenden Szenerie und wollte auch nicht protestieren, aus Angst, meinen Gastgeber zu verletzen. Ich fühlte, wie mich die weichen Hände meiner neuen Freundin auf das Sofa hinter mir niederdrückten, meine Hosen herunterzerrten, so daß mein noch der Entladung harrendes Zepter nun ziemlich unverhohlen in die Luft ragte ... Ich entsinne mich heute nicht mehr genau an alles, aber soviel ist mir in der Erinnerung haftengeblieben, daß ich einen unendlich feinen Kitzel zwischen meinen Beinen verspürte, eine prickelnde Gefühlssensation, die einmal stechend, einmal wie ein leiser, süßer Druck empfunden wurde. Und ich sah über mir wundervoll geformte Beine schweben, mit köstlich dünner Seide bekleidet, die bei jeder Bewegung leise knirschte, unglaublich keine Füßchen, bemüht, mit dem spitzen Absatz ihrer zierlichen Schuhe in meinem Geschlecht herumzustochern, zart und vorsichtig und doch irgendwie grausam; behutsam, aber gelinden Schmerz auslösend. Ich wurde sanft herumgedreht und spürte nun, wie die seltsamen Lanzen versuchten, in die Spalte zwischen meinen Hinterbacken einzudringen, sich tief hineinzubohren ...

Ich ertrug das eine Weile, keuchend und von gemischten Gefühlen bewegt, ich hielt an mich, keines dieser Beine zu packen, und das, was daranhing, unter mich zu zerren – aber ich war schon zu sehr enerviert, es wäre zu spät gewesen –, eine heiße Welle quoll in dem in schmerzender Starre aufgereckten, wie von Nadelstichen gepeinigten, wie von Ameisen benagten Glied empor, ich entlud und fühlte eine wundervolle Entspannung ...

Das Erlebnis zwang mich zum Nachdenken. Schließlich war mir verständlich, daß mein Gastgeber mich gerade auf diese Art »bewirtete«. Wenn man auf ein Weingut im alten Burgund kommt, trinkt man eben Burgunder und hütet sich, vom Hausherrn Bordeauxwein zu verlangen. Nachträglich machte mir das Erlebte sogar Spaß, ich hatte eine überraschende Spezialabteilung menschlicher Verirrung kennengelernt. Verirrung? War ich berufen, dieses Urteil, überhaupt ein Urteil abzugeben? Was ist »pervers«? Was ist »abwegig«? Wie erstaunlich muß es für einen Eskimo sein, der seine Liebste auch in der höchsten Erregung nur zart mit der äußersten Spitze seiner Nase berührt, wenn er erfährt, daß bei uns die küssende Braut ihre Zunge mit der ihres Auserwählten vermählt, unter den ziemlich zugedrückten Augen kupplerischer Mütter in der guten Stube lange Nachmittage damit zubringt, dem zarten Glied ihres Zukünftigen mit geschickter Hand Vorschüsse zu geben, damit er nicht, »weil er es nicht aushalten kann«, sich anderswo, noch vor der Hochzeit, eine kleine Krankheit einwirtschaftet! Alles ist doch so relativ ... Die einzig wirklich sentimentalen Geschöpfe sind wohl die niedrigsten, so erbärmlich verkommenen Prostituierten, während so manche ehrsame, verheiratete Frau nichts anderes als eine Messalina in bürgerlicher Ausgabe ist, zwischen Kochherd und Waschküche sexuelle Herkulesarbeiten vollbringt, es mit jeder noch so vielköpfigen männlichen Hydra aufnimmt ...

Ich verließ schon einige Tage später Berlin. Mein Studium, das damals in unseren Kreisen noch als eine Art Kavaliersreise aufgefaßt wurde, sollte in Wien fortgesetzt werden. Mir war das mehr oder weniger gleichgültig, ich hätte auch Benares oder Hammerfest als Aufenthalt akzeptiert – ich hatte durch eine besondere Verbindung mit vieler Mühe herausbekommen, daß Nana und ihr Gatte, der Prinz, kürzlich nach Rußland zurückkehren mußten, wo sich letzterer in irgendeiner politischen Sache zu rechtfertigen hatte. Nun fehlte mir jeder Anreiz, länger in dieser Stadt zu bleiben, die mir allerdings, infolge der sonderbaren Veranlagung ihrer Bewohner, lange im Gedächtnis blieb.

Wiener Idylle

Meine Tage in Wien verbrachte ich ziemlich allein, ich meine, ohne mich besonders um die englische Kolonie, die es in jeder bewohnten und unbewohnten Gegend dieser kleinen Erde gibt, zu kümmern. Ich lebte so vor mich hin ohne besondere Absichten; die weiche Atmosphäre dieser Stadt hat etwas Verführerisches, etwas Orientalisch-Schmachtendes an sich, hier begriff ich das erste Mal den Unterschied zwischen Norden und Süden. Und die Frauen, sie waren besser als ihr Ruf, sie waren noch hübscher, noch sinnlicher und noch leichter zu haben, als man es behauptete.

Ich war schon lange neugierig auf eine besondere deutsche Spezialität. Als ich sie zuerst in Berlin ausfindig zu machen suchte, stieß ich auf ein Gebilde, das augenscheinlich unter falscher Flagge segelte – ich meine den in der deutschsprachigen Literatur so vielgerühmten *Backfisch.* In Berlin entpuppte er sich als »Puppe«, ein etwas drahtiges Gewächs, mit vergifteter Phantasie, so sachlich-verdorben, daß ich wehmütig an die doch sonst nicht so sentimentale »Sweet-fifteen« meines Landes zurückdenken mußte. Aber hier in Wien fand ich das Richtige. Und dieser Backfisch kam in dieser lebensfrohen Stadt in einer besonderen Spezies vor, für jene, die für das »Natürliche« eine Schwäche hatten, geradezu ein Leckerbissen: das sogenannte, von einem heimischen Dichter wunderbar besungene *»süße Mädel«*.

Ich kann die Schwärmerei für diese Blüte der Wiener Vorstadt nur bestätigen, ich bin erst lange nachher auf ein zweites Beispiel von soviel Gutmütigkeit, soviel Zärtlichkeit und soviel Verständnis gestoßen – im Fernen Osten, bei den lieblichen Geishas der verschwiegenen Teehäuser.

Wien ist eine Bäderstadt. Jedenfalls hat man hier das Baden (»Baden« heißt auch ein schöner Kurort in der Nähe dieser Residenz) zur Kulthandlung erhoben, und man hat auch noch gewisse Badesitten beibehalten, die aus der Zeit der Antike, aus dem Mittelalter herzustammen scheinen. Es ist in dieser Stadt eine Selbstverständlichkeit, die große Wohltat eines Bades mit der Lust an Geselligkeit zu vereinen, man badet hier »en famille«, in großen Gruppen, beide Geschlechter zusammen, wenn auch notdürftig bekleidet. Aber noch viel erstaunlicher ist, daß jeder Ortskundige in der Lage ist, jene Häuser anzugeben, in denen der lästige Zwang der Badekleidung gänzlich wegfällt und wo es auch als Voraussetzung betrachtet wird, daß das hygienisch wertvolle Warmbad gewisse Gelüste erweckt und für nervenberuhigende Entspannung zu sorgen ist. Ein Komfort, der dieser schönen Stadt hoch anzurechnen ist.

Ich bevorzugte ein Haus, das den Badenden einige wirklich hübsche »Pflegerinnen« zur Verfügung stellte und ganz hervorragend ausgestattete Baderäume besaß. Die Kabinen, mit ihren großen weißen Wannen, blitzten vor Sauberkeit, breite Ruhelager und hohe Spiegel gaben ihnen etwas besonders Luxuriöses. Ich probierte die Damen des Personals allmählich durch, es war ein eigener Reiz, das angenehm erfrischende Bad mit wohligem geschlechtlichem Diminuendo verbinden zu können ... und wie zwanglos war das Ganze! Da gab es keine verschwiegenen Gäßchen, man mußte nicht den heimlichen Abend abwarten, um sich wie ein Dieb in ein von der fürchterlichen roten Laterne verratenes Tor zu schleichen, nein, am hellichten Tag, am fröhlichen Vormittag ging man hin. Adressen gab es in Hülle und Fülle in der Zeitung, und als dies schließlich doch verboten wurde, inserierten die betreffenden Badestuben einfach in ausländischen Blättern. Man konnte nach genossener Erfrischung seinem Tagewerk nachgehen, ohne von sexuellen Vorstellungen bedrängt zu werden – im Gegenteil, man freute sich, wenn sich bis zum Abend wieder Gelüste anspeichern konnten.

Die Wärterin, die man schon an der Kasse zugewiesen bekam, trug auf der Brust ein kleines Schild, das ihren Vornamen verriet, eine überaus praktische Maßnahme, da sie den Verkehr zwanglos machte. Sonst war sie nur mit einem weißen Mantel bekleidet und kurzen weißen Söckchen und weißen Schuhen. Das auffallendste an diesen durchwegs hübschen und mit vollen Reizen ausgestatteten Mädchen war die alle Erwartungen übertreffende Zuvorkommenheit. Sie entkleideten ihren »Patienten«, ohne daß dieser einen Finger zu rühren brauchte, und hätten ihn, wenn es nötig gewesen wäre, sicherlich auch noch in die Wanne gehoben. Dann aber begann ein sorgliches Einseifen, besonders jene Stellen, »wo sich der Schmutz so gerne in seine bewährten Schlupfwinkel verkriecht«, wie es eines der Mädchen so treuherzig schilderte. Sie war eine große, etwas üppige Blondine mit schönen blauen Augen.

Als sie bei der »kitzligen Stelle« angelangt war, bat sie mich, in der Wanne zu knien, und dann begann sie mit ihren von dickem Seifenschaum bedeckten Händen eine ganz reizende Massage jenes Teiles, das diese liebevolle Behandlung mit einer stattlichen Erektion zu erwidern in der Lage war.

»Oh, wie der sich aufreckt!« sagte die schöne Mitzi – diesen Namen verriet das Schild auf ihrem Mantel –, »vielleicht werden wir ihn ein bisserl abduschen«, und schon lenkte sie den kalten Strahl der Handbrause über mein dickes Glied, das diese Erfrischung dankbar begrüßte. Nur – es begann sich auch mein Anhängsel zu straffen und zu füllen, was Mitzi fachmännisch zur Kenntnis nahm und mit den Worten »Jetzt ist der Beutel auch geschwollen, werden wir ihn halt ebenfalls massieren müssen« begrüßte. Ich sah mit Freude, daß ihr diese Erscheinungen nichts Ungewohntes waren und sie offensichtlich gewillt schien, den Dingen, die so natürlich waren, Rechnung zu tragen.

Und sie tat es auf die angenehmste Art. Als sie mich aus dem lauwarmen, nach Fichtennadeln duftenden Wasser steigen ließ, hielt sie schon ein großes Laken bereit und frottierte mich mit energischen Händen zuerst einmal ordentlich ab. Dann nahm sie ein kleineres Tuch und besorgte die Kleinarbeit, d. h. sie beschäftigte sich mit meinem noch immer mächtig geschwollenen Gehänge, rieb es mit der größten Sorgfalt ab, drückte und preßte, polierte und tupfte auch das kleinste Wassertröpfchen, den letzten Hauch von Feuchtigkeit ab. Dann puderte sie mich mit gut parfümiertem Talk ein und ersuchte mich, auf dem Ruhelager Platz zu nehmen. »Schließen S' bitte die Augen, damit sich die Nerven ausruhen«, kommandierte sie noch, und nun begann die mit allem Raffinement ausgeführte Massage, die sie mit einer Geduld und einem noch größeren Wissen ausführte, eine Behandlung, wie sie die dienstbeflissenste aller Geliebten nicht aufzubringen vermag. Sie strich über meinen Körper, daß es mich wie mit tausend Nadeln kitzelte. Sie beruhigte ihn aber gleich darauf wieder mit samtenen Fingern, daß die Haut aufs neue nach stärkerer Peinigung lechzte. Sie kniff und preßte die Muskeln, rieb und schlug die Gelenke, daß das Blut zu sieden begann und ich schon befürchtete, ganz von selbst zu entladen. Mitzi hatte bisher nämlich die Geschlechtszone noch nicht mit ihren Künsten beehrt, aber nun schien es soweit zu sein. Unendlich zarte Berührungen, von weit herkommend, näherten sich allmählich, ganz langsam, schleifend fast und die Geduld auf die Folter spannend, meinem steil in die Luft ragenden Speer. Eine Reihe von Liebkosungen wanderten die Schenkel empor und landeten bei dem zum Bersten gefüllten Beutel, einmal gingen die Finger von den Brustwarzen aus und trippelten wie Ameisen den Mast empor; auf der Spitze schlugen sie dann einen Triller, der, zu fein, um eine Entladung herbeizuführen, andererseits wieder fast zu stark erschien, um ertragen werden zu können . . .

Ich keuchte vor wohliger Erregung, und dazu kamen noch die halblaut gemurmelten Worte, die anscheinend nur ihre Gesten rechtfertigen, erklären sollten, in Wahrheit aber meine Sinne nur noch mehr aufpeitschten. »Schön steht er Ihnen, da muß ich aber vorsichtig streicheln, sonst spritzt er mir noch ins Gesicht! – So, das wird ihm guttun – ist das ein schöner Schwanz, und sauber haben wir ihn gewaschen. Den könnt man direkt in den Mund nehmen, so blitzblank ist die Nudel . . . Jetzt müssen S' den Po ein bisserl zusammenziehen, das kitzelt nämlich, was ich jetzt tu – ist aber gut, nicht wahr?«

Tatsächlich, es war wundervoll, fast nicht zum Aushalten, so aufreizend wirkten diese Berührungen und Worte. Und auf der Wand stand auf einer Tafel zu lesen: »Hier wird nur massiert, das Personal darf unter keinen Umständen zu geschlechtlichem Verkehr verwendet werden!« Das schien mir der reine Hohn. Zuerst diese aufgeilende Massage und dann dieses Verbot! Ich begann meine Hände nach meiner Peinigerin auszustrecken, ich wollte den Versuch machen, wenigstens ihre Brust zu berühren, wenn eine andere Befriedigung nicht statthaft war. Ich begegnete nicht nur keinem Widerstand, sondern Mitzi sagte sogar entgegenkommend: »Warten S', ich mach' den Mantel auf, da können S' dann besser hereinfahren!« Und wirklich, ich konnte es nun ohne Mühe, ich war sogar imstande, die außerordentlich schönen, vollen Brüste aus ihrer Hülle zu schälen und nach Herzenslust zu pressen und zu drücken, ja, als Mitzi sich während ihrer Arbeit mit dem Oberkörper meinem Gesicht näherte, erwischte ich mit meinen Lippen die eine der beiden prächtigen Warzen, die rot und hart den weißen Ballen zierte. »Haben S' recht, zuzeln S' ein bisserl an meiner Duttel«, lächelte das brave Mädchen nur, und als ich nun, kühner geworden, mit der einen Hand unter den Mantel schlüpfte, sagte sie überhaupt nichts mehr, sondern tat nur die Beine ein wenig auseinander. So konnte ich ohne weiteres das wonnige Tal zwischen ihren festen, kernigen Schenkeln emporwandern, um an der Spalte, bei der ich schließlich anlangte, mit schüchternem Finger anzuklopfen ...

Sie öffnete sich ebenso bereitwillig und war von jener Feuchtigkeit erfüllt, die ich in meinem Zustand lieber als den köstlichsten aller Weine geschlürft hätte. Mein Finger drang weiter vor, er konnte es ungehindert, denn der Körper Mitzis kam ihm mit leichtem Druck entgegen, und als ich ihn wieder zurückzog, unterstützte sie dies ebenfalls durch die entsprechende Bewegung. Ich fuhr nun eifriger hin und her, denn ich konnte beobachten, daß dieses Verfahren Mitzi sehr angenehm sein mußte; nach den ersten Stößen schon – meine Hand prallte auf einen köstlich harten, schön gerundeten Hintern – hatte sie sich leise aufstöhnend über mein vor Erregung zitterndes Glied gebeugt und die Spitze zwischen die Lippen genommen. Und die Massage, die sie jetzt an dieser empfindlichen Stelle ausführte, übertraf alles bisher Empfundene; es dauerte nur einige Augenblicke, und ich fühlte, wie ein glühendheißer Strom aus meinem Innern direkt in Mitzis Mund schoß, die daraufhin sofort die rhythmischen Bewegungen einstellte, aber meine zuckende Eichel fest umschlossen zwischen den Lippen behielt. Und noch jetzt war sie bemüht, meinen Genuß zu erhöhen. Ihre Zunge rieb sich an der winzigen Öffnung ihrer Spitze, umschmeichelte weich das nun ruhig an ihren Gaumen gepreßte Schwänzchen.

Obwohl Mitzi vielleicht die beste Masseurin der meist sehr gut geleiteten Institute dieser Art war, versuchte ich, meine Erfahrungen zu erweitern und wieder Neues kennenzulernen. Sehr originell und wirkungsvoll fand ich die elektrische Massage. Ich war nun schon längere Zeit in Wien und hatte eine Beziehung angeknüpft, auf die ich gleich zu sprechen kommen werde und die mich in physischer Beziehung ziemlich in Anspruch nahm. Ja, ich kann ruhig sagen, daß sie mich *herannahm*. Ich hatte täglich Gelegenheit, meine Kräfte aufs äußerste in Anspruch zu nehmen, und wäre gar nicht auf den Gedanken gekommen, noch außerhalb dieses Pensums Leistungen zu vollbringen. Aber die Bekanntschaft mit *dieser* Art Massage belehrte mich über den Wert des geradezu unwiderstehlichen elektrischen Reizes.

Eines Tages kam ich todmüde, übernächtigt und mit jenem bitteren Nachgeschmack auf der Zunge, den alle Exzesse hinterlassen, aus dem Bett; mein Kopf summte, es war eine anstrengende Nacht, die ich hinter mir hatte. Kläre küßte zu gut, sie küßte einem die Seele aus dem Leib, aber auch alles andere ... Es war schon fast Mittag, so beschloß ich, eine Badegelegenheit aufzusuchen und mich auf diese Art wenigstens etwas zu erfrischen. Ich kam an ein Tor, das durch eine Tafel darauf aufmerksam machte, daß sich »Bäder im Hause« befänden.

Der Eingang in das Etablissement lag rückwärts im Hof, der eigentlich ein Garten war. Ich war zufrieden, daß mich die »Schwester« auszog und badete und abtrocknete wie ein kleines Kind, denn ich döste noch immer wie im Halbschlaf. Aber als sich die weißgekleidete Person an meinem sich in kläglicher Verfassung befindlichen Ding zu schaffen machte, war das wohl verlorene Liebesmüh.

Das Fräulein Anni, ich konnte ihren Namen dem runden Täfelchen entnehmen, das von ihrer Brust herabbaumelte, murmelte nur: »Ah, so, na, das werden wir gleich haben, da müssen wir halt zur ›Elektrischen‹ greifen!«

Und im nächsten Augenblick blinkte ein kleiner Apparat in ihrer Hand; er war scheinbar elektrisch angeschlossen, und nachdem ihn Fräulein Anni aufgedreht hatte, begann er traulich zu surren. »Jetzt werden Sie sehen, wie gut das ist. Ich kann's gar nicht glauben, daß Sie noch nie die ›Elektrische‹ probiert haben.« Mit diesen Worten setzte sie das Instrument an, und ich fühlte ein überaus angenehmes, leises Prickeln, das sich von den Leisten über das jetzt so schlaffe, indifferent daliegende Gehänge hinzog. Die Spitze des Vibrators war mit einem Gummistöpsel versehen, der wie ein kleiner Hammer wirkte und in aller Sanftheit, aber mit rasender Schnelligkeit auf die ihm preisgegebenen Partien pochte. Das Prickeln steigerte sich jetzt, ich fühlte, wie langsam das Blut in mir emporstieg, sachte, behutsam, zögernd . . .

Der winzige Gummihammer arbeitete unverdrossen weiter. Er spazierte, von der kundigen Hand Fräulein Annis geführt, mein Glied auf und ab, liebkoste ein wenig die Spitze desselben, was meine Eichel bewog, vorsichtig ihr Köpfchen herauslugen zu lassen, wie um zu sehen, was denn eigentlich los wäre. Jetzt wurde ein kleines Trommelfeuer gegen den schlaffen Sack eröffnet. Wie angenehm war dieser Kitzel! Gleich tausend Ameisen kribbelte es in dieser ohnehin heiklen Gegend, es wirkte ungemein wohltuend und eindeutig belebend. Fräulein Anni dirigierte ihren elektrischen Zauberpinsel unermüdlich umher, jede kleinste Stelle liebevoll und gründlich striegelnd. Ich hätte nicht sagen können, wie lange diese wohlige Behandlung schon andauerte, aber ich hoffte, sie möge sich stundenlang hinziehen. Ich war wunschlos, eine sanfte Erregung, die eigentlich weder nach

Erfüllung strebte noch, wie jede Umarmung, den Keim des Absterbens in sich trug, füllte mich aus. Aber ich hatte nicht mit der Wirkung dieser mechanischen Massage gerechnet. Es war der ewige Kampf zwischen Mensch und Maschine – letztere ermüdet nie ... Nach einer Weile war meine Erregung dem Hitzepunkt nahe gekommen, was mein nun wieder zum Speer gewordenes Glied deutlich anzeigte. Fräulein Anni übertraf sich selbst. Sie schien alle Stellen zu kennen, die besonders empfänglich sind. Plötzlich wechselte sie den Stöpsel gegen einen kleinen Gummischwamm aus und ging nun daran, meiner schon wieder strotzend vollen Speerspitze eine kleine »Spezialmassage«, wie sie es nannte, angedeihen zu lassen. Das war noch süßer und kaum noch auszuhalten. Der feine Schwamm war so zart, daß er selbst der nackten schutzlosen Spitze erträglich schien, der automatische Reiz aber so groß, daß es mir vorkam, als könne keine Zunge der Welt diesen imitieren ...

Ich merkte, daß meine Erschlaffung wilder Begier Platz gemacht hatte. Ich hätte es nicht für möglich gehalten – nach dieser Nacht ... Kläre hatte sozusagen den letzten Tropfen aus mir gepreßt. Den *letzten?* Scheinbar nicht, ich fühlte, daß noch etwas da sein mußte von dieser kostbaren, so begehrten Flüssigkeit. Und dann, war nicht auch Fräulein Anni da? Ich sah sie nun mit Interesse an. Sie gehörte zu jener Sorte von Frauen, die stark ausgeprägte körperliche Reize mit großer Energie verbinden. Eine Massage ihrer bloßen Hände konnte ebenfalls sehr befriedigend ausfallen, dachte ich – aber da sagte die eifrig Arbeitende plötzlich: »So, bitte, und jetzt werden wir einmal die andere Seite ins Gebet nehmen!« Und schon drehten mich zwei resolute Hände in die gewünschte Lage. Ich wurde aufgefordert, mich auf dem Ruhelager niederzuknien und meinerseits jene Stellung einzunehmen, die ich selbst schon so manches Mal meinen Partnerinnen nahegelegt hatte, wenn ich Lust verspürte, einen weniger befahrenen Weg kennenzulernen ...

Und da war er wieder, der vertrackte kleine Apparat! Er fuhr behend die senkrechte Spalte entlang, umkreiste das geheime Zentrum, stieg auch hin und wieder zu dem nun prall zwischen meinen Beinen steckenden Sack hinab – kurz, ich hätte nie geglaubt, daß meine eigene Hinterseite mir je ein solches Vergnügen bereiten würde. Ich entdeckte, wieviel Sensibilität dieser nur wenig abseitigen Zone innewohnt, so sehr zu Unrecht geschmäht, so empfindlich und eigentlich durch ihre Lage so recht geeignet, mit einbezogen zu werden, wenn es sich um die Erzeugung von gesteigerten Reizen handelte . . .

Fräulein Anni war eine kundige Person. Sie bedrängte voll Eifer meinen sich wohlig spreizenden Spalt und putzte mir förmlich die Muschel aus mit dem nun wieder hartgewordenen Ansatzstück ihres Zauberstabes. Ja, Zauberstab . . . Sie hatte tatsächlich ein längliches Stück Kautschuk gewählt, bevor sie mit der Massage dieser ungewohnten Gegend begann, nicht ohne hinzuzusetzen: »Sie werden schon auch auf den Geschmack kommen, mein lieber Herr«, mich dabei verschmitzt ansehend. Nun, ihr Hexenapparat war wirklich mit besonderen Kräften begabt; er sauste auf meinen Pobacken auf und ab, er trommelte gegen das zwischen ihnen liegende Tal, daß es eine wahre Wonne war, und schließlich konzentrierte er seine Angriffe auf jene Pforte, die ich noch niemals preisgegeben hatte – außer den Liebkosungen der Zunge oder einem unbeholfenen Finger meiner gelegentlichen Partnerinnen.

Jetzt begriff ich auch, warum das schlaue Fräulein Anni diesen und gerade diesen Aufsatz gewählt hatte. Er war wie eine kurze, sehr dicke Zigarre gestaltet, mit einer sanften Kuppe vorne. Und diese nun begehrte allem Anschein nach Einlaß. Das Pochen vor dem geheimen Kämmerlein wurde energischer, fordernder, ich konnte mich diesem neuen, so ungewohnten Kitzel nicht mehr lange verschließen; meine so fachmännisch gemarterte Rückseite mußte dem unwiderstehlichen Reiz erliegen, mein Glied stand in voller Pracht von meinem Leib ab, bis an den Rand angefüllt und nichts Besseres verlangend als den befreienden Erguß . . . Und er kam, unaufhaltsam, genau in dem Augenblick, in dem Fräulein Anni mit der einen Hand mein sich so ungebärdig zukkendes Zepter zu packen bekam und durch ein leises Reiben ermunterte, in ihre köstlich kühle Hand zu spritzen. Es tat unendlich gut, es wurde mir eine Befriedigung zuteil, wie ich sie in dieser Intensität selten erlebt hatte. Ich hatte wieder einmal etwas Neues kennengelernt ...

Noch während ich mich anzog, im ganzen Körper das feine Vibrieren nachfühlend, das der kleine Apparat hervorgerufen hatte, spielte ich mit dem Gedanken, mir einen solchen vielleicht für *Kläre* zu besorgen, um sie einmal die Macht der mechanischen, nie ermüdenden Kraft verspüren zu lassen. Ja, *Kläre!* Das war auch so ein Abenteuer, das man tändelnd beginnt und das sich später zum Schicksal auswachsen kann. Kläre war bestimmt mehr als ein Abenteuer. Sie wurde aber vielleicht zur Drohung, und das war es, was mich an diesem Verhältnis beunruhigte. Sie war ein außerordentlich reizvolles Geschöpf, sie war auch eine Flamme, eine Flamme, die mich zu verzehren drohte.

Ich hatte von den schönen Bädern Wiens gehört, die das freundliche Ufer des majestätischen Stromes, an dem diese lebenslustige Stadt liegt, beleben. Und ich hatte auch die Tatsache zur Kenntnis genommen, daß es gewisse Individuen gäbe, die im geheimen Handel mit Badekarten trieben, die die Nummern der Kabinen mit »garantiertem Astloch« trugen. Eines schönen oder vielmehr heißen Tages nahm ich die Gelegenheit wahr und verschaffte mir eine solche Kabine. Glück mußte man allerdings zusätzlich haben, denn es war ja nicht sicher, ob die Nachbarschaft die Mühe lohnen würde. Nun, um es gleich vorwegzunehmen; ich kam auf meine Rechnung. Kaum hatte ich mich entkleidet, als ich rechts nebenan helle Stimmen hörte und gleich darauf durch das tatsächlich vorhandene Astloch zwei ganz reizende Gestalten wahrnahm. Es dauerte keine zwei Minuten, und ich wurde Zeuge einer »Entkleidungsszene«, die auch der raffinierteste Voyeur nicht effektvoller hätte ersinnen können.

Die beiden Mädchen zogen fast gleichzeitig ihre reizenden Kleider über den Kopf und standen nun einige Augenblicke lang, auf diese Weise ihren Oberkörper verhüllend, leicht übergeneigt, mit erhobenen Armen da. Ich konnte in Muße ihre langen, schlanken Beine betrachten und mich an deren reinen Linien begeistern. Lie, so hieß die größere, hatte auch etwas vollere Waden, ohne sich jedoch das geringste an Rasse und nerviger Form der Fessel und der Knie zu vergeben. Beide trugen hauchzarte, ganz helle, lächerlich durchsichtige Strümpfe, die sich wie ein enges Futteral an das Bein schmiegten. Sie saßen so prall, daß man befürchten mußte, sie würden im nächsten Augenblick platzen. Sie modellierten das delikate Bein und verliehen ihm jenen Hauch perverser Rauchtönung, die um so vieles erregender wirkt als das nackte Fleisch. Man fühlte förmlich mit den Augen die knisterndspröde, harte Seide – ich glaubte, ich hätte mich unter Umständen damit begnügt, meinen schon längst aufgereckten Speer nur leise an diesen mattgleißenden, fleischgefüllten Gebilden reiben zu können. Aber meine Qualen sollten sich noch steigern ...

Die Kleider waren abgestreift, und die schlanken Gestalten standen nun fast hüllenlos vor mir. Kläre, die zartere von beiden (ich hatte sie innerlich bereits den »Engel« getauft), hatte ein blaßblaues Hemdchen an, das um die Brust leicht gestrafft war und die unerhört spitzen Brüste scharf abzeichnete. Ihr sonst ausgesprochen mädchenhafter, gertenschlanker Körper bekam durch diese sich gleichsam in die Luft bohrenden, betörend steif geformten Kegel einen beklemmenden Reiz. Sie sah aus wie ein Engel – aber wie ein Engel von Botticellis Gnaden –, diese Brust verurteilte sie zu ewiger Verdammnis ...

Ihre Partnerin war eigentlich vollschlank zu nennen, ja, sie wies geradezu ein Maximum an wünschenswerten Reizen auf; ich konnte nicht umhin, sie mit meinen Augen zu verschlingen, um so mehr, als sie nichts anderes anhatte als eine »Garnitur«, die lediglich aus einem Büstenhalter und einem unwahrscheinlich kurzen, knappen Höschen bestand. Beides in einem zarten Lila, das ihre leichte brünette Haut besonders zur Geltung brachte. Der Büstenhalter diente allerdings nicht einer absolut überflüssigen Korrektur, sondern einzig und allein der Pikanterie, die im Anzug des an und für sich so reizenden Mädchens ganz allgemein und in jedem Detail zu beobachten war. Ihr Busen schien voller, saftiger und besaß auf jeder der elfenbeinfarbenen Kugeln eine kräftige, leicht getönte Warze, die drohend über den Rand des ausgeschnittenen Halters, wie ein Geschütz über eine Bastion, ragte ... Diese Warzen drohten so hart und brünstig, daß mein ohnehin schon mächtiger Ständer geradezu quälende Formen annahm. (Ich sollte später noch besondere Beweise von der unheimlichen Steifheit dieser rosenfarbigen Prachtknöpfe erhalten.)

Aber nun machte Lie eine Drehung, die mir ihre Rückseite präsentierte. Ich mußte an mich halten. Diese wonnigen Formen übertrafen alle Vorstellungen, alle Phantasie – alle Wunschträume: Auf den hohen Beinen saßen zwei prachtvoll gewölbte Backen von so vollendeter, herausfordernder Rundung, daß man bei ihrem Anblick allein schon eine voreilige Entladung befürchten mußte. Ich hatte aber überdies das Glück, diesen so aufreizenden Popo in Aktion zu sehen; das unruhige Mädchen Lie bog und bückte sich nämlich nach allen Seiten, schritt lebhaft auf und ab in der engen Zelle, so daß ich diese wundervollen Kugeln rollen, leise erzittern, sich zusammenziehen und auch in entspannter Lage zu sehen reichlich Gelegenheit fand. Es waren einige Minuten, die ich in atemloser Spannung verbrachte und die mir den Wunsch einflößten, die grausam trennende Bretterwand mit meinen bloßen Nägeln aufzukratzen, um meine Hände in diese so herrlich prallen Backen zu graben ...

Das maßlos freche Höschen setzte dem Ganzen die Krone auf. Sein Schnitt war so raffiniert, so ganz auf kleidsame Wirkung berechnet, daß sich bei jedem Schritt ein neuer Abschnitt dieser makellosen, sehnsuchterweckenden Partie enthüllte, oder vielmehr, halb enthüllte. Nackt konnten diese Reize nicht mehr offenbaren, diese Teufelshose gab jeweils den aufreizendsten Ausschnitt preis, sie leistete den Dienst eines mit feinstem Takt ausgesuchten Dekolletés. Sie war der sorgsam konstruierte Rahmen, in dem sich dieses fleischliche Gemälde präsentierte.

Die Szene, die nun folgte, war aber noch um vieles aufregender als das, was ich bisher zu sehen bekommen hatte. Ich bemerkte, daß das größere Mädchen sich nun mit ihrer zarteren Freundin zu beschäftigen begann, sie nestelte an deren knappem Höschen herum, das entzückend kleine Pobacken barg, und da es an diesem duftigen Nichts nicht viel zu nesteln gab, verirrten sich ihre Finger bald zwischen den langen, schmalen Beinen ... »Du bist heute wieder so süß, Kläre, ich freue mich ja schon so auf dein kleines Löchelchen – werde dir's wieder ausputzen, daß du deine Freude daran haben wirst!« flüsterte sie mit heißer Stimme. Nun hatte sie das Höschen nach unten geschoben und, sich bückend, streifte sie es vollends zur Erde. Kläre schüttelte es ab und stand jetzt ganz nackt in der Mitte der Kabine, die vom goldenen Dämmerlicht der nur durch Ritzen lugenden Sonne erfüllt war. Als Lie sich wieder aufrichtete, umarmte sie die so rank und schlank Dastehende und küßte sie auf den Mund. Wie hübsch waren diese beiden Mädchen! Ich hatte noch nie einen so lieblichen Kontrast gesehen und beglückwünschte mich, eine solche Chance erwischt zu haben. Ihre eng aneinandergeschmiegten Körper, deren jeder so vollkommen schien, boten die Inkarnation zweier überaus verschiedener Rassen, Höchstleistungen der Natur. Zwei geschmeidige Klingen ... eidechsenartige Schmiegsamkeit der Glieder, nicht wiederzugebende Eleganz der Bewegungen zeichneten beide aus. Und wie gut schienen die Rollen verteilt! Das größere, dunkle Mädchen war der fordernde, drängende Partner, die zarte blonde Kläre der hingebende, sich seiner Schwäche bewußte Teil. (Heute weiß ich es freilich besser: Diese Schwäche ist eine furchtbare Waffe, diese Zartheit, diese engelhafte Demut ein heimliches Gift ...)

Noch immer hafteten die Lippen der Mädchen aufeinander. Aber die Hände Lies waren nicht ruhig geblieben. Sie strichen über den Körper ihrer Freundin, über die Schultern, den schmalen Rücken, die sich leise wölbenden, wie aus Elfenbein geschnittenen, fast kindlichen Flanken. Und schließlich drängte sich ihre Rechte wieder zwischen die alabasternen jungen Schenkel und begann dort eine langsame lusterregende Massage. Nach einer kleinen Weile zuckte Kläres Kopf zurück. »Komm jetzt, bitte . . .«, sagte sie nur leise. »Ja«, erwiderte die Streichelnde und schob ihre Freundin zu der schmalen Bank hin, die die eine Seite der Kabine einnahm. »Setz dich, Liebling, und mach deine Beine auseinander, so ja, nein, ein bißchen höher mit dem Po . . . Jetzt ist es gut, ich wer . . .« Die letzten Worte verstand ich nicht mehr, denn Lie hatte ihren Kopf zwischen die hocherhobenen gespreizten Schenkel Kläres gesteckt und schien ihre Sprechwerkzeuge einer anderen Aufgabe zugeführt zu haben.

Ich konnte deutlich sehen, wie sie zwischen den weißen Schenkeln hoch und nieder tauchte oder auch fast unbeweglich in deren Mitte verharrte. Auf Kläre schien dieser Vorgang den besten Eindruck zu machen; sie saß ganz ruhig da, ein leises Lächeln umspielte ihren Mund; ich wunderte mich nur ein wenig, daß sie ihre Augen offenhielt, ihre Blicke umherschweifen ließ, was ich innerlich als ein Zeichen der Zerstreutheit tadelte. Trotz der eigentlich unbequemen Lage auf der schmalen und harten Holzbank war ihr Oberkörper gerade aufgerichtet, und ihre spitzen Brüste erbebten kaum unter den nun heftiger werdenden Stößen, mit denen sich der Kopf Lies in ihrem Schoß einzuwühlen versuchte. Aber nach und nach begann ihr Blick zu brechen, die Augen schimmerten feucht und schlossen sich endlich ganz, wobei ihr ein tiefer Seufzer entfuhr. Als es einmal schien, als ob ihre unermüdliche Partnerin ein wenig verschnaufen wolle, legte sie ihre feinen weißen Hände auf deren dunkles Haupt und zwang sie mit sanftem Druck auf ihren Schoß zurück. Allmählich geriet ihr Körper in mitschwingende Bewegungen der Zunge, die sich wahrscheinlich tief in den engen Spalt zu drängen versuchte, die Finger krallten sich in die dunklen Haare und rissen an ihnen, während die süßen roten Lippen zuckten und bebten und schlüpfrige Worte formten. »Ha, schleck weiter, nicht so langsam, – ich will, daß du mich kitzelst, – ja, *so, – so,* nur weiter, weiter, – nicht aufhören, schneller, – schneller, – kannst du deine Zunge nicht tiefer hineinkriegen? – Jetzt den Kitzler, – saug dran, saug! – Ich halt das nicht aus, du irritierst mich, du machst mich ja verrückt mit deiner Zunge, – ins Loch sollst du mir fahren, tief hinein, mit der ganzen Zunge, wie mit einem Schweif . . . Herrgott, wenn ich jetzt einen Schwanz da hätte, dick und heiß, zwischen meinen Beinen! – Nein, stärker, Lie, streng dich an, ich will dir in den Mund spritzen, – einen Schwanz, du, verschaff mir eine Nudel, ich find das blöd, das ewige Gelecke, *vögeln* will ich, pudern, einer soll mich nehmen, nein *zehn*! Alle Männer sollen mich haben, ich geh' auf die Gasse . . . ha, ich kann nicht mehr, – du, ich kann nicht mehr, laß mir's kommen, ja? Bitte, bitte – du, elendes Ding, willst du mich ordentlich schlecken oder nicht? – Weiter, weiter – gleich, *gleich*, jetzt tut es gut, nicht langsamer werden . . . gleich, laß die Zunge drin, – wenn jetzt einer käme, ich würde mir seinen Schwanz hineinstecken, bis an . . . ha, – *ha*, – oh, ich – ich . . .«

Das blonde Köpfchen fiel auf die Schulter, und der zarte Körper, der sich eben noch in der höchsten Anstrengung aufgebäumt und federnd gespannt hatte, war in sich zusammengesunken. Lie hob nun ihren Kopf. Sie starrte auf das Mädchen, noch immer die eine Hand zwischen ihren zusammengekniffenen Schenkeln haltend. Sie hatte sich die ganze Zeit dort gerieben, ich konnte es deutlich beobachten, und auch dieser Umstand hatte dazu beigetragen, die von mir belauschte Szene als besonders schwül zu empfinden. Kein Wunder, daß ich schon längst mein steinhart gewordenes Schwert ergriffen und versucht hatte, mit den Bewegungen der beiden Schönen Schritt zu halten. Bei den Worten der süßen Blondine, die ihre begreifliche Wildheit so unverhohlen verrieten, mußte ich mir freilich Gewalt antun, um mich nicht durch einen Ausruf oder auch nur durch ein Stöhnen zu verraten.

Es tat mir gut, mich ins klare, kalte Wasser werfen zu können. Ich schwamm weitausholend umher, aber hielt mich stets in der Nähe des Ufers, denn ich brannte darauf, meinen Nachbarinnen zu begegnen und, wenn möglich, sie kennenzulernen. Ich war noch so lange in der Kabine verblieben, bis ich sehen konnte, welche Farben ihre Badeanzüge hatten, dann hatte ich mich leise hinausgeschlichen. Nun lauerte ich darauf, sie »in Freiheit« zu beobachten, und ich spielte unablässig mit dem Gedanken, dieses leidenschaftliche Geschöpf einmal in meinen Armen eine ähnliche Ekstase erleben zu lassen.

Der Zufall half mir, wie so oft. Nachdem die schönen Mädchen ein wenig herumgeplätschert hatten, suchten sie das zum Bad gehörende Restaurant auf, und da es sehr voll war, kamen sie an meinen Tisch, dem einzigen, der noch freie Plätze hatte. So entstand eine zuerst spärlich fließende Konversation, die nach und nach aber wärmer wurde, hauptsächlich, als sich herausstellte, daß ich Engländer sei. »Ein echter!«, wie erfreut festgestellt wurde.

Mein erstes Rendezvous galt natürlich Kläre. Es ergab sich nun der normale Weg: Einige Male trafen wir uns an verschiedenen Orten, die einem jungen Mädchen aus guter Familie entsprachen, Konditoreien, Museen und Theater. Aber allmählich wurden wir vertrauter, und schließlich konnte ich Kläre meine Geliebte nennen. Ohne viel Federlesens hatte sie sich mir gegeben. »Ich hasse blödes Getue«, erklärte sie, und wir waren so oft zusammen wie möglich. Sie gab einen entzückenden Partner ab, für ihre jungen Jahre sehr reif in ihren Ansichten, und in Dingen, die an sexuelle Gebiete grenzten, von einer verblüffenden Freimütigkeit. Ich hatte inzwischen eingesehen, daß ich ihr erzählen mußte, wie ich damals die Szene mit ihrer Freundin belauscht hatte. Sie fand gar nichts dabei und meinte nur, daß es also eine Art Schicksal war, das mir gerade die Nachbarkabine zugewiesen hatte. Sie erzählte mir auch manches aus den noch gar nicht so weit zurückliegenden Tagen, die aus einem unreifen Schulkind ein perverses, lustforderndes kleines Weib gemacht hatten. Und ich begriff nun auch, wieso sie ohne besonderes Sträuben in meine Arme gefallen und wieso sie trotz ihrer Jugend nicht mehr unberührt war ...

»Weißt du, wer der erste Mann war, der mich gehabt hat?« hatte sie mich eines Tages gefragt, als sie, den Kopf, den ihre mattgoldenen Haare wie eine Aureole umgaben, auf meine Schulter bettend, träge und befriedigt neben mir ruhte. Ich war neugierig, Näheres über ihre Vergangenheit zu hören, und ermunterte sie, mir alles zu erzählen. Es gab mir wohl einen leisen Stich, sie nun über meinen Vorgänger sprechen zu hören, denn ich hatte das schöne, junge Geschöpf rasch liebgewonnen und glaubte, daß auch ich auf sie einen gewissen Eindruck gemacht hatte, ihre Zärtlichkeit und schrankenlose Hingabe bestärkten mich zumindest in dieser Annahme.

»Es war komischerweise mein Stiefvater, der zweite Mann meiner Mutter. Ich war damals schon ein großes Mädel und hatte schon ganz hübsche Brüste. Die Mama war ziemlich leidend und meistens in irgendeinem Sanatorium. Mein Kinderfräulein hatte gerade Urlaub, und ich war mit ihm allein in der großen Wohnung. Nur unsere alte Haushälterin war noch anwesend, aber die hielt sich meist in ihrer Stube auf und kümmerte sich nicht viel um mich. Ich war daran gewöhnt, daß Karl, wie ich ihn nannte, mich, wenn ich mich wusch oder badete, nackt sah; ich fand nichts dabei, pure Gewohnheit. Übrigens bin ich nicht sehr scheu oder verschämt, ich kann auch Mädchen nicht begreifen, die, wenn sie sich ausziehen, immer hermetisch die Fenster und Vorhänge schließen und vor dem Friseur oder Bademeister so ein Getue anstellen. Als ich also einmal gerade gebadet hatte und so durch das Herrenzimmer sprang, mit offenen, mir nachwehendem Bademantel, da rief mich Karl zu sich und nahm mich zwischen seine Beine, wie er so oft gemacht hatte, immer wenn er mich über die Schule ausgefragt hat oder über meine Wünsche. Auch jetzt fand ich das ganz natürlich, dachte mir auch nichts dabei, daß er unter den Bademantel griff und, während er mich gleichgültiges Zeug fragte, meine Brust mit großen Augen betrachtete, meinen nackten Rücken streichelnd auf und ab fuhr und auch, wie unversehens, seine Hand auf meinem vom Bade abgekühlten Popo ruhen ließ. Ich zappelte ein bißchen in meiner ungeduldigen Art und stieß dabei an etwas Hartes, das zwischen seinen Beinen stand und das ich mir nicht erklären konnte, aber deutlich fühlte, wenn ich mich etwas näher an ihn drückte. Ich muß dir aber, bevor ich weitererzähle, berichten, daß ich damals gerade zu onanieren angefangen hatte. Ich habe es sogar ziemlich oft, besonders im Bett vor dem Schlafen getan, und es scheint, daß er mich einmal durch den Spalt des Vorhanges beobachtet hatte, angelockt durch mein unterdrücktes Stöhnen. Als er mich so zwischen seinen Knien hielt und ich dieses unerklärlich harte Ding spürte, fing er davon zu sprechen an, daß ich jetzt immer so dunkle Ringe unter den Augen habe und daß junge Mädchen oft Dinge machen, die ihrer Gesundheit schadeten. Ich wurde rot, aber stellte mich so, als ob ich ihn nicht verstünde. Er drohte mir lächelnd mit dem Zeigefinger, als er die Hand jedoch sinken ließ, fuhr er fort, daß Mädchen oft etwas täten, das an und für sich gar nicht so schlimm sei, wenn es nur mit Vernunft gemacht würde. Und dabei strich er über meinen kleinen Hügel und versuchte, einen seiner Finger in meine Spalte einzuschmuggeln. Ich wehrte mich oder zappelte vielmehr ungebärdig und stieß dabei immer wieder gegen das sonderbare harte Ding, das sich zwischen seinen Beinen befand, und ich dachte schon ein wenig erschreckt, daß es vielleicht ein unnormaler Knochen sei, eine Art kolossales Überbein.

›Oh, du kitzelst mich‹, sagte ich und drehte mich noch lebhafter hin und her.

›Ach, daran gewöhnst du dich rasch, Mädi, das kitzelt nur das erste Mal‹, antwortete er.

›Aber warum bohrst du deinen Finger hinein – au, . . .!‹ klagte ich. Karl hatte den ausgestreckten Finger tiefer vordringen lassen und war auf die natürliche Trennungswand gestoßen. Mit der anderen Hand hielt er mich rückwärts fest, sie lag auf meinem Popo, drückte ihn und versuchte auch, ihn hin und wieder zu streicheln.

›Warte, Mädi‹, so nannte er mich am liebsten, ›ich werde dir etwas Schönes zeigen, wenn du brav bist und nichts verrätst!‹

Und er gab mir einen Kuß. Hatte er bemerkt, daß ich allmählich sehr erregt wurde und sein Streicheln mir unendlich wohltat? Ich fand nichts dabei, von ihm so abgegriffen zu werden, ja, ich war sogar stolz, daß er sich mit mir abgab. Ich bewahrte auch, wie alle Mädchen, eine eifersüchtige Regung meiner Mutter gegenüber; wenn er sie küßte oder liebkoste, war mir immer, als müsse er dasselbe mit mir machen, da ich doch auch zu ihm gehörte.

›Du küßt mich überhaupt so selten, Karl‹, beschwerte ich mich jetzt, die Gelegenheit ausnutzend.

›Möchtest du denn gerne, daß ich dich öfter küsse, Mädi?‹

›Ja, die Mama küßt du doch auch so oft, wenigstens hast du es früher getan‹, schmollte ich weiter. Ich hatte gar nicht bemerkt, daß er an seiner Hose herumnestelte und mein Knie nun ein heißes Ding berührte, das sich gar nicht wie ein Knochen anfühlte.

›Na, komm, ich will dich küssen, jetzt wollen wir alles nachholen, und ich werde dir auch zeigen, wie ich Mama geküßt habe. Erwachsene küssen nämlich ganz anders, weißt du?‹

›Ach ja‹, freute ich mich, ›zeig mir das bitte, ich bin schon sehr neugierig!‹

Und unsere Lippen berührten sich. Zuerst konstatierte ich den gewohnten sanften Druck seines Mundes, der so gut roch, nach Tabak und ein wenig Eau de Cologne, frisch und doch schwül. Dann zwang mich ein leichtes Drängen seiner Zunge, meine geschlossenen Zähne auseinanderzunehmen, und ich fühlte seine warme, weiche Zunge tief in mich eindringen, fühlte, wie sie meine Zunge umschmeichelte, meinen Gaumen kitzelte. Ich war sprachlos, nicht nur, weil mir tatsächlich der Mund versiegelt war, sondern weil ich etwas Derartiges nicht im Traum vermutet hätte. So also küßten sich die Großen! Wie aufregend! Ich hatte, außer meine Eltern oder Großeltern, noch nie jemanden geküßt und war auf das Onanieren nur verfallen, weil ich das unwiderstehliche Verlangen verspürte, mir eines Tages oder vielmehr eines Nachts irgend etwas zwischen die Beine zu stopfen und mit meinen Schenkeln wild zu umschlingen. So nahm ich denn mein Kissen und preßte es dorthin, wo ich diese erste Regung empfunden hatte. Mit der Hand half ich erst viel später nach, als mir dies von anderen Mädchen gezeigt wurde. Ich habe sie wohl manchmal auch zwischen meine Schenkel gesteckt und diese dann um meine Faust geschlossen und mich so hin und her gewälzt, aber gerieben habe ich mich, wie gesagt, erst viel später. Aber ich wollte dir ja von meinem ersten Erlebnis erzählen!

Ich war also ganz weg über diese Art zu küssen. Die Zunge meines Stiefvaters wühlte in meinem Mund herum, und seine Lippen sogen an meiner Zunge, daß mir das Hören und Sehen verging. Ich achtete auch nicht darauf, daß er nun mit der einen Hand heftig zwischen seinen Beinen herumarbeitete und daß von dieser Betätigung sein ganzer Körper in eine leise, zitternde Bewegung versetzt wurde. Der andere Arm hielt mich fest, die Lippen waren mir von seinem Kuß versiegelt, ich konnte kaum Atem holen. Aber auch er keuchte mühsam, und ich fühlte, daß er sich einer gewaltigen Anstrengung hingab. Dann verschwamm wieder mein Bewußtsein, denn Karl flüsterte nun: ›Komm, gib mir noch einmal deine Zunge, so, ganz tief . . . das ist schön.‹ Ich wäre vieleicht ein wenig erschrocken gewesen über den fremden, heiseren Ton seiner Stimme, aber die Situation war derart verwirrend und mein Blut brauste so wild durch meine Adern, daß ich alles wie durch einen roten Schleier sah und hörte. Ich folgte automatisch seinem Befehl: Ich wühlte mit meiner Zunge, so tief es ging, in seinem Mund. Ein fast tierisches Grunzen antwortete mir, und ich erstickte nahezu, so preßte er nun seine Lippen auf meinen Mund, ganz hingegeben. Ich war derart beschäftigt, daß ich mir keineswegs Rechenschaft darüber ablegte, wie eigentümlich und wild nun die Bewegungen seiner Hand wurden. Er fuhr scheinbar auf und nieder zwischen seinen Beinen, und er konnte es nicht vermeiden, da ich ihm so nahe stand, jedesmal an meinen Bauch zu schlagen oder vielmehr gerade dorthin, wo sich unterhalb desselben der kleine Hügel befindet, den du so gut kennst. Mir war das nicht unangenehm, dieses Pochen und Streifen, das eine so empfindliche Zone in Mitleidenschaft zog, und ich fand auch nichts dabei, daß das Zittern, das noch immer seinen ganzen Körper durchfuhr, immer stärker und stärker wurde. Nur wie er mich plötzlich mit einem wilden Aufstöhnen von sich stieß und rasch aufstehend aus dem Zimmer eilte, kam mir das ein wenig sonderbar vor. Als er zurückkam, beruhigte er mich mit ein paar Worten, vom Küssen war aber an diesem Tage keine Rede mehr.

Es ereignete sich erst wieder etwas in der nächsten Nacht. Ich lag im großen Doppelbett, an Mamas Platz (ich mußte Karl die Erlaubnis hierzu förmlich abbetteln, und seine Augen glänzten merkwürdig, als er schließlich nachgab), und war natürlich lange vor ihm schlafen gegangen. Da es sehr warm war, hatte ich, wie ich dies oft tat, die Decke zurückgeschlagen und auch mein Hemd zurückgeschoben. Und so bin ich wahrscheinlich eingeschlafen. Ich erwachte aber nicht erst am nächsten Morgen, sondern viel früher. Es war ein ungewohntes Zittern, das das ganze breite Bett erschütterte, und vielleicht auch das angestrengte Atmen Karls, am meisten jedoch das Kitzeln, das ich auf meiner nackten Brust zu spüren glaubte. Ich schlug die Augen auf und sah, wie Karl hastig seine Pyjamahosen zumachte.

›Schläfst du nicht?‹ fragte er leise, mit verhaltenem Beben in der Stimme.

›Ich weiß nicht, ich bin gerade aufgewacht, es zittert so!‹

›Was zittert, Mädi?‹ Er blickte mich unverwandt an.

›Das ganze Bett‹, antwortete ich. ›Willst du mich nicht zu dir rutschen lassen? Ich fürchte mich ein bißchen.‹

›Aber wovor solltest du dich denn fürchten, Dummchen, ich bin doch bei dir.‹

›Ja, aber wenn ich die Augen zumache, sehe ich allerhand . . .‹, beharrte ich jetzt.

›Also schön, komm her, bis du wieder eingeschlafen bist.‹ Ich war vollkommen nackt, denn mein Hemd lag mir zusammengerollt um den Hals. Karl tat so, als merke er es nicht, aber seine Blicke stahlen sich mehr als einmal über meine Brust. Auch als ich vorher gerade die Augen aufschlug, waren sie ganz starr auf meinen kleinen Busen gerichtet. Ich schlüpfte nun ohne weiteres zu ihm hinüber und schmiegte mich an seinen warmen Körper.

›Willst du mich nicht noch einmal küssen, so wie neulich?‹ bat ich noch, weil ich mich so sicher und geborgen wußte, und auch, weil ich viel über diese Küsse nachgedacht und dabei jedesmal einen wundervollen Schauer mich durchrieseln gefühlt hatte.

›Hat es dir denn geschmeckt, Mädi?‹ fragte er leise zurück.

›O ja, es tut so gut – und du kannst auch ganz ruhig sein‹, setzte ich hinzu, einer spontanen Eingebung folgend, ›ich werde *nie, nie* jemandem davon erzählen, auch meiner besten Freundin – und auch Mama nicht!‹

Er sah mich von der Seite an, dann sagte er bloß: ›Also komm!‹ und preßte mich sanft an sich, seine Lippen auf die meinen senkend. Ich hatte jetzt schon von selbst meinen Mund geöffnet, so daß seine Zunge ganz leicht eindrang. Die Küsse wurden gieriger, der Atem Karls ging schwer, und sein Körper hatte sich aufgebäumt und halb auf mich gewälzt, während seine Hände zitternd über meinen Busen strichen. Bald begannen sie jedoch meine Brüste zu pressen. Dann löste er plötzlich seine Lippen und preßte sie auf die Warzen meiner ganz hart gewordenen Halbkugeln. Sie waren damals genauso groß und fest wie heute, wirkten aber vielleicht noch aufreizender, da ich im ganzen etwas zarter war. Ich fühlte, wie er gierig die Knospen beleckte, zwischen seine Zähne nahm und wie verrückt daran sog.

›Tut das weh?‹ Seine Stimme war wieder heiser.

›Nein, es tut überhaupt nicht weh . . .‹

Ich war ganz begeistert, ich hatte ja nicht gewußt, wie sehr auch das Vergnügen bereiten konnte.

›Willst du, daß ich so mit dir spiele wie mit deiner

Mama?‹ machte er einen neuen Vorschlag, und während er wieder mit meinen Brüsten spielte, sie einzeln in den Mund nahm, beleckte, an den Warzen saugte, fuhren seine Hände zwischen meine Beine und drängten sie sanft auseinander. Seine Finger strichen zart über mein kleines Polster und versuchten, die tiefer gelegenen Zonen zu erforschen. Dann hob er seinen Kopf und begann, mich wieder auf den Mund zu küssen. Und ganz leise, seine Hände streichelten mich unausgesetzt, wie wenn sie mich hypnotisieren wollten, sprach er in meinen Mund, jedes Wort nur hauchend und immer wieder eine Pause einschaltend:

›Willst du *alles* Gute kennenlernen, Mädi, was eine Frau und ein Mann zusammen machen, wenn sie sich sehr, sehr liebhaben? Willst du wie eine richtige kleine Frau sein? Weißt du, das Küssen ist erst der Anfang, und küssen muß man sich überall, nicht nur auf den Mund. Auch auf die Brust‹, hier griff er an meine Brüste, gleichsam demonstrierend, ›mußt du dich küssen lassen. Das macht der Frau Vergnügen und tut dem Mann gut. Dann aber muß man sich auch hier küssen . . .‹ Nun war seine Rechte wieder zwischen meine Schenkel gefahren, oh, nur ganz leise. ›Weißt du, du hast da nämlich ein zweites Paar Lippen, und die wollen eben auch geküßt werden!‹

›Aber – dort mache ich doch Pipi!‹ war mein höchst naiver Einwand.

›Mädi, das verstehst du noch nicht, bei einer Frau ist das nicht unappetitlich, und außerdem, das mit dem Pipi liegt ja daneben, die Stelle, die sich gerne küssen läßt, ist tiefer‹, beruhigte er mich mit leiser, aber heißer, brünstiger Stimme.

›Warte, ich werde dir gleich zeigen, wie gut das gerade dort tut!‹ setzte er hastig hinzu, und schon rutschte er mit seinem Körper den meinen entlang, bis sich sein Mund in der Nähe meines Bauches befand. Nun nahm er meine Beine, legte sie so, daß sie im Winkel gespreizt lagen und etwas ausgestellt. Und da fühlte ich auch schon seine heißen Ohren zwischen meinen Schenkeln und seine Lippen auf jener geheimen Stelle, die ich bisher wirklich nur als Spenderin einer mehr oder minder reichlich fließenden Flüssigkeit gekannt hatte. Oh, wie das den Körper durchrann! Ich zitterte am ganzen Körper, und dazu wimmerte ich vor mich hin, weniger aus Angst, als vielmehr aus dem unbestimmten Gefühl heraus, daß jetzt etwas ganz Ungewöhnliches vor sich gehe und daß Karl, wenn ich zu deutlich mein Vergnügen zeigte, mich für schlecht halten könnte. Aber gerade dies schien ihn anzusprechen. Seine Zunge trat nun auch in Aktion und schlug in meiner inzwischen zweifellos leicht geöffneten Spalte einen nervenerschütternden Wirbel, dem ich nicht zu widerstehen vermochte und den ich mit lauten Ahs und Ohs begleitete. Dieses so natürliche Eingehen auf einen höchst natürlichen, wenn auch ungewohnten Reiz schien ihn vollends um seine Sinne zu bringen. Ich fühlte auf einmal meine rechte Hand umfaßt und mit sanftem Zwang auf ein heißes, hartes Ding gelenkt, das leise zuckte. Ich war wohl zuerst ein wenig erschrocken, dann aber hielt ich still, die Neugierde siegte. Ich dachte gleich daran, daß dies wohl der merkwürdig harte Gegenstand, der sich schon damals zwischen seinen Beinen bemerkbar gemacht hatte, sein müsse. Unwillkürlich griff ich ein wenig fester und umschloß das sich heiß und dick anfühlende Ding mit meiner ganzen Hand. Das Lecken zwischen meinen Beinen war nun so unwiderstehlich süß und ein unbekanntes Lustgefühl hatte so überraschend Besitz von allen meinen Sinnen genommen, daß ich einfach nicht mehr wußte, was ich tat und was um mich herum vorging. Es durchzog meinen ganzen Körper, daß ich mich schütteln mußte; hysterische Seufzer, Schlukken und plötzliche Tränen ließen sich nicht zurückhalten, obwohl ich fürchtete, daß ihn dies vielleicht nervös machen würde. Ich warf mich hin und her, mein Popo flog auf und nieder, eine Welle nach der andern überflutete mit roter Lust meine brennende Haut. Da, auf einmal, ich konnte es mir einfach nicht erklären, fühlte ich etwas Heißes, Nasses in meiner Hand, es war leicht klebrig, als ich versuchte, es an meinem Hemd abzuwischen. Aber seinen Körper schüttelte es jetzt noch mehr als mich, und nur stoßweise kamen die Worte von seinen Lippen: ›Warte, ich komme gleich und bring dir ein Handtuch!‹ Er stürzte hinaus; es dauerte eine kleine Weile, dann erschien er wieder und wischte mir sorgfältig die Hände ab. Hierauf küßte er mich zärtlich, wie immer, und hieß mich, ›endlich zu schlafen‹. Ich tat, als ob ich gehorchte, lag aber noch lange wach im Dunkel, mit geschlossenen Augen und pochenden Pulsen, über das Erlebte nachgrübelnd ...

Du kannst dir vorstellen, was nun folgte. Küsse und Berührungen waren zwischen meinem Stiefvater und mir zur Selbstverständlichkeit geworden, um so mehr, als er ja bald erkennen mußte, daß ich nicht seine echte Tochter war und ihm an Wildheit nichts nachgab. Den einzigen Hemmschuh bildete meine Unerfahrenheit. Und solange diese nicht gänzlich und gründlich beseitigt war, stellten sich doch noch einige andere Hindernisse ein. Zuerst genoß ich so eine Art von Anschauungsunterricht. Ich hatte ihn schon bald gebeten, mich das harte Ding sehen zu lassen, das er mir noch einige Male – im Dunkeln wohlgemerkt! – zum Spielen überlassen hatte. Ich war erstaunt zu sehen, daß dieses mächtige Instrument sich zwischen seinen Beinen festgewachsen zeigte, ungefähr dort, wo ich sozusagen nichts hatte oder nur höchst Unsichtbares. Ich spielte gern damit, nur leider nahm er mir dieses Spielzeug immer nach kurzer Zeit wieder weg, indem er bemerkte, daß ihn das zu sehr kitzelte. Heute weiß ich natürlich, daß er eine vorzeitige Entladung befürchtete und es vorzog, den Genuß in die Länge zu ziehen. Nachdem ich mit dem ›kleinen Peter‹, wie er ihn mir vorstellte, vertrauter geworden war, erlaubte er mir, ihn zu meinem ›Pipi‹ zu legen, ja, sogar mich mit ihm dort zu reiben, wo ich jetzt immer häufiger einen unsagbar angenehmen Kitzel empfand.

›Weißt du, daß du ihn, wenn du schon etwas größer wärst, hier ganz hineinstecken könntest, Mädi‹, sagte er einmal, ›und daß das am allerbesten ist?‹

›Wirklich?‹ Ich war außerordentlich erstaunt, denn diese Dimension war mir denn doch zu unwahrscheinlich – dieser Kerl sollte in mein kleines, enges ›Pipi‹ gehen?

›Ja, das ist ja das Großartige. Wenn eine Frau ihren Mann gern hat, dann dehnt sich das Pipi auf zauberhafte Art und

Weise, vielleicht macht sich auch der kleine Peter besonders klein – und drin ist er!‹

Ich war ganz weg. ›Karl, ich hab' dich doch so lieb, probieren wir es einmal, vielleicht geht er doch schon hinein!‹ bettelte ich.

›Gern, Mädi, weil du heute so brav warst, aber es tut das erste Mal vielleicht ein bißchen weh, und ich will dir nicht weh tun‹, war die freundliche, aber etwas abweisende Antwort. Nun kann man mich aber zu allem haben, wenn man mir den geringsten, wenn auch nur scheinbaren Widerstand entgegensetzt.

›Und wenn es *noch* so weh tut – ich will es probieren! Wir können ja gleich wieder aufhören, wenn es zu sehr weh tut‹, bestand ich eigensinnig. Ich war auch schon sehr erregt, denn er spielte die ganze Zeit über wie zerstreut mit meinen sich wohlig aufreckenden Brüsten. Nun griff er mir auch zwischen die Beine und meinte nachdenklich: ›Vielleicht bist du doch noch zu jung, in deinem Alter ist das kompliziert. Deine Mama hat auch zuerst geschrien – es gibt nur sehr wenige Frauen, die das erste Mal nicht schreien –, beim zweiten Mal allerdings hat sie mir Vorwürfe gemacht, daß ich auf sie Rücksicht genommen und den kleinen Kerl zurückgezogen habe.‹

›Warum hat sie dir Vorwürfe gemacht?‹ fragte ich eifrig.

›Weil sie später sah, wie gut es tut, und da ärgerte sie sich, daß sie nicht gleich stillgehalten und den Genuß ausgekostet hatte. Sie hat es auch erst viel später gelernt, daß man sich als Frau entgegenstemmen muß, damit es leichter geht. Die Hauptschwierigkeit bestand nämlich darin, daß der kleine Peter immer wieder abrutscht, wenn die Frau nicht stillhält‹, dozierte er, und man hörte seinen Worten an, daß er viel Erfahrung besaß.

Ich lag schon auf dem Rücken. Nun spreizte ich die Beine und hob sie hoch. ›Sieh doch, so kannst du doch sicher leicht hinein, und du wirst sehen, wie gut ich dir entgegenstoßen werde, wenn du ›los‹ sagst!‹

›Also gut, eigentlich sollte ich dir nicht nachgeben, Mädi, aber wenn du mir versprichst, es mir gleich zu sagen, wenn es weh tut, dann will ich es einmal probieren!‹ Mit diesen Worten schwang er sich über mich.

›Aber, wie gesagt, beim leisesten Schmerz ziehe ich ihn wieder heraus, und wir warten lieber noch einige Zeit, bis du dich besser ausgewachsen hast‹, fügte er noch hinzu.

›Ach, da kannst du ganz beruhigt sein – ich werde es schon aushalten, um so schöner ist es doch nachher, hast du gesagt!‹ Ich befühlte jetzt sein kolossal steifes Ding und konstatierte mit Vergnügen, daß es wirklich Anstalten machte, den kleinen Eingang zu benützen.

›Ah – ja, mach nur weiter – . . . ah, – es geht scho –, oh – nein, nicht herausziehen, *Ich – halte – es – schon – aus . . .!*‹ Mir perlten die Schweißtropfen von der Stirne. Meine Stimme zitterte, aber ich wäre lieber gestorben, als zuzugeben, daß es weh tat . . .

›Nein, Mädi, so geht es nicht. Ich zerreiße dich ja beinahe, warte, ich habe eine Idee, einen Augenblick . . .‹

›Nein, laß mich nicht los, bitte‹, rief ich ihm flehentlich hinterher, als er aus dem Bett sprang. Er kam aber gleich wieder zurück mit einer kleinen Tube in der Hand.

›Das wird die Sache erleichtern, laß dich ein bißchen eincremen, Mädi‹, sagte er und ließ die Tat den Worten auf dem Fuße folgen. Er erübrigte auch eine kleine Portion für den ungebärdigen Stachel, der nun neuerlich angesetzt wurde. ›Siehst du, jetzt geht es schon viel leichter . . .‹

Tatsächlich, die dicke Stange glitt fast bis zur Hälfte in mein nun recht schlüpfrig gewordenes Tal.

›Ach, Mädi, halt nur ein bißchen still – ich bin gleich drin, du bekommst auch etwas ganz besonders Schönes von mir!‹ Er hätte diese Worte nicht zu sagen brauchen. Ich hatte die Zähne zusammengebissen, fest entschlossen, diese erste Operation hinter mich zu bringen. Die Aussicht, dann sozusagen einen Freibrief für diese Belustigung zu haben und sie mühe- und schmerzlos, wann immer es mir beliebte, ausüben zu können, hätte mich die größten Qualen ertragen lassen. Und nicht genug an dem, ich hatte auch nicht vergessen, daß es auf die Gegenstöße ankam.

›Oh, wie herrlich, Mädi, du regst mich wahnsinnig auf.‹

Wie stolz machte mich dieses Lob! – ›Du kannst es ja wie eine Große, und gleich das erste Mal!‹

›Tue ich dir auch bestimmt nicht weh?‹

Ja, es brannte mich wohl ganz verteufelt, aber jetzt hatte auch mich die Lust gepackt, und das grimmige Wetzen der Nudel hatte mich ganz um die Besinnung gebracht. Wir keuchten beide um die Wette, und es wäre gewiß schwer zu sagen, wessen Genuß damals größer war.

›Du, wirst du dich immer so pudern lassen?‹ fragte er mich jetzt zwischen den Zähnen, ›ich kann es gar nicht glauben, daß du das zum erstenmal machst!‹ Er stieß jetzt ganz heftig zu. Sein Speer durchbohrte mich, und beim Zurückziehen wieder glaubte ich, daß er mich um und um stülpe. Merkwürdigerweise floß fast gar kein Blut, wie wir später konstatierten, und auch dieser Umstand bewog Karl, mich ein bißchen mißtrauisch anzusehen. Er war seiner Sache nicht ganz sicher, um so mehr, als ich mich so tapfer betragen hatte und die ganze Lektion gleich beim ersten Mal konnte ...

›Ja, ich möchte, daß du mich immer so nimmst, das ist doch ganz anders als mit der Hand oder der Zunge!‹

Ich war ganz aus dem Häuschen. Die wuchtigen Stöße der glühenden Stange, die mein Innerstes durchdrangen und aufwühlten, das Aufeinanderprallen unserer Körper, die Last des Mannes, die meinen kleinen, nackten Körper fast erdrückte, und zu dem ich bisher in einem so anderen Verhältnis gestanden hatte, all das durchwirbelte meinen Verstand.

Jetzt wurde sein Atem noch kürzer, und ich selbst verspürte einen Kitzel, der, wie es mir vorkam, mich noch verrückt gemacht hätte – wenn nicht bald eine Beruhigung eintrat. Und sie kam, diese Beruhigung – in Gestalt eines überwältigenden Gefühls, das mich überschwemmte, in Abgründe stieß, zu den Wolken emporschleuderte ... Alles drehte sich um mich, ich war wie besinnungslos. Hörte nur noch seine Stimme – ganz von fern –, dann wußte ich nichts mehr ...

Ich erwachte erst am nächsten Morgen und war den ganzen Tag über allein. Natürlich beschäftigte mich das Erlebte über alle Maßen, und ich konnte es kaum erwarten, diesen stärksten aller Eindrücke nochmals zu erleben, dieses betörende Mann-und-Frau-Spiel zu wiederholen.

Und es wiederholte sich noch so manches Mal zwischen ›meinem ersten Mann‹ und mir. Wir gingen viele Varianten durch. Ich fand es sehr natürlich, daß er mir alle ›Tricks‹, wie wir es nannten, zeigte, wie früher beim Spielen oder Lernen. So bin ich also für mein Alter begreiflicherweise ein wenig frühreif – ist dir das unlieb, mein süßer, echt englischer Dory?«

Es ist merkwürdig, wie manche Worte, wenn sie nach langer Zeit wieder auftauchen, dann oft einen ganzen Menschen vor das geistige Auge zaubern. Ich saß in Alexandrien, es waren Jahre vergangen, und da kam ein Brief. Ich wußte sofort: Das ist Kläre, die kleine, blonde, zierliche Kläre, die mir in Wien so Interessantes und Unerwartetes aus ihrem jungen Leben erzählt hatte. Ich sah sie vor mir, lebhaft, graziös und so wissend, so raffiniert ... Es waren außerordentlich schöne Tage, die ich in dieser lustigen Stadt verbrachte, über der aber doch ein leichter Wehmutshauch lag. Eigenartige Stimmungen suchten mich damals heim. Stille, ja heimliche Freuden waren mir beschert. Ich empfand einen eigenen Reiz dabei, als Kläre mir eines Tages vorschlug, auch ihre Freundin Lie »auszuprobieren«. Sie erinnerte sich, wie ich bei der Schilderung meines »Astlocherlebnisses« ihren Körper in entzückten, Bewunderung verratenden Ausdrücken geschildert hatte. »Ich bin nicht eifersüchtig, und ich könnte es sehr aufregend finden, wenn du uns beide bedienen würdest, Dory. Und dann, weißt du – ich hänge so sehr an ihr, und ich bin ihr zu Dank verpflichtet, sie hat mir schon soviel Vergnügen bereitet ...«

Ich ging auf diesen Vorschlag nur zögernd ein. Es war mir doch nicht ganz geheuer; gewiß, sosehr ich Kläre liebgewonnen hatte und sosehr sie meine Sinne gefangennahm – oh, und ob sie diese beanspruchte! – oder vielleicht *weil* sie mich derart in Beschlag legte, der schöne Körper ihrer Freundin spuckte mir immer noch im Kopfe herum. Ich konnte die

Szene, die mir die Reize der beiden schönen Mädchen verraten hatte, nicht vergessen. Aber war es überhaupt durchzuführen? Würde Kläre, die so oft in meinen Armen dahingeschmolzen war, die mir die leidenschaftlichen Worte zuflüsterte, die so eifersüchtig darüber wachte, daß ich kein Atom meiner Kräfte auf eine andere Frau verschwendete – würde diese Kläre nicht doch eine hysterische Szene heraufbeschwören und dem so verlockenden Beginnen ein häßliches Ende bereiten? Ich hatte während meines ganzen Wiener Aufenthaltes keine andere Frau umarmt. Kläre und ihr temperamentvoller, ja, unersättlicher Körper ließen dies nicht zu. Jeden Tag, manchmal mehr als einmal, mußte ich auf ihrem Altar das darbringen, was er von mir mit Nachdruck forderte – oft überstieg es meine Kräfte. Kläre nahm dann zu Künsten Zuflucht, die einer alten Dirne Ehre gemacht hätten. Es widerstrebt mir, Einzelheiten zu erzählen, aber ihr letztes Hilfsmittel war immer, mir Frauen oder Mädchen ihrer Umgebung anzutragen. Sie flüsterte mir Dinge ins Ohr, die ich bis dahin nicht auszudenken gewagt hätte, aber meistens erreichte sie ihren Zweck. Ich nahm es auch nur für Theorie, bis sie in bezug auf Lie immer drängender wurde. Und als die Erfüllung eintrat, konnte ich es fast nicht glauben . . .

Italienische Nacht

Venedig hat seit Jahrhunderten unzählige Liebespaare durch die Wunder seiner schmalen Kanäle geleitet, sie auf tausend feingeschwungenen Brücken liebliche Ausblicke gewinnen lassen und im Festsaal der Piazza wie Potentaten empfangen. Venedig bereitete auch uns einen wahrhaft fürstlichen Willkommensgruß; der Mond versilberte die alten Paläste, gleißende Vorhänge, die von den zierlich durchbrochenen Loggien herunterrieselten, zeichneten Spitzenmuster auf die steinernen Teppiche seiner herrlichen Plätze . . .

Wir, Kläre, Lie und ich – saßen zu dritt in dem schwarzen Kasten, der wie ein diskretes Memento mori lautlos durch die schweigenden, schwarzen Wasserstraßen zog, in einer Gondel. Wahrhaftig, aber was ist dieses düstere Ding anders als ein eleganter Sarg, der den Lebenden wundervoll spazierenfährt, in leise glucksenden Bahnen . . .? Nur daß der Sarg der Toten scheinbar ruhig steht, seine weite Reise nimmt das menschliche Auge nicht wahr – nur sein einziger Passagier, der am Ziel aussteigt, sein Wissen aber niemals verrät, da er nicht mehr zurückkehrt . . .

Wir wohnten zu dritt in einem alten Hotel-Palazzo, und wir schliefen zu dritt. Kläre hatte mir bewiesen, daß es ihr mit ihrem bizarren Vorschlag ernst gewesen war. Mir wurde erst viel, viel später klar, daß es ihrem differenzierten Wesen durchaus entsprach, die beiden Wesen, die sie körperlich am meisten liebte, in innigster Vereinigung um sich zu haben, anstatt sie gegeneinander auszuspielen, einen an den anderen zu verraten. Sie teilte nun nicht mehr. Wir verschmolzen zu derselben Einheit, wie es sonst nur im besten Falle einem sich mit allen Fasern vereint fühlenden Paar gelingen kann . . .

Es waren unsagbar schöne Nächte, und die Neuheit der Situation, dieses entzückende Schauspiel, das mir die beiden schönen, so verschiedene Typen repräsentierenden Mädchen boten, führte uns auf ungeahnte Höhepunkte. Es gab keine Ermüdung, zweien von uns lachte jederzeit die Möglichkeit wundervoller Befriedigung; war der eine Partner erschöpft, genoß er das Schauspiel, das ihm das übriggebliebene Paar bot; wenn er sich genügend lange in dieser passiven Rolle gefallen hatte, gesellte er sich wieder hinzu – und der Ring schloß sich aufs neue, bis wieder der eine oder der andere Kämpfer ausschied . . .

Meiner Aufgabe war ich, im physischen Sinne, vielleicht gewachsen. Hatte ich bisher Kläre zu befriedigen, ihrer Unersättlichkeit Genüge zu tun, ihren Wünschen möglichst ausgiebig nachzukommen, so sah ich mich jetzt zwei Frauenkörpern gegenüber, deren Appetit wohl verschieden, aber mehr als gesund war. Ich konnte ihnen eigentlich nur gerecht werden, weil, wie ich glaube, der Reiz der Abwechslung meine Kräfte erhöhte und mir durch die Befriedigung, die sich die beiden Mädchen noch außerdem gegenseitig verschafften, doch eine gewisse Leistung erspart wurde. Allerdings verausgabte ich mich nun wieder bei Vereinigungen, die uns allen dreien dieselbe Aufgabe zuwies: jeder hatte jeden zu befriedigen.

Das erregendste wird aber in meiner Erinnerung immer jenes Schauspiel bleiben, das mir das eine oder das andere Mädchen bot, wenn es sich darum handelte, der leer ausgegangenen Teilnehmerin ebenfalls zum Genuß zu verhelfen. Es war eben manchmal nicht zu vermeiden, daß ich früher opferte, als mir lieb war, und meine zweite Partnerin in diesem Falle um ihre Erwartungen betrogen schien. Es kam vor, daß Kläre sich dann mit größter Emphase vor mich hin kniete und mich beschwor, auch Lie zu beglücken. Sie gab sich der größten Anstrengung hin, um meine Kräfte aufs neue zu entfachen, meine Wildheit aufzustacheln, um Lie nicht zu kurz kommen zu lassen. Es war ungeheuer aufregend, diese Bemühungen zu empfinden und vorläufig mit den Augen den schönen, üppigen Körper zu liebkosen, der sich vor Verlangen krampfte. Wenn Kläre den leidenden Part spielte und Lie mir Samariterdienste leistete, konnte sich Kläre wie eine Wahnsinnige gebärden und die schrecklichsten Worte ausstoßen. Die Wände des schweigenden

Saales, glücklicherweise von feierlich herniederwallenden Vorhängen gedämpft, hallten dann von Sätzen wider, die in diesen Räumen noch nie gehört worden waren. Kläre drohte mir, den Liftburschen zu Hilfe zu holen, um sich von ihm beglücken zu lassen. Ich wußte, daß sie dazu imstande war, und versuchte wieder in Fahrt zu kommen. Lie löste diese Aufgabe auch meistens, denn ihre Reize waren sehr suggestiv, und zudem verfügte sie über Griffe, die, von ihren samtweichen Händen ausgeführt, etwas Zwingendes besaßen.

Es waren schwüle Nächte, Nächte, wie sie wohl Musset und die Sand erlebt hatten, die unserer Brunst zusahen. Die Sonne hatte tagsüber die verzauberte Stadt derart erhitzt, daß es auch in der Nacht zum Ersticken heiß war. Oft lagerten wir auf den verhältnismäßig kühlen Fliesen des Altans, dessen grazile Säulchen sich gegen den samtblauen Nachthimmel wie Filigranarbeit abzeichneten, und genossen die erfrischende Härte der glatten Marmorplatten. Es übte auf Kläre sogar einen eigenen Reiz aus, dieses harte, ungewohnte Bett, und sie bat mich, sie hart ranzunehmen, damit sie es auch am nächsten Morgen noch spüren könnte . . .

Wir waren eben derartig übersättigt, daß wir zu den subtilsten Mitteln griffen, um unsere Ekstasen zu steigern, wenn der Rausch schon schal erschien. So verwunderte es mich keineswegs, als einmal Kläre – ich lag gerade auf ihr und arbeitete mit letzter Kraft gegen ihre gierige, schier unersättliche Lust – ein besonderes Ansinnen an mich stellte. Sie hatte schon alle möglichen Mittel versucht, mich anzutreiben, mir mehr Elan einzuflößen. Lie mußte auf ihr Geheiß meine Hinterseite mit den harten Absätzen ihrer Pantoffel unbarmherzig bearbeiten.

»Das gefällt dir sicher«, sagte sie zynisch, wohl aus ihren eigenen Erfahrungen schöpfend. Ich nagelte sie förmlich fest auf dem harten, kühlen Marmor unter uns, als sie plötzlich stöhnte: »Warte, ich werde dich . . . ich werde dich . . . ah, das ist gut, soooo gut . . .! Bleib, rühr dich nicht, Liebling, bleib doch, ah, wie das fließt . . . spürst du, wie heiß es ist?« Lie hatte gleich begriffen und war ebenfalls ganz aufgeregt.

»Ja, hast recht, gib ihm deinen Saft, das schärft ihn sicher.

Ja, er ist schon viel härter!« Ihre Hand war tatsächlich zwischen unsere schweißgebadeten Körper geglitten und hielt meinen Stachel prüfend umspannt, und ich war ganz toll vor Erregung! Zwischen meinen Beinen sprudelte es heiß, ein Strom umspülte mich, langsam, unendlich süß . . .

Ist es ein Wunder, daß meine Stöße plötzlich denen eines Rasenden glichen, schier alles unter mir zerreißen wollten? Aber damit hatte Kläre gerechnet. Sie wimmerte leise, was bei ihr stets Wonne verriet, und empfing mich mit solcher Hingabe, daß ich ganz gerührt war und meinen Mund plötzlich auf den ihren preßte. So genossen wir beide in derselben Sekunde, unter heftigen Zuckungen, und als ich meinen Speer herauszog, über und über naß, heiß und rot, stand er trotz der eben erlebten Eruption wie ein Mast stolz empor.

Lie bemächtigte sich meiner mit einem kleinen Aufschrei und ruhte nicht eher, bis er auch ihrem kleinen Schoß die Ehre erwiesen hatte, was ein müdes, aber zufriedenes Lächeln auf die Lippen Kläres zauberte. »Jetzt machst du's ihr, Dory, du wirst sehen, wie gut das ist . . . laß deinen Wein ab, Lie wird die glücklichste Frau sein!«

Und wahrhaft, als ob Kläre meine geheimsten Gedanken erraten hätte, es brannte in mir der Wunsch, dies gleich auszuprobieren. Es mußte wundervoll sein, in diesen weichen Leib zu ergießen, ihn hemungslos zu durchspülen mit dem Glühwein unserer Lust! Ich wartete noch einen Augenblick, wie um mich zu sammeln, dann ließ ich die Schleusen hoch, und ein wahrer Strom schoß den engen Kanal entlang, um sich in die wonnige Tiefe zu stürzen, in die feuchte Schlucht, in der mein Freudenspender bis zum Hals steckte . . .!

Wir waren alle drei von einem Taumel, einer wahren Raserei ergriffen, wir wußten nicht mehr, was wir taten. Unsere nackten Leiber wälzten sich in dem Meer der Lust, das wir uns selbst geschaffen hatten – auch Lie tat sich keinerlei Zwänge mehr an, und so fand eine infernalische Vermählung statt, wie sie wohl nur wenigen Sterblichen beschieden war . . .

Venedig! Wie viele Geheimnisse birgt diese Stadt! Manche Plätze haben heute ihre dunklen Verliese preisgegeben, viele der von Gespenstern bewohnten, düsteren Winkel wurden, wie die Bleidächer, billiges Touristenfutter. Aber noch immer bleibt um diese Stadt ein goldener, undurchdringlicher Schleier der Schönheit . . .

Wir verließen diese herrliche Stadt nur ungern. Ich war das erste Mal in Italien, und schon fiel mir auf, wie wenig Frauen auf der Straße zu sehen waren, wie sehr diese wenigen aber Zielscheibe der gierigen, zudringlichen Blicke der herumlungernden Männer wurden. Hier in Rom – unserer letzten Etappe, wir hatten bereits die Schätze Veronas, Paduas und vor allem den Prunk und die Glorie der Medici in Florenz gebührend bewundert – fiel dieser Umstand noch viel mehr auf. Meine schönen Reisegefährtinnen waren stets von einem Rudel scheinbar äußerst dienstbeflissener Männer umringt, die aber kaum hinhörten, wenn man sie etwas fragte, und es kam vor, daß Lie oder Kläre mich lachend darauf aufmerksam machten, wie heiße Hände ihnen heimlich Zettelchen zuzustecken suchten, wenn sie nicht noch Dreisteres unternahmen . . .

Da saßen wir nun in der »Ewigen Stadt«. Ich war mit meiner reizenden Gesellschaft in einer netten Pension abgestiegen und hatte mir vorgenommen, hier eine etwas solidere Tages- und vor allem Nachteinteilung einzuführen. Wir hatten gerade noch eine Woche Urlaub, dann mußten die Mädchen nach Wien zurück, und mich erwartete in London eine ernste Auseinandersetzung mit meiner Familie, die nichts Besseres zu tun hatte, als Heiratspläne für mich zu schmieden. Mein Studium war von allem Anfang an nur als Formsache behandelt worden, und nun sollte wohl der nächste, traditionsgemäße Schritt erfolgen.

Aber einstweilen residierte ich in der Stadt der tausend Brunnen und wollte nichts vom nebligen England hören. Es lag allerdings schon ein wenig Abschiedsstimmung in der Luft, und ich bemerkte, wie sich beide Mädchen bemühten, mir ihre Freundschaft in diesen letzten Tagen doppelt zu beweisen. Ihre Küsse waren von Zärtlichkeit erfüllt, und sie wetteiferten miteinander, mir Lieblingsstellungen vorzuschlagen, wenn es wieder an das Umarmen ging – ich war allerdings schon ein wenig apathisch. Diese Nächte hatten große Anforderungen an meine Kräfte gestellt.

Da ergab sich unvermutet eine kleine Sensation, die wirklich Neues bot, mir aber eigentlich eine mehr passive Rolle zuwies, was mir nicht unlieb war. Kläre war wieder einmal ein Zettelchen in die Hand gedrückt worden, diesmal aber von einem alten Weib, das sich als Wahrsagerin an uns herangedrängt hatte und das wir lachend abwiesen. Neugierig beguckten die Mädchen den klein zusammengefalteten Brief, aber zu ihrer großen Überraschung enthielt er einen gedruckten, sehr interessanten Text, der zum Besuch des »renommiertesten Hauses Roms mit den schönsten Apollogestalten der Neuzeit« einlud und eine spezielle, »sowohl Damen wie Herren zufriedenstellende Bedienung durch reizende Jünglinge jeder Rasse« verhieß. Also ein regelrechtes Männerbordell, etwas, das nicht einmal das Paris aufzuweisen hatte, das auf seine Dienstleistungen so stolz war.

Die Begeisterung war allgemein, selbst Lie, sonst zurückhaltender als Kläre, fand, daß man sich »so etwas« ansehen müsse, und Kläre, das bemerkte ich im ersten Augenblick, war mit brennenden Augen ganz von dem Gedanken an einen solchen sicher sehr lehrreichen Besuch erfüllt. Ich wollte ihr gerne die Freude machen und rechnete damit, daß das sicher sehr schmierige Milieu sie abstoßen und alles weitere erübrigen würde.

Aber ich hatte mich geirrt. Als wir in die enge kleine Gasse einbogen und den unscheinbaren Eingang durchschritten hatten, öffnete sich ein überraschend geschmackvoll eingerichtetes Bürozimmer, das wie ein Bankraum mit Schaltern versehen war und wo man uns aufforderte, die Eintrittsgebühr zu zahlen. Dann wurden wir von einem türkisch gekleideten Jüngling in eine Art Garderobe geführt und erhielten dort weite, seidene Dominos, deren Kapuze man uns über den Kopf zog. Den Damen setzte man außerdem noch weiße, venezianische Masken auf, die scheinbar Meister Longhi entworfen hatte . . .

So betraten wir eine mäßig beleuchtete Galerie, die im ersten Augenblick wie die Skulpturensamlung eines Museums anmutete. Auf marmornen Sockeln standen Plastiken in den bekannten klassischen Posen der olympischen Sieger, der Halbgötter und Heroen. Aber der zweite Blick klärte darüber auf, daß es sich hier um meist sehr gut gebaute, lebende Athletengestalten handelte, die nur sehr bleich gepudert waren und sich bemühten, die edle Pose beizubehalten, ohne zu schwanken. Das erstaunlichste war, daß das Lustteil bei fast allen in die Höhe gereckt erschien; manchmal erzitterte es leise, wie von einer inneren Erregung bewegt – manchmal aber senkte es sich fast unmerklich ...

Zwischen den Postamenten bewegte sich zwanglos eine in bunte Dominos gehüllte Menge, Herren und Damen, und unterhielt sich flüsternd.

Nun konnte man auch sehen, daß einige ziemlich theatralisch kostümierte Jünglinge zwischen den einzelnen Statisten hin und her huschten und dort, wo sie das Senken eines müden Kerls bemerkten, diesen sanft zu reiben begannen, eine Prozedur, die auch scheinbar Erfolg hatte. Wir waren schon vorher gebeten worden, uns die in Frage kommenden angebrachten Nummern zu merken und sie dann, nach beendetem Rundgang, »im Büro« anzugeben. Kläre und Lie bezeichneten je ein besonders strammes Exemplar – sie beachteten mich jetzt gar nicht und berieten sich leise, geheimnisvoll tuend, über die zu treffende Wahl –, und dann konnten wir uns in einen »Salon particulair« zurückziehen ... Es dauerte kaum einige Minuten, da betraten die Auserwählten den wohnlich eingerichteten Raum, und ohne zu grüßen machten sie sich stumm daran, zwei kleine Diwans so zusammenzuschieben, daß sie parallel nebeneinander zu stehen kamen. Nun bezeichneten sie mit einer Handbewegung den Moment als gekommen – die Mädchen hatten inzwischen ihre Dominos und ihre dünnen Kleider abgestreift – und stellten sich in Positur, jeder am Ende seines Diwans.

»Wir sollten uns wohl hinlegen«, meinte Lie nachdenklich, und als sie ihre Worte durch die entsprechende Geste unterstrich, nickten die beiden jungen Männer eifrig mit dem Kopf.

»Also los, ich bin ja neugierig, was die können«, murmelte Kläre mit einem verlegenen Lachen, dem man aber die Gier anhören konnte, und bettete sich nun neben ihre Freundin. Kaum hatte sie ihren Platz eingenommen, als die scheinbar gut dressierten »Beamten« dieses merkwürdigen Hauses wie auf ein Kommando die Beine der vor ihn liegenden Mädchen ergriffen, auseinanderspreizten und sich anschickten, ihre mächtig geschwollenen Speere in Aktion treten zu lassen. Sie waren recht geschickt, denn es gelang ihnen, den ganzen Schaft schon auf den ersten Anhieb bis zum Heft eindringen zu lassen. Die durch dieses ungewöhnliche Abenteuer aufs höchste gesteigerte Erregung meiner Freundinnen und die daraus resultierende Schlüpfrigkeit der dargebotenen Grotten dürften allerdings viel dazu beigetragen haben, die Einführung solcher Dimensionen so reibungslos zu gestalten.

Es schien mir, daß die Männer in stummer Verbissenheit arbeiteten. Es war nicht anzunehmen, daß ihnen ihre Partnerinnen nicht schön, jung und begehrenswert vorkamen, aber es mochte sein, daß sie schon vollkommen abgestumpft waren. Ja, vielleicht hatte sie schon ein gewisser Ekel erfaßt, so viele aufgeheizte Muschis kennengelernt, so oft und auf Befehl hemmungsloser Brunst gedient zu haben, Frauen und Mädchen ihren Pfahl hineinstecken zu müssen, die nur mehr an einer Nummer in Gegenwart ihres Gatten oder Freundes Vergnügen empfanden . . .

Vielleicht sehnten sie sich nach ihrem kleinen Mädel, das auf sie wartete, dessen bescheidener Schoß ihnen noch unbekannt war und für den sie letzten Endes Nacht für Nacht in den mondänsten und begehrtesten Liebesgrotten Europas lustlos schufteten. Um ihre unscheinbare Bianca oder Lucia zum Altar führen, ihr in dem nach ranzigem Fett riechenden, muffigen Zimmer ein Bambino nach dem anderen machen zu können, wälzten sie sich verdrossen auf den Bäuchen der teuersten Frauen, lagen sie zerstreut zwischen Schenkeln, für die schon Millionen ausgegeben wurden, stocherten sie mit gleichgültigem Schweif in berühmten Grotten, die von Dichtern besungen und von Nabobs begehrt wurden . . .

»Du, Lie, – hat – deiner – auch – einen – so – so . . . oh! – so

– Großen –? Meiner kann es – wundervoll, – wie im Takt, oh – ich fühle, daß – ich – bald – kommen – muß!« Kläre rutschte mit verdrehten Augen unter den wuchtigen Stößen ihres Mietlings hin und her. Dieser packte sie jedoch mit seinen derben Fäusten und zwang sie, ruhig zu liegen, so etwa, wie der Friseur den Kopf seiner zappeligen Kundin zurechtlegt.

Die Illusion ist doch alles, dachte ich und spielte geistesabwesend mit dem kleinen Glied und dem niedlichen Beutel des nackten, schönäugigen Burschen, den man neben meinem bequemen Stuhl postiert hatte, damit er mir die Zeit vertreibe. Er war auch redlich bemüht, in meiner Hose eine kleine Revolution anzuzetteln, jedenfalls machte die Entschiedenheit seiner Griffe seinem Alter alle Ehre. Aber ich war von dem mir gebotenen Schauspiel gefesselt und war es vollkommen zufrieden, den sanften Kitzel, den mir die Hand bereitete, zu genießen. Er genügte durchaus: Die Szene war so apart und würde eine so interessante Erinnerung bilden, daß ich mit meiner Rolle restlos einverstanden war. Die beiden Schwerarbeiter schonten sich nicht, sie hämmerten, ohne etwa zu »markieren«, mit gleichmäßigen Stößen gegen die im Halbdunkel im zarten Weiß schimmernden Bäuche der Mädchen, und es war anzunehmen, daß die Befriedigung – die Beendigung ihrer Leistung – bald erfolgen müsse. Und als diese wirklich gleich darauf und fast genau gleichzeitig bei beiden Paaren eintraf, bremsten sie mit einem rauhen Ausruf ihre machtvollen Rammklötze und arbeiteten noch eine kleine Weile mit halber Kraft weiter. Als es ihnen genug schien, zogen sie ihre triefenden Werkzeuge aus den schäumenden Spalten, sagten trocken »Grazie«, und draußen waren sie. Ich konnte mich nicht enthalten, ein wenig schadenfroh zu lächeln, aber die Mädchen schienen vollkommen zufrieden zu sein, wenn auch ein wenig verdutzt, daß der Akt in einer vielleicht ein bißchen verletzenden Geschäftsmäßigkeit vor sich gegangen war . . . Sie zogen sich still an, und der Heimweg verlief ziemlich einsilbig. Ich aber konnte mich einmal richtig ausschlafen.

Hochzeit und wieder Paris

Es rieselte trüb über die Scheiben meines Abteils, als ich mich nur noch eine halbe Stunde von London entfernt befand. Das richtige Wetter zum Heimkehren, dachte ich trübsinnig. Aus dem sonnigen Süden in das niederdrückende Grau dieser rußigen Stadt an der Themse – welch ein Sprung! Aber auch meine Stimmung hatte einen großen Riß erfahren. Ein Telegramm und gleich darauf ein ausführlicher Brief meiner Familie forderten mich auf, schnellstens heimzukehren, da ich mich zu verheiraten hätte. Ich konnte leider nicht gegen diesen so bitteren Stachel löcken, da ich nur allzu genau wußte, wie es um meine Monatswechsel bestellt sein würde, wenn ich nicht Folge leistete. Also hatten wir Abschied genommen, mit einem heiteren, einem feuchten Auge. »Ich bin nicht sentimental, aber du wirst mir schrecklich fehlen«, so hatte Kläre versucht, die Forsche zu spielen, und Lie hatte mich gebeten, wehmütig lächelnd, sie nicht zu rasch zu vergessen. Obendrein hatten wir uns geschworen, regelmäßigen Briefwechsel aufrechtzuhalten, und dann waren wir alle nach Hause gefahren – getrennt . . .

»Dory, so leid es mir tut – die Familienrücksichten verlangen, daß du dich verheiratest! Deine Braut ist Molly Chauverley – deine Kusine Molly!« So, da hatte ich die Bescherung! Ich war als Opfer ausersehen, das Geld der Chauverleys für die Familie zu retten, wie ehrenvoll und wie amüsant! Und Molly! Ein nettes Ding, nur ein bißchen zu dick, wenn dieser Ausdruck für eine Dame, die fast 200 Pfund wiegt, keine Beleidigung bedeutet. Ich war niedergeschmettert, und wenn nicht meine Schwester und Lucy, meine Lieblingskusine – wenn es wenigstens diese gewesen wäre, aber Lucy entstammte einem armen Zweig –, mir gute Worte gegeben hätten, ich würde einen Spaziergang in die Themse oder einen Kontrakt mit der Fremdenlegion vorgezogen haben . . .

»Nimm es nicht tragisch, old boy«, meinte mein philosophisch veranlagter Onkel Harald, »heirate sie, daß sie dir eine anständige Apanage aussetzen, aber gediegen, wie gesagt, und gehe auf die Löwenjagd, in die Kolonien, Indien etwa ist sehr gut!« Ja, das war der richtige Weg, auf diese Weise war uns allen geholfen – ich war einverstanden. Am meisten bestärkte mich mein Freund *Harry*, ein ziemlich zynischer Geselle, in diesem Entschluß. Es sei die beste Lösung, sagte auch er. »Bedenke, daß du es deiner Entwicklung schuldig bist, den Becher, den du einstweilen, deinen Worten zu entnehmen, gar zierlich an deine schönen Lippen gesetzt hast, auch zu leeren, wenn du mitreden willst! Oder gedenkst du, mit den Weibern, mit dem guten Leben Schluß zu machen? Wir wurden geboren, um zu leiden, aber nichts hindert uns, dieser These ein Schnippchen zu schlagen. Als Sokrates den Schierling getrunken hatte, schnalzte er feinschmeckerisch mit der Zunge – und seine Henker waren wütend!« Harry hatte recht, mein Onkel hatte recht, auch ich hatte recht, wenn ich diese Sache solchermaßen auffaßte. Meine Frau würde mich nicht stören, sie konnte schließlich nicht verlangen, daß der schönste Page seit König Artus – Harrys Lieblingsphrase – mehr als nominell der Gatte einer Tonne wurde. Mein ästhetisches Gefühl, das seit je sehr fein entwickelt war und durch den Umgang mit Harry noch geschärft wurde – »das Schöne ist die *wahre* Tugend, Magdalena war schön, also hat sie eigentlich nicht gesündigt« –, und diese Worte, eines seiner tausend brillanten Aperçus, die in jedem seiner Sätze auffunkelten, machten mir Mut.

Was meiner in aller Hast abgehaltenen Hochzeit folgte, war eine regelrechte Flucht. »Mach deine Hochzeitsreise allein, mein Junge«, so Lord Harry, »sie ist dazu da, um den Begriff Flitterwochen kennenzulernen, in Paris dürftest du für diese Zwecke genügend Material finden!«

Endlich war ich wieder in Paris! In dieser herrlichen Stadt, die das so wundervolle Gefühl der Freiheit stärker als jeder andere Ort der Welt vermittelt! Ich vergaß die Komödie dieser Hochzeit wie einen bösen Alpdruck, eine wahre Farce, ich atmete auf wie ein der Gefahr Entronnener, wie ein Genesender, der seine Kräfte ungläubig, ein wenig zögernd erprobt ...

Paris! Ich drückte diese Stadt förmlich an meine Brust, ich trank in vollen Zügen ihr einzigartiges Aroma in mich ein, ich hätte am liebsten jede einzelne seiner graziösen Frauen umarmt, an mein Herz gedrückt. Ach, wo war jetzt Nana? Ich hatte sie ein wenig vergessen, vielmehr war ihr Bild an die Stelle eines Idols gerückt. Ich sehnte mich nach einer solchen Frau, aber ich begehrte sie nicht mehr.

»Was man nicht bekommen kann, danach verlangt man nicht – und bleibt Gentleman ... Das ist alles, mein junger Freund!« sagte mir Harry manchmal, oder so ähnlich. »Und auf diese Weise hat man auch Erfolge. Entweder, die Frauen spüren, daß man sich nichts aus ihnen macht, oder man nimmt mit jenen vorlieb, die man bekommt – zwei Methoden, viele zu haben ...« Nana ... Ich hatte so vieles inzwischen erlebt, man hatte mir so oft zu verstehen gegeben, daß ich ein Ausbund an Schönheit sei, ein Unikat, daß ich heute die Welt mit ganz anderen Augen sah. Ich war blasiert! Dazu der Einfluß meines Freundes Harry, dem ich in Wien schon regelmäßig begegnet war und der mit seinen Theorien über das Lebenswerte im Leben nicht hinter dem Berg hielt; ich war ein anderer geworden. Wenn ich auch niemals ein Unschuldsengel gewesen war und obwohl mir so manche Frau schon zugeflüstert hatte, ich sei ein wahrer Cherubim, so mußte ich mir den Zynismus erst schrittweise erwerben, der mich fortan dazu treiben sollte, die Dinge stets unter einem verzerrten Blickwinkel zu sehen, auf Tugenden im allgemeinen und auf jene spezifisch englische Tugend, den »cant«, nichts oder fast nichts zu geben. Ist es ein Wunder, daß ich in Paris neuen Eindrücken nachjagte, ruhelos den Becher oberflächlicher Genüsse leerte, immer bereit, eine noch unentdeckte Gefühlswallung zu erleben ...? Ich dachte wohl an Nana, ich trauerte ihr aber nicht nach und überließ es dem Schicksal, ein Wiedersehen zu arrangieren.

Ich stürzte mich geradezu in die weitgeöffneten Arme der lebenstollen Stadt, im Glücksgefühl einer rasch zurückeroberten Freiheit. Ich war eifrig darauf aus, Erlebnisse zu wiederholen, Empfehlungen zu überprüfen, am meisten aber dazu geneigt, Primeurs zu entdecken, Genüsse, die noch gewissermaßen den Blütenstaub ihrer Einmaligkeit, der unbezahlbaren Delikatesse oder die Aureole des grandiosen Lasters besaßen, verwandte Zweige im Reich der Sinne. Ich kostete von vielem, nicht immer war der Lust restlos gedient, aber noch war ich jung, und die Flecken, die meinen Charakter beschmutzten, das Bild, das ich meiner Umwelt bot, war meinen törichten Augen noch nicht sichtbar.

Eines Tages fand ich meine Freunde in einer lebhaften Debatte begriffen. Das Wort »eine hochachtbare Familie« kehrte so oft wieder in diesem Streit, daß ich schon ein wenig neugierig wurde, von welchem Hause eigentlich die Rede war. »Welches Haus das sein soll, fragst du, Dory?« erwiderte man mir endlich, »aber das ganze Quartier Latin spricht seit Wochen von dieser neuen Sensation!«

»Unsinn, es ist keine Sensation! Michael hat mir geschworen, es sei seine persönliche Chance gewesen, die dieses tolle Erlebnis ermöglichte!« schrie ein anderer meiner Freunde dem, der geantwortet hatte, zu.

»Aber, mes enfants, es ist *doch* so: ein gewöhnliches Bordell!«

So ging es noch ein Weilchen weiter, bis ich schließlich doch noch eine halbwegs klare Darstellung des Falles erhalten konnte. Es war also unserem Freund Michael gelungen, beim »Bal Bullier« eine charmante Person kennenzulernen, die er in der Folge einige Male traf und die ihn schließlich ihrer Mutter vorstellte. Michael war ein junger russischer Aristokrat und sehr bemittelt, wie übrigens die meisten meiner Kameraden. Er machte nun mehrere Besuche im Hause seiner Schönen und lernte auch die beiden Schwestern von Leontine kennen. Es waren dies, im Gegensatz zu seiner schönen Tanzpartnerin, die ungefähr achtzehn Jahre alt, groß, vollschlank und hell-, ja fast weißblond war, zwei dunkle Knospen: Yvonne, ein hübsches, früh entwickeltes Mädchen, und die noch hübschere Gaby.

Die Mutter der drei Mädchen lebte mit ihrer Schwester zusammen; beide Frauen waren voll entwickelt, reife und saftige Früchte aus dem Glashaus weiblicher Schönheit. Michael hatte ausführlich erzählt, wie reizend er aufgenommen worden sei und wie er sich verpflichtet gefühlt habe, seiner Leontine, die er schon nach kurzer Zeit verführen konnte, mit einer größeren Summe auszuhelfen, die sie sich für ihre Familie, wie sie sagte, um jeden Preis verschaffen mußte. Es ginge angeblich sogar um Leben und Tod.

Von diesem Moment an wurde er wie ein Ehrengast behandelt. Er bemerkte sogar, wie die hübsche Gaby sich in besonderer Weise mit ihm beschäftigte. Wenn sie nach Hause kam, stürzte sie sich in seine Arme und beruhigte sich unweigerlich erst, wenn Michael ihr einen Kuß gegeben hatte. Sie hielt ihn dann mit ihren Händen an den Ohren fest, und Michael bemerkte zu seinem großen Erstaunen, wie sie den ungeschickten Versuch machte, ihm ihre Zunge zwischen die Lippen zu stecken. Er sagte der älteren Schwester jedoch nichts über seine Beobachtung. Auch Yvonne, ein mit geradezu herausfordernden Reizen ausgestattetes, sehr erotisches Ding, das für sein Alter eigentlich viel zu kurz angezogen war, zeigte sich sehr zutraulich. Sie mimte gern das kleine Mädchen und kletterte öfter, wie zum Scherz, auf seinen Schoß. Einmal, als er sich spaßeshalber und ein wenig geniert wehrte, denn Frau Dumoulins, die Mutter, war anwesend, stützte sich Yvonne wie zufällig auf sein unwillkürlich in Starre geratenes Glied, so daß er erschrocken zusammenzuckte. »Madame Mère« – so nannten sie die Mädchen gerne – schalt die Dreiste aus, aber nicht ohne hinzuzufügen, daß sie sich immer freue, wenn sie sähe, wie gutmütig Herr Michael auf die Scherze eingehe, und verließ gleich darauf das Zimmer. Vorher sagte sie noch zu Yvonne, sie solle Michael in Ruhe lassen oder wenigstens das tun, was ihm Spaß mache. »Man muß sich immer nach den lieben Gästen richten«, fügte sie bei dieser Gelegenheit hinzu.

Einmal ereignete es sich, daß er am frühen Nachmittag die beiden Frauen allein antraf. Die Schwester von Madame

Dumoulin war gerade im Badezimmer, d. h. sie verließ es eben mit weit offenstehendem Bademantel, als Michael das Vorzimmer betrat. Er konnte ihren prachtvollen, etwas üppigen Körper in seiner ganzen Nacktheit bewundern, während Frau Iris, die junge Witwe, erschrocken und verwirrt, wie sie zu sein schien, zuerst ganz vergaß, den Mantel zusammenzuraffen, und ihm bloß zurief, er möge die Augen schließen. Noch ein wenig erregt von diesem ungewöhnlichen Zusammentreffen, betrat er das Besuchszimmer, in dem die Dame des Hauses, in ein duftiges Spitzendeshabillé gehüllt, auf dem Kanapee ausgestreckt lag. Sie entschuldigte sich mit Migräne, weshalb sie auch das Zimmer verdunkelt halte, und klagte über Herzklopfen. »Überzeugen Sie sich doch selbst, lieber Freund, es schlägt wie toll. Ich glaube, ich habe Wallungen ... Ja, wenn man keinen Mann mehr hat!«

Auf diese fast plumpe Anspielung hin mußte Michael, der immer gerne den verruchten Kerl spielte, nicht nur das unruhige Herz feststellen, was auf eine ausgiebige Prüfung des vollen straffen Busens hinauslief, sondern auch überdies Frau Dumoulin beruhigen, so gut er konnte ... Besonders wirkungsvoll erwies sich eine schnelle Nummer, die sich prompt und wohleinstudiert abwickelte. Dabei seufzte die unter ihm sich wollüstig bewegende Mutter der schönen Leontine ein über das andere Mal: »Ja, so ein Mann, das tut gut, wenn man einen Mann hat!«

Michael erschrak nicht wenig, als jetzt, wie auf ein Stichwort, Frau Iris ins Zimmer stürzte und zuerst ganz perplex dastand, dann aber in Lachen ausbrach.

»Ah, der kleine Herr Michael, also gar nicht so schüchtern und untüchtig! Liebste Henriette, und was wird aus mir, willst du so egoistisch sein und den liebenswürdigen Freund Leontines ganz für dich behalten?«

Michael war ratlos. Aber er konnte bald erkennen, daß sich die Situation leicht retten ließ. Madame Henriette flüsterte ihm ins Ohr, er möge ihrer Schwester ein bißchen schöntun, sie würde dann gar nichts an der Sache finden und als Verbündete zu ihnen halten. So bestieg denn nach kurzen Präliminarien, die von den beiden, wie es schien, recht kundigen Frauen sehr reizvoll ausgestaltet wurden, Michael unverdrossen Nummer zwei der mit besonders reifen Reizen ausgestatteten Damen und konstatierte, daß Frau Iris geradezu eine Spezialistin ihres Faches war. Ja, man konnte sie ohne Übertreibung als Virtuosin bezeichnen, jede ihrer Bewegungen war darauf angelegt, dem Mann, der ihr die Ehre erwies, diese hundertfach zurückzuerstatten. Ihr kleines Hinterteil leistete Erstaunliches an präzisen und unglaublich taktfesten Stößen, ihre Zunge schlug im Munde Michaels einen betörenden Triller, während ihre Hände nicht müßig wurden, seine Hinterbacken einer opulenten Knetmassage zu unterziehen, die seine Lust, aber auch seine Wildheit, verdoppelten. Madame Henriette sah keineswegs untätig zu. Sie sekundierte getreulich dem unermüdlich arbeitenden Paar, ermunterte sie sowohl durch Zurufe als auch durch sachkundige Gesten, die den Genuß ins Maßlose steigerten. Fast bewußtlos vor Aufregung aber wurde Michael, als die aufmerksame Assistentin sich schließlich hinter ihm postierte und mit viel Geschicklichkeit ihr vor Eifer glühendes Gesicht zwischen seine von den energischen Stößen der Madame Iris getroffenen, auf und nieder schnellenden Hinterbacken klemmte und dort mit ihrer weichen Zunge sanft, aber unwiderstehlich arbeitete, bis er vom Kitzel nur so geschüttelt schien und in einem förmlichen Lustkrampf die schon sehr schlüpfrige Höhle seiner Partnerin noch mehr benäßte . . .

Noch in den nächsten Tagen ging er wie im Traum umher und fand nichts dabei, als ihn bei einer günstigen Gelegenheit Madame Iris beschwor, die Ehre der Familie noch einmal zu retten, und zwar mittels einer größeren Summe. Michael schmeichelte das Vertrauen, das man gerade ihm entgegenbrachte, und tat noch ein übriges. Madame Iris schwor ewige Dankbarkeit und verdoppelte ihre halb mütterliche, halb kameradschaftliche Aufmerksamkeit. Sie gab ihm zu verstehen, daß sie sich freuen würde, ihm einen besonderen Dienst zu erweisen, und fragte ihn geradeheraus, ob er etwas für jüngere Mädchen übrig habe. Nun war Michael niemals ein ausgesprochener Wüstling, aber doch genügend lustbetont, um Nuancen zu schätzen. Er bejahte also die Frage und erfuhr erstaunt, daß Gaby sich vom Arzt untersuchen lassen mußte, da ihre Schlaflosigkeit schon Besorgnis erregte, und der Jünger Äskulaps habe unumwunden erklärt, daß Gaby in das Pubertätsalter getreten sei und daß er es bei ihrer Blutarmut für sehr nötig halte, sie geschlechtlich zu befriedigen. Es bestünde sonst die Gefahr vorzeitiger Hysterie. Ob Michael sich der armen Kleinen annehmen wolle? Er war sehr überrascht, aber als ihm deren Tante mit leiser Stimme ins Ohr raunte, daß sie eine wahre »kleine beauté de diable« sei, mit einem prachtvollen, *steinharten* Busen, und die süßeste Muschi besitze, wurde er sehr erregt und willigte ein, »einen Versuch zu machen, der zu nichts verpflichtete«, wie Madame Iris sagte. Sie fügte noch hinzu, daß die Mutter die Prozedur leiten müsse, um die Arme nicht für das ganze Leben zu verängstigen.

Michael wunderte sich nachträglich sehr, wie er uns sarkastisch mitteilte, über diese Vorsichtsmaßregeln, denn die »kleine« Gaby habe das größte Luder, das er je in seinem ganzen Leben zwischen den Beinen bearbeitet habe, in den Schatten gestellt.

Als die Stunde gekommen war, empfing ihn die ehrwürdige Mama mit einem Willkommensgruß, nicht ohne an seine schon ganz schön gespannte Hosen zu greifen und ihm zu versichern, daß er ein kleiner Schelm und ein rechter Lüstling sei, der ihre hübsche Tochter vernaschen wolle. Sie seufzte unendlich, und man merkte ihr an, daß sie sich auf das Spektakel richtig freute.

Mit wehenden Haaren, ihr kurzes Röckchen so durch die Luft wirbelnd, daß ihr kurzes Höschen zu sehen war, kam Gaby herein. »Du mußt heute sehr lieb zu Onkel Michael sein. Denk dir, er hat sich bereit erklärt, alles für dich zu tun, was der Onkel Doktor angeordnet hat!«

»Wird es auch ganz bestimmt nicht weh tun, Mama?« fragte Gaby mit ein wenig Ängstlichkeit, die vorzüglich gespielt war.

»Nein, wenn du ganz stillhältst und alles gehorsam tust, wie es dir gesagt wird, dann ist es nicht schlimm.« Und Gaby schob sich ihm zwischen die Beine, drängte sich wie unabsichtlich immer näher an ihn heran, so daß sich schließlich der Unterkörper des Mädchens an seinem harten Speer rieb, denn die »Patientin« stand nicht einen Augenblick still.

»Jetzt streifen Sie ihr das Kleid über den Kopf, Michael«, sagte Frau Henriette, und dieser gehorchte. Gaby stand nun entkleidet vor ihm, wie eine Puppe, nur mit dem schrecklich kurzen Hemdchen und einem Höschen bekleidet. Die große Schleife in ihrem nach Pagenart geschnittenen schwarzen Haar vervollständigte noch diesen Eindruck. Aber das längst zu eng gewordene Hemdchen konnte kaum die überraschend schön entwickelten, prallen Brüste beherbergen, und aus dem unglaublich kurzen Höschen wuchsen zwei kräftige Schenkel hervor, die in weicher Linie in die noch ganz schlank geformten, in Söckchen steckenden Beine übergingen.

»Hat sie nicht einen ganz reizenden Busen?« Diese Frage suggerierte geradezu eine Berührung. Michael konnte es kaum fassen. Er hatte noch nie lebendes Fleisch berührt, das diese Härte aufgewiesen hatte. Diese Mädchenbrüste waren von der Größe schöner Äpfel und fast ebenso kernig, sie ließen sich kaum zusammendrücken, geschweige denn bewegen. Michael war ungeheuer erregt.

»Sagen Sie ihr aber nicht, daß sie ein gutgebautes Mädchen ist, lieber Michael, sonst wird sie noch ganz eingebildet!« Und dann machte sich Madame Henriette daran, Gaby das Höschen auszuziehen.

»Steh doch nicht so stocksteif herum, du Gänschen. Sieh, Herr Michael hat etwas für dich, womit du spielen kannst«, sagte sie noch und schob die Hand des jungen Mädchens seiner Hose zu, dort, wo sie sich mit der darunter verborgenen Feder gegen Gabys Schenkel preßte.

Michael bekam nun neuerlich einen Wink. »Zeigen Sie ihr doch das kleine Vögelchen, das Sie dort versteckt haben, lieber Freund, sie wird es streicheln und auf das Köpfchen küssen!« Mit zitternden Händen führte er gehorsam die so unendlich weiche Hand an die Knopfreihe, die das Ungetüm versperrt hielt. Gaby griff munter zu und knöpfte lachend die ganze Reihe auf; ohne aufgefordert zu werden, griff sie geschickt in den Spalt und holte sich den derben Kerl heraus, der eine ganz unglaubliche Länge angenommen hatte.

»Warum ist denn das Vögelchen so heiß? Und wie ihm das Herzchen schlägt!« stellte Gaby lachend fest. Sie hatte seinen Speer mit beiden Händen gepackt und zerrte daran, als ob sie ein Hündchen aus der Hütte ziehen wollte. Sollte sie wirklich nicht wissen, daß das Ding angewachsen war, dachte der brave Michael und ging nun seinerseits in der Untersuchung der Reize seiner Partnerin weiter. Die vorsorgliche Mama hatte nun auch das Höschen Gabys abgestreift und das Hemd hochgehoben. Dann machte sie mit ihren Blicken auf etwas aufmerksam. Als er begriff, daß sie seine Augen auf den kleinen Bauch lenken wollte, sah er, daß ihm Tante Iris die Wahrheit gesagt hatte: Unter dem kleinen Hügel, in dessen Schatten die wie aus Marzipan gedrehten Schenkel entsprangen, war ein süßes, weiches Fleischpölsterchen unendlicher Zartheit zu sehen.

»So, Herzchen, jetzt lege dich auf den Diwan, Michael wird dich ein wenig untersuchen . . . – Zeig, daß du ein tapferes Mädchen und nicht kitzlig bist.« Madame Dumoulins tat ihr Bestes. Ihre Hilfe war unschätzbar – Michael wäre niemals vorwärtsgekommen.

Nun lag das mollige Ding auf dem Rücken und spreizte gehorsam die runden, festen Schenkel. Dabei blinzelte sie Michael heimlich zu, als wolle sie ihn ermuntern, sich nur ja gründlich mit ihr zu befassen.

»Sehen Sie doch nur dieses kleine Törtchen an, da drin sitzt das Übel, das Gaby so nervös macht. Herr Michael wird dir nun zwischen die Beine greifen, sei aber nicht so unruhig!« erläuterte die Dumoulins den Schlachtplan. Michael sah jetzt den entzückenden kleinen Hügel vor sich und den leise aufklaffenden Spalt, der sich wie ein feiner Schnitt zwischen den Beinen verlor. Dieses Pölsterchen war eine richtige Delikatesse. Es war vollkommen glatt und schien eine besonders feine Haut aufzuweisen. Michael wollte den mysteriösen Spalt mit seinem Finger etwas erweitern, was er auch vorsichtig und ein wenig zögernd tat. Er entdeckte die zarten, in einem hellen irisierenden Rosa schimmernden Lippen, die seinem Kuß entgegenlachten. Und nun preßte er seinen Mund auf die köstliche Stelle. Sie war von unbeschreiblicher Weichheit und strömte einen feinen Duft aus, der an Milch und bittere Mandeln erinnerte. Gaby hielt mäuschenstill, nur ihr Popo bewegte sich leise unter den saugenden Küssen, und diese Bewegungen bewirkten, daß sich die aus zartem Fleisch modellierte Rose völlig öffnete. Außerdem umklammerte sie sein Gerät fest mit ihren beiden Händen und preßte und drückte es mit aller Kraft.

Michael schilderte dann in verworrenen Worten, wie er schließlich jede Selbstbeherrschung verlor und sich stöhnend über das Mädchen warf. Die Mutter bemühte sich zuerst, ihn zurückzuhalten und zu mildern, begnügte sich aber dann damit, seinen Speer mit kundiger Hand an die richtige Stelle zu lenken, wo er auch mit überraschender Leichtigkeit eindrang. Unser Held kümmerte sich einstweilen gar nicht um diese erstaunliche Tatsache, sondern dachte nur an seine Befriedigung. Gaby hatte von Beginn dieser Szene an ein solch wissendes Entgegenkommen an den Tag gelegt, daß jedem anderen der Gedanken gekommen wäre, daß das hübsche Ding schon mehr als einmal ein derartiges Gerät in ihrer zarten Spalte gehabt haben mußte. Sie arbeitete und bohrte ihm ihre kleinen Zeigefinger in die Ohren. Vorher hatte sie seine Hand ergriffen und sich einen seiner Finger in den Mund gesteckt, an dem sie nun heftig lutschte.

»Bevor es Ihnen kommt, lieber Freund, ziehen Sie ihn bitte heraus, ich werde Sie dann fertigmachen – Sie ersparen mir viel Scherereien!« flüsterte ihm Frau Dumoulins ganz leise zu, was der aber erst verstand, als er eins seiner Ohren von dem Finger Gabys befreit hatte.

Und die Warnung wurde von ihm auch nur im letzten Moment verstanden. Mit dem Aufwand seiner letzten Besinnung zog er seinen glühenden Stachel heraus, ehe es zu spät war, und fühlte erleichtert, wie ihn Frau Henriette hastig ergriff und ohne Federlesens in ihren Mund nahm. Es dauerte gar nicht mehr lange, da war es passiert. Frau Henriette ließ das ein wenig schlaff werdende Zepter nicht los, bevor sie nicht sorgfältig den letzten Tropfen ergattert hatte.

Gaby protestierte. Sie sei noch nicht fertig, behauptete sie, und Michael hätte drinbleiben sollen ... Jetzt kitzelte sie das kleine Ding ganz entsetzlich – und sie wollte auch so schrecklich gern was davon haben.

»Dann spiel ein bißchen mit deinem kleinen Dingelchen«, antwortete ihr die Dumoulins kurz und bündig. »Michael wird dir zusehen, und wenn du brav bist, bekommst du vielleicht noch ein bißchen was ab.«

Und Michael sah, wie sich die kleine Hand gehorsam anschickte, das süße Törtchen zu bearbeiten, das er soeben mit viel Bedauern verlassen hatte. Gaby rieb geschickt mit dem kleinen Zeigefinger in der Spalte herum, die übrigen Finger ungemein zierlich in die Luft spreizend. Die andere Hand hatte sie auf ihre Brust gelegt und drückte mit ihr daran herum, so daß sie nach kurzer Zeit ganz rot wurde. Dabei fuhr sie sich mit der rosafarbenen Spitze ihrer Zunge begehrlich über die Lippen, sie soweit als möglich herausstrekkend, als ob sie mit ihr um jeden Preis die ganz starr in die Luft ragende Brustwarze erreichen wollte. Die gab Michael den Rest. Er war schon wieder steif wie ein Stock, und keine Macht der Welt hätte ihn hindern können, von seinem Vorhaben abzusehen.

»Recht so, Michael, obzwar die kleine Hexe es gar nicht verdient hat, machen Sie ruhig noch einen Versuch!« feuerte ihn Madame Henriette an. Und er bedurfte diesmal auch gar nicht ihrer Hilfe, denn Gaby hatte blitzschnell seinen mächtigen Stab erwischt und ihn ebenso rasch dort untergebracht, wo er ihrer Ansicht nach eigentlich immer hingehörte ...

Diese Phase war noch aufregender für Michael als die vorangegangene. Gaby war in maßlose Erregung geraten, ihre kleine Grotte troff von dem süßen Seim, den ihr Spiel dort produziert hatte, und als sie die mächtigen Stöße eine Zeitlang mit weit auseinandergehaltenen Schenkeln aufgefangen hatte, entwand sie sich plötzlich mit einer geschmeidigen Bewegung dem ganz verblüfften Michael und präsentierte ihm ihr dralles Hinterteil, indem sie ihn mit ihrer spitzen Stimme unverfroren aufforderte: »Bitte, mach mir's jetzt von dieser Seite!«

Der liebe Michael ließ sich das nicht zweimal sagen und rammte das süße Loch auch aus dieser Richtung mit unverminderter Wucht, wobei der Anprall auf die harten, großartig entwickelten Hinterbacken des Mädchens auf ihn noch stimulierender wirkte. Frau Dumoulins hatte sachte an seinen wohlgefüllten Sack gegriffen und eine ungemein nervenaufpeitschende Massage begonnen. »Vergessen Sie nicht aufzupassen, Michael!« warnte sie unseren Freund, als sie an der erhöhten Heftigkeit seiner Stöße den nahenden Höhepunkt erkannte, und was sich eine Sekunde später ohne ihre Wachsamkeit in den Schoß des Mädchens ergossen hätte. Sie hatte Michael förmlich zurückreißen müssen, nun hielt sie seinen Speer gepackt und rieb ihn emsig, um ihn die herbe Unterbrechung nicht zu sehr fühlen zu lassen. Aber Gaby sah sich wieder betrogen. Laut wimmernd hatte sie nochmals zu dem Hilfsmittel von vorhin gegriffen und versuchte, sich auf diese Art Ersatz zu verschaffen. Michael hatte sie jedoch nicht aus den Augen gelassen und lag schon im nächsten Augenblick mit dem Kopf zwischen ihren Beinen, um sie mit der Zunge zu bearbeiten.

Und diesmal kam die Arme endlich auf ihre Kosten. Sie kreischte laut vor Lust, sie strampelte mit ihren festen Beinen in der Luft und preßte Michaels Kopf mit beiden Händen derart zwischen ihre milchweißen Schenkel, daß er dem Ersticken nahe kam.

»Oh, bitte – noch – ein – mal – ich möchte so gerne noch einmal gepudert werden ... Es – war – sooo – gut«, bettelte sie mit ersterbender Stimme, die vor Lust vibrierte. Hier lag eine reife, kleine Frau, schon jetzt unersättlich, raffiniert, lüstern und schwer zu befriedigen.

»Kann der Michael ihn denn nicht noch einmal hineinstecken – nur noch *einmal* – es juckt mich so – ich werde ganz rasch machen, diesmal halte ich mich bestimmt nicht zurück!« Michael hob seinen Kopf und blickte hingerissen auf dieses junge Mädchen, das so manche Frau beschämen konnte in bezug auf Agilität und Initiative. Es war ein köstliches Bild, dieser gut durchmodellierte Körper, dieses lachende Tal mit der kleinen rosigen Schlucht, von süßem Saft betaut, so glatt, in seiner Nacktheit schamloser und aufreizender als das seidigste Fell . . .

Allerdings schritt jetzt Frau Dumoulins ein und gab zu erwägen, ob nicht für diesmal Schluß zu machen wäre. Gaby riß sich nur schwer aus den Armen ihrer Eroberung, und Michael spürte ihre süßen Lippen noch auf den seinen und fühlte ihre weiche Zunge tief in seinem Mund. Dies machte ihn vollends ganz toll. Aber alles war umsonst. Frau Henriette mahnte nochmals, und so war diese Episode als abgeschlossen zu betrachten, um so mehr, als in den nächsten Tagen von ihm ein beträchtlicher Betrag gefordert und kurz darauf diese interessante Familie vom Schauplatz verschwand, d. h. der Portier dem erstaunten Michael mitteilte, daß die Damen die Wohnung verlassen hätten und er keine Ahnung habe, wohin sie gezogen seien . . .

En famille ...

Unnötig zu sagen, daß Michael, da er die Unvorsichtigkeit begangen hatte, uns, seine Freunde, in detaillierten Schilderungen auf dem laufenden zu halten, weidlich geneckt wurde. Es erging ihm noch bedeutend schlimmer als mir mit meiner schönen Unbekannten, denn man verhöhnte ihn geradezu, daß er in so naiver Weise raffinierten Kupplerinnen aufgesessen sei und eine hübsche Summe für eine »im Kollektiv arbeitende, bunte Gruppe abgefeimter Dirnen« vergeudet habe, wie die rüde Sprache unseres Kreises es nannte.

Michael schwor, daß es eine »achtbare Familie« gewesen sei und daß nur unvorhergesehene Umstände an ihrem plötzlichen Verschwinden Schuld trügen. Mir war es beschieden, eines Tages den strikten Gegenbeweis zu liefern. Ich hatte auf einem meiner Streifzüge am Montmartre eine hübsche Blondine kennengelernt, die sich zwar nicht Leontine nannte, aber mich bald einlud, sie bei ihrer Tante zu besuchen, wo sie mit ihren beiden Schwestern, die sehr hübsche Fratzen seien, wohne. Ich akzeptierte den Vorschlag und fand das sozusagen historische Milieu der Abenteuer Michaels in vollster Stilreinheit vor. Es war alles da. Yvonne, Gaby, die Tante und schließlich auch die Mutter, die mir aber aus einem unerklärlichen Grunde als »Nachbarin« präsentiert wurde. Um es kurz zu sagen: Ich durchlief die ganze Stufenleiter, denn ich hatte damals nichts Besseres zu tun, und meine Mittel erlaubten mir, noch üppiger als unser Freund aufzutreten.

Alles ging, wie gesagt, ganz programmäßig. Gaby machte auch mir viel Spaß, an der üppigen Tochter der beiden reifen Damen konnte ich mich nicht so begeistern wie mein Vorgänger, aber als Krönung möchte ich eine Nacht schildern, die mich die unleugbaren Reize Yvonnes auskosten ließ. Madame Iris – sie nannte sich jetzt zwar anders, aber ich will der Einfachheit halber den schon bekannten Namen beibehalten – verriet mir eines Tages vielsagend zwinkernd, daß der Geburtstag Yvonnes gefeiert werden solle, und fragte, ob ich Lust hätte, einen besonders »netten« Abend »en famille« zu verbringen.

»Geschenke von größerem Wert sind verboten« lautete die ausgegebene Parole; ich wußte aber sehr gut, daß die Rechnung, wie bisher immer, im nachhinein präsentiert werden würde, und war auch damit einverstanden. Es handelte sich um ein ganz offizielles Angebot, man wollte mir Yvonne zu einem günstigen Preis verkuppeln. Aus ästhetischen Gründen und auch weil die Kleine verhältnismäßig scheu war, wurde die Zeremonie mit einer Geburtstagsfeier verbrämt.

Als ich um Punkt neun an der Türe klingelte, öffnete mir ein hübsches Ding von ungefähr neunzehn Jahren, das eine prachtvolle Haut in der Farbe eines Milchkaffees besaß und zwei Reihen der prächtigsten, schneeweißen Zähne, die ich jemals gesehen hatte.

»Bo' jour, M'sieu«, sagte sie, sie mit einem freundlichen Lachen enthüllend, »die Damen warten schon!« Sie hatte eine auffallende, ja, herausfordernde Figur, und mir fiel unwillkürlich ein, daß sie eigentlich das dunkle Gegenstück zu Yvonne bilden könnte, die in ihrer Art geradezu als ein Prachtexemplar eines frühreif entwickelten, mit den üppigsten Reizen ausgestattetes Mädchen zu bezeichnen war.

»Wie heißt du?« fragte ich die Schöne des Vorzimmers, die sich ihrem engen schwarzen Kleidchen und der blitzsauberen, aber lächerlich kleinen Schürze aus feinem Batist wie eine Operettenzofe ausnahm.

»Ich? Oh, ich Violette heißen!« lachte sie mich an, und ich sah, wie ihr anscheinend ungemein spitzer, den Latz der Schürze auf Abstand haltender Busen leise erzitterte. Sie ging mir mit einem gemurmelten »Pardon!« höflich voran, und nun konnte ich auch ihr prachtvolles Hinterteil ins Auge fassen, das von einer vollendeten Rundung war und durch die besondere Feinheit der Taille mehr als betont erschien. Es saß zwischen dieser und den hohen feinen Beinen als eine Art »Plat de résistance«, wie ein Prunk- und Reservestück, auf das man immer wieder gerne zurückgriff, das einen sozusagen niemals im Stich ließ, wenn man nach der Tändelei sich mit feineren Genüssen endgültig seinen Hunger stillen wollte. Aber nun wurde ich vom »Geburtstagskind« empfangen und den beiden Damen, die ebenfalls um ein Jahr älter, aber keinesfalls weniger appetitlich geworden waren. Ihre kräftigen Formen bildeten noch immer ein gutes Gericht am Tisch der Lust, und ihre Kenntnisse sicherten ihnen darüber hinaus noch die Schätzung des Kenners.

Ich übergehe die diesem Kreis üblichen Begrüßungsformeln, ebenso eine detaillierte Schilderung der durch lustige Anspielungen gewürzten Mahlzeit, die auch substantiell reichlich gepfeffert war, was einen entsprechenden Durst auslöste. Dieser wurde wieder mit den notwendigen Quantitäten sehr guten Weines bekämpft, so daß nach der Mahlzeit eine mehr als animierte Stimmung herrschte.

»Wir wollen jetzt noch einige Liköre trinken, sie sollen Ihnen aber würdig kredenzt werden, Dory«, mit diesen Worten entfernte sich Madame Iris für einen Augenblick. Kurz darauf erschien auch schon Violette, die auf einem großen Tablett eine ganze Batterie von bunten Flaschen und die entsprechende Serie kleiner Gläser hereinbrachte. Ich war der am wenigsten Beschwipste der ganzen Gesellschaft, aber mir drehte sich der Kopf, als ich zu bemerken glaubte, daß die hübsche Mulattin – außer mit ihrer kleinen Schürze – mit *nichts* bekleidet war. Ich verschlang sie mit den Blicken – ich war durch das reichliche, opulente Essen und den Genuß des Weines sehr eingestimmt geworden – und folgte jeder ihrer Bewegungen. Man bemerkte natürlich meine Überraschung, um so mehr, als sie beabsichtigt war, und forderte mich lachend auf, mich ruhig zu delektieren. Und ich ließ die aufregende, ungemein pikante Erscheinung auch nicht aus den Augen. Die, wie ich schon erwähnte, ohnehin sehr knapp geschnittene Schürze unterstrich wenn möglich noch die Formen der gleich spitzen Kegeln stark abstehenden Brüste, die von enormen dunklen Warzen gekrönt waren. Aber während Violette, leicht gebückt, jedem das Tablett darbot, wendete sie mir die nun in voller Nacktheit prangende Rückseite zu, und ich konnte feststellen, daß ihre Reize dort auch nicht zu verachten waren.

Dieser Körper übertraf meine kühnsten Erwartungen. Diese Formen bildeten einen Gipfel, jedes Detail war wie von virtuoser Hand gebildet, zu dem einen und einzigen Zweck: Lust zu erzeugen und zu befriedigen.

Die Liköre gaben uns den Rest. Auch Violette wurde eingeladen mitzutrinken und holte reichlich nach! Madame Iris und Madame Dumoulins hatten Yvonne und Violette genötigt, sich an mich zu schmiegen, »um mich zu ermuntern«, denn ich schien ihnen, wie sie sagten, nicht abgeneigt zu sein, mich einem Schläfchen hinzugeben. Das war pure Erfindung, denn ich fühlte mich erregt wie noch nie in meinem Leben. Die vier Frauenkörper, die so verschieden waren, hätten ein Regiment in Aufruhr versetzen können, und nun waren alle diese Reize mobilisiert, um meine angesichts dieser Übermacht geringen Kräfte und Säfte in besondere Wallung zu bringen. Aber mein Sinn war in erster Linie von Yvonne erfüllt, ich war begierig, ihren Leib zu genießen, diesen schönen Körper, der, wie man mir unter ziemlich deutlichen Anspielungen versichert hatte, seit langem auf einen »Gentleman«, sprich einen guten Zahler, wartete, um ihn vor Lust erschauern zu lassen, mit ihm zu spielen. Ja, vielleicht ergab seine Schönheit im Verein mit Yvonnes lebhafter, sichtlich sinnlicher Natur die größten Überraschungen ...

Ein Grammophon spielte. »Yvonne soll tanzen, für Dory – komm, mein Schatz, zeig, was du gelernt hast!«

Das junge Mädchen erhob sich bereitwillig, wenn auch taumelnd. »Aber zieh zuerst dein Kleidchen aus«, rief die sogenannte Nachbarin, Frau Ex-Dumoulins, »damit Dory auch was zu sehen bekommt!«

Tante Iris war schon aufgesprungen und zog der etwas Beschämten und verlegen Kichernden das dünne Kleid, zusammen mit seinem Hemdchen, über den Kopf. Yvonne bot nun einen entzückenden Anblick. Sie hatte gut entwickelte Beine, sehr volle und außerordentlich weiße Schenkel, die ohne merklich betonten Einschnitt in den kräftigen, muskulös modellierten Popo übergingen. Das kurze Höschen aus Seide spannte sich bei jedem Schritt und zeichnete die schönen Rundungen getreulich ab. Der nackte Oberkörper zeigte zwei knackig-frische Brüste von einer Fülle, die Yvonne zum Weib machten, und ihre Festigkeit gab der von Gabys Busen, wie ich mich überzeugen konnte, nichts nach. Nur die rosigen Knöpfe waren etwas größer und bildeten den lusterregenden Abschluß dieser weißen Kugeln.

Was Yvonne nun vorführte, konnte kaum noch Tanz genannt werden. Es war eher ein unaufhörliches Zeigen dessen, was an ihrem schönen Körper so aufreizend und einladend war. Die Stimmung erreichte hiermit ihren Höhepunkt. Alles schrie durcheinander, sang die Melodie und klapperte mit den hohen Absätzen im Takt mit, klatschte sich gegenseitig auf den Bauch oder den Popo, um sich Bewegung zu verschaffen. Endlich sank Yvonne ganz erhitzt und außer Atem in meine Arme. Ich war ihr auf Schritt und Tritt gefolgt und ließ nun meine Beute nicht mehr los. Ich preßte sie an mich, und meine Hände irrten über ihren Körper, ich begann, sie ohne Hemmungen anzufassen, ich konnte nicht anders, ich mußte diese Formen, die durch meine Augen in alle Fasern meiner Sinne gedrungen waren, irgendwie in Besitz nehmen.

Meine Patronessen nahmen diese Gier als Gefallensbezeugungen auf und ermahnten Yvonne, nicht spröde zu sein. Wir waren jetzt, während ich meine Partnerin wie wütend abküßte, auf das in der Mitte des Zimmers stehende Sofa gefallen. Ich lag neben ihr und strich noch immer mit zitternden Händen über alle die fleischigen Stellen, die sich mir einladend entgegendrängten. Da fühlte ich, wie zwei schlanke, nervöse Hände an meiner Hose herumnestelten und meinen Freund freilegten, der dort in heißester Erwartung, wie eine Sehne gespannt, nach Betätigung schmachtete. Violette nahm das angeschwollene Instrument in ihre kühlen Hände und streichelte es vorsichtig, nicht ohne von ihren Herrinnen dazu ermuntert worden zu sein.

»Recht so, dunkler Liebling, präpariere ihn ein bißchen für unser Geburtstagskind – sie hat ihn sich so gewünscht!«

Meine junge Geliebte hielt mich innig umschlungen. Sie atmete schwer, aber ihre schönen Augen brannten in einem heißen Feuer. Nun bemerkte ich, wie Violette bemüht war, mich mit ihr vollkommen zu vereinen, meinen maßlos erregten Speer gegen die Pforte der Glückseligkeit stemmte, die seine Spitze schon mit süßer Feuchtigkeit benetzte.

»Voilà, M'sieu, jetzt einen kleinen Zuck und er drin sein!« berichtete diese vom unteren Kriegsschauplatz, und ich spürte gleichzeitig, wie mich zwei energische Hände von hinten in die gewünschte Richtung drängten. Da erschrak Yvonne heftig und jammerte.

»Vorsichtig – ich – ich möchte ja, aber es geht nicht, nein – ich – kann – nicht, nicht, Dory, bitte . . .«

»Unsinn, stell dich nicht so an, Yvonne. Du bist doch schon alt genug, einmal mußt du es doch anfangen!«

Es war Madame Iris, die dies mit ihrer vom Trinken rauhen Stimme sagte.

Nachdem Yvonne sich unterdessen auch wieder beruhigt hatte, ging es an einen neuen Versuch, in den süßen Kelch der mir inmitten der weit auseinanderklaffenden Schenkel entgegenleuchtenden Rose mit meiner Lanze einzudringen. Der Wein und der Gedanke, dieses appetitliche Ding unter der Mithilfe dieser drei Weiber zur Seligkeit zu bringen, betäubten jede Überlegung. Ohne Sadist zu sein, hatte mich auch das leise Stöhnen der kleinen Yvonne irgendwie in meiner Gier bestärkt. Ich setzte neuerlich an und drang nun mit einem einzigen Stoß tief in das elastische Material, das den wonnigsten Widerstand, der überhaupt denkbar ist, bot und vielleicht den Hauptreiz bildete.

Ich fühlte, wie der junge Körper unter mir erbebte. Aber meine Sinne waren schon so umnebelt, daß ich nurmehr auf die Lust, die mir die süße Enge bereitete, achtete. Yvonne stöhnte und wand sich. Ich flog auf und nieder; Violette, die hinter mir stand, wühlte zwischen meinen Beinen oder stach den spitzen Zeigefinger in meine auf und ab schnellende Spalte. Da konnte ich nicht länger an mich halten – mich durchrieselte der heiße Strom, der sich gleich in den mädchenhaften Schoß ergießen sollte –, ich fühlte Wellen über mir zusammenschlagen, es wurde mir rot vor den Augen. Noch ein mächtiger Stoß, dann löste ich meine unter den fleischigen Backen von Yvonnes Popo verkrampften Hände und sank neben ihr auf das Sofa.

Aber da war auch schon Madame Iris neben mir. Sie nahm ohne Umschweife meinen Krieger zwischen ihre vollen Lippen und fing an, den noch immer erregten, halbsteifen Pfeil auf die köstlichste Art zu bearbeiten.

Ihre weichen Lippen umschlossen ihn mit aller Kraft, die ungemein agile Zunge umschmeichelte die Spitze derart, daß sich der noch keineswegs restlos befriedigte Speer schon nach einer kleinen Weile neuerlich stattlich aufrichtete.

»Willst du jetzt einen Ritt auf Violette antreten, Dory?« fragte sie.

»Sie macht es auch nicht schlecht.«

Daß es Violette recht war, von mir ein wenig durchgezogen zu werden, war ersichtlich. Sie lachte mich mit ihren weißen Zähnen einladend an und bewegte begehrlich den vollen, so ungemein ausgeprägt modellierten Popo. Mir kam eine Idee. Dieses prachtvolle Teil mußte gewürdigt werden. Da Yvonne wie leblos lag, ihre Beine müde ausgestreckt hatte und nur durch ein leises Seufzen verriet, daß sie nicht schlafe, schien es mir am besten, sie nicht nochmals aufzuschrecken.

Und Violette lockte! Ich bat Iris, wenn ich ihr Anerbieten annehme, die Sache einmal »andersherum« machen zu dürfen. Ich stieß auf volles Verständnis, und Madame Iris bewies wieder einmal ihre große Erfahrung. Sie nötigte Violette, den schwarzen Wuschelkopf zwischen ihre üppigen Schenkel zu stecken – sie hatte sich auf einen Stuhl gesetzt und ihre Röcke hochgehoben – und mir ihren nackten Popo zuzuwenden.

»Jetzt stecken Sie ihn nur ruhig durch, Dorian, ich werde Violette ein bißchen hoch nehmen, damit Sie es bequemer haben!«

Dieser kleine Trick ermöglichte es mir, die Freuden dieser Stellung noch besser auszukosten. Das Hinterteil der schönen Mulattin schwebte förmlich frei in der Luft und bot sich so in einem besonders günstigen Winkel.

Es war ein reines Vergnügen, auf diese Backen aufzuprallen, die fest und derart fleischig waren, daß sie wie zwei mit Kissen umwickelte Eisenbahnpuffer wirkten. Ich eröffnete ein wahres Trommelfeuer, während ich mich mit beiden Händen an den frei herunterhängenden Brüsten festhielt. Violette strampelte mit ihren Beinen oder umschlang meine Hüften mit ihnen, was meine Bewegungsfreiheit wohl einschränkte, mich aber noch inniger mit den wonnigen Bakken vermählte.

Das Ende war fast nicht mehr aufzuhalten, als mich Iris bat, es doch besser auszukosten. Ich unterbrach, und meine Gönnerin hieß Violette, sich jetzt flach auf das Sofa zu legen, »damit er sich rittlings auf dein Hinterteil setzen kann«. Als dies geschehen war, forderte sie Violette auf, mich so wollüstig wie möglich zu reiten, sie werde »finir avec Monsieur« – mich unterdessen »fertiglecken«. Die unter mir Liegende begann auch gleich bereitwilligst ein geradezu virtuoses Rollen ihrer Backen, was mich in höchste Seligkeit versetzte. Madame Iris' Zunge aber hatte meinen Kerl umfangen, und tatsächlich, sie vollendete das Werk in formvollendeter Weise. Es war ein wundervolles Gefühl. Unter mir diese bebenden prallen, so fleischigen Kissen, die einmal sanft, einmal stürmisch gegen meinen Hintern wogten, um auch meine empfindlicheren Teile unter einer ständigen Massage zu halten, und dazu das Trillern einer mehr als kundigen Zunge, die mein ganzes Geschlecht in jeder Faser zum Erzittern brachte . . .

Der Höhepunkt war außerordentlich heftig und machte meinen Partnerinnen alle Ehre. Ich war im Zurücksinken – nun spürte ich doch eine gewisse Ermüdung – auf den weichen Körper Yvonnes gefallen, die ich fast vergessen hatte. Ich wendete mich und bedeckte ihn mit zärtlichen Küssen. Ich hätte die ganze Welt küssen mögen, ich war völlig aufgelöst, und in mir klangen alle Nerven. Wie lange wir so lagen, weiß ich heute nicht mehr. Als ich erwachte, lag ich in einem großen Bett, an der Seite Yvonnes, die mich lieb anlächelte und auf mein inständiges Bitten, die etwas heftige Angelegenheit zu verzeihen, nur mit einem langen Kuß antwortete ...

Dieses Erlebnis bewies unserem Freund Michael, als ich es ihm erzählte, sonnenklar, daß er genarrt worden war – sich selbst zum Narren gehalten hatte. Er gab es schließlich zu, ließ sich aber gerne von mir trösten – hatten wir doch beide eine besonders originelle Abart der in Paris häufig mit so großer Vulgarität betriebenen Industrie des Fleisches kennengelernt und für teures Geld auch etwas geboten bekommen.

Es gab allerdings auch billigere Genüsse in dieser Hauptstadt der Sünden, man mußte sie nur zu finden wissen. Wer nicht über genügend Spürsinn verfügte, konnte sich an eines der zahlreichen Auskunftbüros wenden, jene famosen »Bureaux de renseignements«, die immer wieder neue »spécialités« ausfindig zu machen wußten. Sie hielten genau Buch über ihr »Lager« und sorgten unermüdlich dafür, daß es »nouveautés« gab, denn ihre Kundschaft setzte sich aus den abgebrühtesten Lüstlingen der alten und neuen Welt zusammen.

»Sehen Sie, mon cher Monsieur Dorian«, ich plauderte ein wenig mit Madame Zaire, die mir schon einigemal durch ihr feines Verständnis und durch die für ihr Geschäft charakteristische kulante Bedienung bewiesen hatte, daß sie es verstand, ein Haus zu führen, »sehen Sie, wenn die Leute nicht gerade das Unmögliche verlangen, kann ich sehr interessante, garantiert frische und gepflegte Frauen, oh, vraiment soignées, aus guten Kreisen verschaffen. Jetzt habe ich da, par exemple, wo ist denn nur die Karte ... Ach ja, voilà, c'est ça – Nr. 31457, das ist eine stramme Witwe, alors, une belle pièce, die eine leider etwas zu kleine Pension bekommt, aber eine hübsche, entzückende Tochter hat, un amour, je vous assure! – Wollen Sie es glauben, eine Jungfrau, wirklich und wahrhaftig! Die Mama sagt immer, *das* hat sie denn noch nickt nötig, so ein kleines Mädchen brauckt noch nickt zu macken, der »amour« brauckt noch nickt zu pimpern, ist noch zu klein, spielen, ja, das nichts macken, oder eine bißchen schlecken lassen, mon dieu, das sein nickt so gefährlich, und ob sie das in der Schule mackt oder zu Hause, das sein doch ganz egal – c'est charmant, nickt wahr, Monsieur Dorian? –, aber sie kann doch helfen, Mama, sie bekommt auch so schöne Kleider und erst die feine Wäsche, oh, Sie staunen würden, die Frau liebt das Kind wie närrisch, sie wird sie noch ganz verderben mit ihrer Affenliebe!« Ich mußte Madame Zaire beipflichten, es tat in den seltensten Fällen gut, Kinder zu sehr zu verwöhnen ... Welch sonderbares Land! Wie selbstverständlich nehmen doch diese Franzosen die »Liebe« – oder was sie eben dafür halten, in ihrer Unschuld ...

Wir besuchten jetzt auch öfters ein Lokal, das erst vor kurzem »in Schwung« gekommen war, eine »boîte«, im Faubourg de Montparnasse gelegen, bei der Rue de la Gaieté, in der Nähe des Bahnhofes, der zu jeder Tag- und Nachtzeit die Provinzler auf das Pariser Pflaster speit und in einem seltsamen Kontrast zu diesem Tingel-Tangel-Viertel steht, das einer Hafenstadt Ehre gemacht hätte mit seinen fetten Spelunken, fragwürdigen Kabaretts und verlausten Bordellen. Das »Enigme« war etwas für bessere Herren und Offiziere, eigentlich nichts anderes als ein großes Café, das als einzige Eigentümlichkeit jederzeit verhängte Fenster aufwies. Die Tatsache, daß es zwischen den stets vollbesetzten Tischen, in den engen Gängen, auf den Stufen, die in das Obergeschoß führten, von nackten Frauenleibern wimmelte, kann man eigentlich nicht als Eigentümlichkeit bezeichnen, dazu war dieses Schauspiel den Gästen schon nach kurzer Zeit zu familiär geworden, und nach einigen Wochen kannte man es nicht nur als Stammlokal des immerhin versnobten »Tout-Paris«, sondern auch aller Spießer eines fast ländlichen Bezirkes, des Quartiers de la Gare de Montparnasse. Es war sehr ergötzlich, zu beobachten, wie diese braven Bürger mit ihren ehrbaren Gattinnen sich um die winzigen Tische preßten, sobald sie vis-à-vis eine oder mehrere nackte Weiber sahen, wie sie von den nackten Hinterbacken der Mädchen gestreift wurden, wenn diese sich eilig zwischen schmalen Gäßchen durchzwängten, über die Beine und Knie der Gäste stolperten und im Fallen oft auf dem Schoß eines der Herren landeten. Der dann den Busen, den ihm der Zufall da in die Hand gedrückt hatte, etwas betreten, mit einem scheuen Blick auf die Gleichgültigkeit heuchelnde Gattin, mit einem gemurmelten »Excusez, Madame!« freigab – und zu Hause nach dieser »Anregung« seine Ehefrau in zweifacher Hinsicht zu beschwichtigen hatte ... Junggesellen kühlten ihr Mütchen gleich an Ort und Stelle, die Auswahl war groß genug. Ich zählte einmal nicht weniger als 78 dieser nackten Geschöpfe, es waren aber wohl noch einige, die sich »momentan« zurückgezogen hatten, hinzuzurechnen. Dabei ging es ganz gesittet zu, man konnte sich in ein normales Lokal versetzt fühlen, nur die so nackten Glieder, die unzähligen Brüste, die alle gangbaren Formen zur Auswahl zeigten, die üppigen Rundungen, die in dieser Umgebung besonders aufreizend wirkten, boten zwischen den vielen bekleideten Menschen einen bizarren, ganz eigentümlich berührenden Anblick. Es wäre des großen Peter Paul würdig gewesen, diese Massen festzuhalten, die alle Schattierungen der schönsten Farbe der Welt, der in unzähligen rosa Tönen erstrahlenden Fleischfarbe, präsentierten. Es hätte eines Buonarotti bedurft, diese zahllosen Glieder, Arme, Beine, Schenkel und Rümpfe nachzubilden, die sich hier zu einem Fleischgericht sondergleichen vereinigten; sie hätten gigantische Wände mit diesen unerwarteten Verkürzungen bedecken können, ihr Pinsel hätte schwelgerisch aus der lückenlosen Musterkarte weiblicher Reize eine aparte Palette zusammenstellen, feinste Perlmutttöne, violette und purpurrote Schatten, zartes, wie ersterbend verlaufendes Grünlich-Gelb à la Matthias Grünewald, ein herrliches Ocker und sogar bläulich-schwarze Nuancen entdecken können. Denn man sah nicht nur weiße Leiber in Nacktheit prangen, sondern auch kaffee- und schokoladenbraune, maisgelbe, kupferrote und negerschwarze ...

War es ein gewisses Abgestumpftsein oder bloße Müdigkeit? Es kam mir niemals der Gedanke, eine dieser Schönen näher kennenzulernen und ihr in das verschwiegene Kämmerchen zu folgen, das in mehrfacher Ausführung zur Verfügung stand und von vielen der Gäste frequentiert wurde, wodurch auf der nach oben führenden Treppe ein ewiges Gedränge entstand, ein Hin- und Herwogen, das dem übervollen Lokal noch eine besondere Note verlieh und für langweilige Chorszenen gewisser abgedroschener Opern eine blendende Regievorlage abgegeben hätte. Es gab Feinschmecker, wie ich bemerken konnte (und gerade diese Rolle des beobachtenden Zusehers gefiel mir ungemein), die, kaum waren sie die Treppe heruntergestiegen, im nächsten Augenblick mit einem fleischgewordenen »Nachschlag« denselben Weg zurückstrebten, um sich »noch einen Gang zu genehmigen«, wie meine Freunde es nannten. Amüsanterweise stach der nachservierte Genuß im Typ immer ganz deutlich vom »Entrée« ab. Nichts stachelt die Lust eben besser an als Abwechslung. Ich hatte dies längst erkannt und sozusagen am eigenen Leibe immer wieder feststellen können, daß selbst ein schweres Gericht, auch wenn man sich noch so satt fühlte, durch ein anderes, wenn es nur einen *neuen*, den Gaumen auf *neue* Art kitzelnden Geschmack aufzuweisen hat, vergessen gemacht werden kann: die Variation wirkt immer wieder appetitreizend. (Wenn ich vorhin »Gaumen« sagte, so ist dies natürlich als kleine Umschreibung aufzufassen.) Dieser Erkenntnis verdanke ich Freuden, die mir so manche Stunde in der angenehmsten und natürgemäß abwechslungsreichsten Art versüßten … Obgleich ich in diesen Jahren nichts weniger als ein entnervter Lüstling war und mehr als einmal an meinen leichten Erfolgen erkennen konnte, daß ich allein durch mein Äußeres auf fast alle Frauen einen günstigen, ja, ich darf wohl sagen, entscheidenden Eindruck machte, hatte ich doch schon einen sehr ausgeprägten erotischen Geschmack, der meinen Jahren zumindest weit voraneilte. Ich hatte früh begonnen und es auch später niemals verschmäht, auf diesem subtilen Gebiet Erfahrungen zu sammeln, so war ich denn unwillkürlich dazu geneigt, einmal begangene Stufen zu vermeiden und immer wieder neue, möglichst unbegangene Pfade zu suchen. Das Neue, das Erstmalige, das Abwegige reizte mich, der dekorative Rahmen, die ungewöhnliche Situation, verstiegene Kombinationen, Verbotenes, Unberührtes und Geweihtes fachten meinen Eifer an. Genuß konnte mir aber auch das »Schwarzbrot« der Sinnenwelt bereiten, ein dralles Bauernmädchen, ein schweigsames, dankbares Stubenmädchen, eine über ihre eigene Kühnheit erschrockene Bürgersfrau oder eine blanke, ehrliche kleine Dirne – wenn das »Milieu« echt war, konnte ich auch hier Reize entdecken. Mein Ehrgeiz aber suchte kühnere Ziele. Ich träumte von Äbtissinnen, von Königinnen. Ich bedauerte, einer Maria Stuart, einer Marie Antoinette, einer Jeanne d'Arc nicht mehr begegnen zu können. Ich hätte mich gerne der Diane von Poitiers vermählt, auf Plüsch und Brokaten ruhend, mit diesen berühmten Brüsten gespielt, »ma chère amie« auf der Laute begleitet, wenn sie mit ihren Rosenblattlippen einen leise nach Vourvray duftenden Vers der Touraine sang ... Josephine Bonaparte, diese wilde Mulattin, hätte sie mir nicht die entzückendsten Freuden geschenkt? Ich sah den warmen Fleischton ihrer langen, fein gebräunten Schenkel durch den zarten Musselin schimmern, hinter den Hecken Malmaisons verschwinden. Ach, die Kleider! Wie hätte ich sie geliebt, diese duftigen Hemden, die mit ihren Schlitzen die schönsten Beine des Directoires preisgaben! Die steifen Roben des »Dixhuitième«, die so undurchdringlich waren, den süßen Leib der Marquisen einschnürten – aber die runden Brüste wie Äpfel präsentierten, und unter denen Nacktheit stak, wie der blanke Klöppel unter der Glocke. Ist es ein Wunder, daß die zierlichen, galanten Abbés diesen Glassturz, der die ihm anvertraute Tugend so schlecht bewahrte, mit Vorliebe als Zufluchtsort wählten, wenn es galt, sich vor dem erbosten Gatten zu verstecken? Ich las bei Casanova nach, bei Crébillon und Nerciat. Eine Stelle gefiel mir besonders gut: »Venus entglitt ihrem Morgenkleide und stand – es war, um vor ihr hinzuknien – schlank und hoch mit ihren Taubenfüßchen in einem Nest von Spitzen und Volants. Nacken und Schultern zogen wundervolle Linien, und die maliziösen

Brüstchen betörten mit jener Anmut, die ganz zu erfassen nie erlaubt ist, an der bis zum letzten sich zu ergötzen nie gestattet werden darf. In köstlicher Gliederung flossen Arme und Beine, von der Hüfte bis zum Knie zweiundzwanzig Zoll, und ebenso viele vom Knie bis zur Ferse, wie es einer Göttin zukommt. Wer Venus nur im Vatikan, im Louvre, in den Uffizien oder im British Museum gesehen hat, der weiß nicht, wie sehr schön sie wirklich aussah.

Priapusa, ihre Maniküre und Meisterin in der Kunst des Schminkens, wurde bei diesem Anblick ganz lyrisch und pflückte sich gewissermaßen Küsse von den köstlichen Armen. Sie war ein schrecklich lasterhaftes Weib und fürchterlich häßlich. Der ganze Hofstaat wunderte sich, daß Venus sich von ihr nicht nur verschönern, sondern auch – aber ich will lieber nicht zu deutlich werden, sonst könnten meine Worte den Eindruck erwecken, daß Priapusa allein zu solchen Diensten zugelassen wurde. Ja, da waren noch Cosmé, der Coiffeur Pappelarde, Blanchemains und Loreyne, ihre drei Lieblingszofen. Claude, Clais und Sarrazine, ihre drei Lieblingspagen, hielten das Präsentierbrett mit Pantöffelchen, Fächern und Handschuhen. Minette und la Papelinière besorgten außerdem den Dienst in der Garderobe. La Lambissella hatte die Juwelen über, Florizel die Blumen, Amadour die Wohlgerüche – seine Spezialität waren orientalische Parfüms –, Vadins brachte Süßigkeiten, die er mit schlimmen Ingredienzien würzte, was mancher Phallus zu spüren bekam. Dann gab es noch Zwerge, Diener und Stallknechte. (Venus hatte nur ein Einhorn, aber dieses war unsagbar verwöhnt.) Wenn die Toilette beendet war, trug Sarrazine das Präsentierbrett wieder hinaus, konnte es aber niemals verhindern, daß Florizel nicht den noch warmen Pantoffel der Venus erwischte und über sein Glied stülpte, um damit nicht mißzuverstehende Bewegungen auszuführen ...

Ganz blaß vor Lust streichelten Claude und Clair die Göttin, zogen mit zitternden Lippen Fältchen in ihre Seidenstrümpfe, in die anstelle eines Zwickels je ein kleiner Phallus eingestickt war, um sie wieder mit schlanken Fingern zu glätten. Sarrazine löste die Strumpfbänder, küßte ihre Innenseite, legte sie wieder an, preßte seine Lippen auf ihre Schenkel. Da verkündete Pranzmungel, daß das Frühstück serviert sei.

›Endlich‹, rief Venus, ›ich sterbe vor Hunger – aber einen Augenblick, das Zeremoniell steht bevor!‹

Und eilenden Schrittes ging es auf die Wiese, um Adolphe, das Einhorn, zu begrüßen. Es war stolz und einsam, wie gesagt, ein wenig eingebildet. Es durfte sich aber auch so manches herausnehmen. Auf elfenbeinernen Hufen herantrippelnd, reckte Adolphe seinen Hals und leckte recht possierlich die königlichen Brüste seiner Herrin. Dann schnupperte es um die Röcke der schönen Dame und legte sich schließlich auf den Rasen, seinen Bauch darbietend, der mit dem Zeichen seiner Mannheit geziert war. Venus streichelte ihn ...«

Solche Lektüre machte mich träumerisch. Ich sehnte mich nach zarten Genüssen, ich hätte der Geliebte Blanchefleurs sein mögen, oder Melisandes, eines jener blassen Fräuleins, die auf den köstlichen burgundischen Gobelins des Musée de Cluny zu sehen waren, und die über die gestickten Blumen des Märchenrasens lustwandelten, ihren Cour d'amour abhaltend, mit zarten Rittern tändelnd, die selbst so anämisch und schwindsüchtig aussahen, daß ein derber Bauernjunge sie mit einem Stecken wohl in die Flucht hätte schlagen können. So, wie jene blasse Chatelaine auf diesem Teppich, mußte Nana mit siebzehn Jahren ausgesehen haben! Ich dachte nur mehr selten an sie. Einmal jedoch war ich in einem Bordell auf ein Mädchen gestoßen, das große Ähnlichkeit mit ihr aufwies, und ich konnte es mir nicht versagen, mich dieser Illusion für eine Viertelstunde hinzugeben. Aber nachher war es ekelhaft, schal, wie ein Sakrileg. Auch an Kläre erinnerte ich mich nur mehr vage, obwohl die herbe und keusche Note ihres Körpers mich damals so sehr gefangengenommen hatte. Ich befand mich in einem gewissermaßen schwebenden Zustand. Das Leben konnte mir keine großen Überraschungen mehr bieten, zumindest dachte ich so, und mein Sinnen ging dahin, mich nicht mehr zu verschwenden, sondern mich nur ganz *besonderen* Fällen zu widmen, Frauen, die nicht alltäglich und banal waren, nur Abenteuer, die diese Bezeichnung verdienten, zu suchen, mit diesem Herumtaumeln zwischen Bordell und Café ein Ende zu machen. Ich hatte von dem Leben eines jungen Mannes aus gutem Hause genug, Bohèmien wollte ich nicht mehr sein.

Ich betrachtete es daher als Glücksfall, daß mein Freund Harry mir ein Telegramm schickte, das mir seine Ankunft mitteilte und seine Absicht, mich als eine Art Sekretär nach Ägypten mitzunehmen. Paris hatte ich genossen, es hatte für mich keine Geheimnisse mehr, und wäre nicht Madame Zaire mit ihren stets exklusiven »specialités« gewesen – Ehre, wem Ehre gebührt! –, hätte ich mich vielleicht gehenlassen, an Unwürdige verschwendet.

Die Bekanntschaft mit einer sehr hübschen Landsmännin, die ich in der Claridge-Bar machte, wo sie mir von meinem Freunde Doug vorgestellt wurde, einem Kameraden aus den heroischen Tagen von Kerrington, wäre geeignet gewesen, mich aus dem moralischen Schlendrian ein wenig herauszureißen. Nun aber kam Harry, und so machte ich mir keine Gedanken mehr darüber, ob Millicent schwer oder leicht zu erobern sein würde . . .

Überfahrt

Wir verließen das im leichten Morgennebel liegende, so feminine Seine-Babel an einem schönen Herbsttag und waren nach einer ziemlich gut verplauderten Bahnfahrt bis Cannes gelangt, ohne allzusehr verrußt zu sein. Hier verfrachtete Harry uns im »Palace«, und noch am selben Tage stellte er mir Mister Jonathan Battlefield vor, auf dessen Jacht wir nach Afrika dampfen sollten.

»Du kannst«, sagte Harry schmunzelnd, »dir gratulieren, my boy, Battlefield ist naturalisierter Deutscher, blödsinnig reich und hat, um das wenigstens etwas auszugleichen, eine interessante Leidenschaft für schöne Wäsche. Spitzen haben ihn reich gemacht, er fing mit Klöppelarbeiten in seiner deutsch-böhmischen Heimat an, und jetzt hat er die größten Konfektionshäuser, über einige Kontinente verstreut, die schönsten Mannequins und die märchenhafteste Sammlung der Welt an kostbarer Spitzenwäsche. Er bestellte jährlich einige Theaterstücke bei den frivolsten Lieferanten der Pariser Boulevard-Theater, die er fürstlich honorierte, wenn sie nette Rollen enthalten, die das Auftreten der Schauspielerinnen in pikanten Hemdchen und Höschen plausibel erscheinen lassen. Ein solches Stück wird er uns vermutlich auch während der Überfahrt auftischen, und wir müssen ihm schon den Gefallen tun und die Sache mit wenigstens gespieltem Interesse ansehen. Er entlohnt nebenbei auch noch eine ganze Anzahl geschickter Schriftsteller, die für ihn schlüpfrige Romane abzufassen haben, Spitzenwäsche als Thema und Schicksal enthaltend. Er hat den berühmten Malern der Pariser Salons Unsummen geboten, damit sie für ihn Plakate entwerfen, die schöne, mit Reizwäsche bekleidete Mädchen darstellen müssen. Ich mache dich darauf aufmerksam, daß wir eine Art Harem, mindestens zwanzig wundervoll gebaute Schönheiten, an Bord haben – offiziell die Probierdamen Mister Battlefields!« schloß Harry mit vielsagendem Augenblinzeln.

Und wir bekamen diese hübschen Passagiere auch bald zu

Gesicht. Sie waren als erlesene »Beautés« zu bezeichnen und erschienen immer gleich gekleidet, was eine Unterscheidung der einzelnen Mädchen sehr erschwerte oder vielmehr fast unmöglich machte. Sie tollten den ganzen Tag an Deck herum, im Badetrikot oder mit ganz dünnen, durchsichtigen Kleidern, und es herrschte ein sehr familiärer Ton zwischen diesen jungen Damen und ihrem Chef. Mr. Battlefield ermunterte uns übrigens, die Mädchen ebenfalls vertraulich zu behandeln, »sie beißen ja nicht und sind auch gar nicht spröde. Ich habe sie übrigens angewiesen, meinen Gästen nett entgegenzukommen«, setzte er hinzu, während sein Blick träumerisch an dem Spitzenrand haftenblieb, der sich unter dem von der Brise gelüfteten kurzen Kleid einer seiner Schönen hervorwagte. Ich war gar nicht abgeneigt, mich hier munter durchzuflirten, und so manche Stunde, als wir im Mondschein über die silbern schimmernde See kreuzten, ist mir in angenehmer Erinnerung geblieben; ich hatte in jedem ein lebenslustiges, wundervoll gewachsenes Mädel, die Küsse flogen nur so hin und her, und meine Hände kamen keineswegs zu kurz auf ihren Erkundigungsfahrten längs der schlanken Formen meiner Partnerinnen. Wir hatten schon einige Cocktails bewältigt, und die schwüle Nacht ließ uns Hemmungen vergessen, die eigentlich nicht stark vorhanden waren. Meine Komplimente über ihre graziösen, schlanken Formen lösten bei meinen Damen zuerst höflichen Protest aus, dann entstand ein zuerst mündlich geführter Wettstreit, der aber im Handumdrehen den Wunsch gebar, durch sofort anzustellende Vergleiche die Vorzüge, die ich gepriesen hatte, näher zu definieren und einer der Schönen die Siegespalme zuzusprechen.

»Lieber Mister Dorian – ich habe eine schönere Brust als Lisa, ich kann es beweisen – nimm deine Dinger nur heraus, du eitles Mädchen!« Und die hübsche Dolores ging mit gutem Beispiel voran, zwei reizende Brüste enthüllend, die sie ein wenig rücksichtslos über den Rand ihres Abendkleides gezerrt hatte.

»Was, du – du . . . na warte, was ist denn das, bitte?« klang es ziemlich scharf zurück, und ich sah nur noch, wie Lisa ihr raschelndes weißes Seidenkleid über den Kopf streifte und im Nu halbnackt vor uns stand.

»Und was ist das hier?« Hiermit hielt sie uns mit beiden Händen ihren schönen Busen hin, als ob es zwei Äpfel wären.

»Und anfassen müssen Sie ihn, Mister Dorian, die glaubt ja, daß sie eine harte Brust hat, aber sehen Sie sich bitte erst einmal diese Ware an, mein guter Herr!« Der Kampf nahm jetzt Formen an, die mir sehr vielversprechend schienen. Würden mir die beiden reizenden Mädchen eine Probe noch intimerer Reize antragen und vielleicht gar den Versuch gestatten, mich von deren Qualitäten durch die entsprechende Beschäftigung zu überzeugen. Durch eine Betätigung, die allein geeignet sein kann, diese Schätze in Aktion treten zu lassen und solcherart gerecht zu bewerten? Ich sah zwei ganz reizende Paare junger Brüste vor mir, über die ich mit verlangenden Händen strich, ein wenig verlegen, wie ich mich verhalten sollte. »Ist denn auch alles andere bei euch ebenso hübsch – und zeigen Sie mir doch mehr, meine Damen, vielleicht kann ich dann ein genaueres Urteil abgeben!« Gesegneter Cocktail! Nichts erschien den so reizend wetteifernden Schönen natürlicher als mein Vorschlag. Um ungestört zu sein, nahm ich nun die beiden und drängte sie in die Richtung meiner Kabine, die nur einige Schritte entfernt lag.

»Hier können wir unsere Untersuchung ganz ungestört fortsetzen, meine Schönen«, sagte ich, »und ich glaube, es wird mir nicht schwerfallen, ein gerechtes, objektives Urteil zu fällen!« Mein Arrangement wurde mit Ausrufen akzeptiert, die mir deutlich verrieten, daß meine Gäste eine bestimmte Schwelle des Bewußtseins überschritten hatten und daß ich sie nur noch in mein Bett zu legen brauchte . . .

Den Rest besorgte das enge Aneinandergeschmiegtsein und die warme, nach süßen Blüten duftende Nacht. Wir mußten uns jetzt in der Nähe der Küste befinden, es wehte ein betäubender Geruch über das Wasser zu unserem sich leise schaukelnden Schiff herüber. Es war ein wenig beschwerlich, in dem nicht übermäßig breiten Bett meiner Luxuskajüte mit den beiden überzähligen Passagieren zurechtzukommen. Kompliziertere Kombinationen erübrigten sich, aber ich fand es erregend genug, auf dem einen der geschmeidigen Leiber zu ruhen, während ich den Körper des anderen Mädchens träge und ermattet gegen unsere Glieder gepreßt fühlte. Ich wechselte von der einen zu der anderen, mich wohl hütend, dem Vergnügen durch eine voreilige oder zu rasche Herbeiführung des Höhepunktes ein Ende zu machen. Es war überaus reizvoll, so lange den einen der schönen Körper mit heftigen Stößen zu erschüttern, bis ich feststellen konnte, daß meine Arbeit von Erfolg gekrönt wurde, und dann rasch meinen Speer herauszunehmen und, ohne auf das leise und flehende »noch nicht« meiner Partnerin zu hören, diesen nebenan zu versenken.

Ich glaube, daß dies so fünf- bis sechsmal ging, bis ich schließlich fühlte, daß ich nun nicht mehr länger den schuldigen, so natürlichen Tribut vorenthalten würde können und daß ich sogar Bedacht darauf nehmen müsse, nicht im entscheidenden Moment zwischen zwei Stühlen zu sitzen ...

So erhöhte ich die Heftigkeit meiner Stöße und blieb in der Grotte, die ich gerade unter mir hatte. Es wäre mir schwergefallen, anzugeben, *welche* es war, aber wozu auch? Es war dunkel, beide meiner liebenswürdigen, nur etwas passiven Beischläferinnen waren hübsch, und beide verfügten über Reize, die sich im Ausmaß und an Hauptqualität einander ziemlich näherten. Ich war einigermaßen überrascht, als ich nun wahrnahm, daß mein Strahl belebend und geradezu elektrisierend den weichen Körper unter mir durchfuhr. »Oh, – du spritzt ja, – ach! Ist – das – *gut*, oh, – ich muß auch – jetzt, – ja, noch ein bißchen, – bitte, – *bitte* – oh, nicht, nicht aufhören, – hörst du? Noch nicht – *nicht* – ah, – *ah* – aaaaah!« Hier erscholl ein schriller Schrei, und zwei Schenkel umklammerten mich wie wütend. Die Arme hielten meinen Oberkörper, als wollten sie ihn nie mehr freigeben. Wir lagen eine Weile unbeweglich, wie ineinander verstrickt da, und unsere Körper überlief es in Wellen. Endlich fiel der heiße Leib unter mir auf das Lager zurück, und ich selbst, ermattet und entnervt, versank in das weiche, lebende Kissen, das mir die jungen Glieder der beiden nun fast ruhig atmenden Mädchen boten. Ich schlummerte ein, wie meine neuen Freundinnen, leise, schmeichlerische Wellen wiegten unseren Schlaf, und die Dunkelheit umfing uns wie ein Narkotikum.

Ich erinnere mich, daß ich, wahrscheinlich durch die Körperwärme und den schwülen Dunst in der Kajüte im unruhigen Dahindämmern gestört, noch einen weiteren Versuch machte, die traumumfangenen Leiber, die ich im fahlen Licht des aufdämmernden Morgens allmählich in ihren feinen Konturen erkennen konnte, meiner plötzlich wiedererwachten Lust dienbar zu machen. Um auch meinen Augen einen Genuß zu verschaffen, setzte ich mich auf den Rand des Bettes und verfolgte sinnend die schönen Linien, die die aneinandergeschmiegten Körper meinen Blicken boten. Ich spielte leise mit den sich in die Kissen bohrenden Brüsten, strich über die runden, in sanfter Kurve verlaufenden Reize, die den Abschluß der harten, adeligen Rücken bildeten. Eine meiner Hände spielte, ohne daß ich mir Rechenschaft darüber ablegte, mit meinem sich noch ein wenig faul gebärdenden Instrument, da öffnete – war es Lisa, war es Dolores? – die eine der Schläferinnen die müden Augen. Sie sahen mich stumm an, dann glitten sie abwärts, durch die leisen Bewegungen meiner Hand angelockt, und blieben schließlich an dem sich nun doch ruhig aufrichtenden Glied hängen. Eine matte Geste folgte dem Blick, und eine kleine Hand zog mich sachte, aber beharrlich auf den von der Morgenkühle erfrischten Körper ...

So begann das Spiel von neuem, mit sanften Bewegungen, ein ruhiges Heben und Senken; stumm, ohne eine Silbe zu wechseln, gaben wir uns ganz dem Reiz des Augenblickes hin, wie im stillen Übereinkommen, die noch Schlafende nicht zu wecken. Ich konnte es mir jedoch nicht versagen, deren Rundungen verstohlen mit vorsichtiger Hand zu liebkosen; vielleicht war ich aber doch nicht behutsam genug – die anscheinend tief und ruhig Schlummernde richtete sich plötzlich auf und sagte einfach: »Ihr seid schon wieder dabei?«

»Ach – du Siebenschläfer – jetzt kommst du nachgehumpelt – wir – machen – das – schon – den – *ganz* – ganzen *Morgen* . . .« Hier brach die Stimme der unter mir Liegenden ab, denn meine Stöße waren stärker geworden.

»Und du glaubst vielleicht, daß ich nur zusehen werde, meine Liebe?« Es war scheinbar Dolores, die nun sprach.

»Du brauchst nicht zuzusehen, aber du mußt schon noch ein bißchen warten – bis ich fertig bin«, antwortete Lisa, sich zufrieden an mich wetzend und ein schnippisches Gesicht schneidend.

»Kannst du dich nicht beeilen, meine Liebe? Natürlich, wenn man soviel onaniert hat in seinem Leben wie du, dann braucht man eben lange!«

Diese Spitze traf Lisa nicht. »Du hast gut reden, meine Liebe, wer sitzt denn den halben Tag herum und wetzt sich zwischen den Beinen, bis es brennt – ich oder du?« fragte sie kühl zurück und preßte sich zärtlicher an mich. Der kleine Dialog, ganz im Stil des Lukian, hatte bewirkt, daß mein Pfeil sich wollüstiger versteifte und wie ein dicker Knüppel zwischen den Beinen Lisas hin und her fuhr, die sich aufrichtig bemühte, diese soweit als möglich zu spreizen. Aber ich dachte, daß meinem kleinen Bruder nun eine kleine Luftveränderung gut bekommen würde.

»Lisa, sei doch nicht so ungefällig«, sagte ich listig, »komm, laß mich ein bißchen zu Dolores. Ich will euch beide abwechselnd bedienen«, setzte ich hinzu.

»Ach, Mister Dorian, bleiben Sie doch noch ein bißchen – ich – bin – gerade jetzt . . . so . . . auf – ge – regt . . .« Lisa stieß nun mit aller Kraft; sie rieb ihren zarten Bauch an meinen Schamhaaren, brünstige, kreisende Bewegungen vollführend, und ihre weichen Hände strichen, drückten und kniffen mich mit zarten, schmalen Fingern.

»Gott, liebe Lisa, so mach doch schon endlich, merkst du denn nicht, daß Mister Dorian auch mich will?« Und dabei schmachtete mich das schöne Geschöpf aus samtenen Augen an.

»Ja, Dolores hat recht, meine kleine Lisa«, sagte ich nun, mich bemühend, sachlich zu bleiben, und damit zog ich mit einem heftigen Ruck meinen Stamm aus der sich ängstlich zusammenklemmenden Spalte Lisas. Eigentlich tat es mir selbst leid, das warme Nestchen zu verlassen, aber nebenan wartete eine andere, ebenso liebliche Landschaft; Dolores hatte ihre Schenkel schon verlangend auseinandergespreizt, und ihre kleine, braune Hand erhaschte geschickt meinen Pfahl, als er sich eben aus dem Boudoir Lisas zurückzog. Und ohne mir auch nur einen Atemzug zu gönnen, pflanzte sich die vor Erregung Zitternde den krampfhaft umschlossen gehaltenen Stachel zwischen die rosig aufschimmernde Scham. Ich versank in diesem Wonnetal, wie es nur einem seit langem erwarteten Gast gelingen kann, ohne dem geringsten Widerstand zu begegnen, aber doch die unendlich angenehme Elastizität dieser schwellenden Pussy empfindend.

Die Materie verriet eine geradezu wundervolle Geschmeidigkeit, während die jugendliche Muskulatur des zarten Organes mit meinem von hunderttausend feinen Nerven erfüllten Instrument ein virtuoses Spiel trieb.

Es waren köstliche Minuten, unter mir ein verlangender, vor Wildheit bebender, mit einer seidenweichen Haut ausgestatteter Körper, der jeden meiner Stöße wie ein Spiegel reflektierte, sich mit gleitenden Bewegungen jeder Schwingung meines Körpers anpaßte und sie in genialer Weise zu erwidern suchte wie ein fleischgewordenes Echo ... Und neben mir das andere schöne Mädchen, das uns neiderfüllt beobachtete und sich nicht enthalten konnte, mit zuerst zögernder Hand, nach und nach aber kühner werdend, mit genußsüchtigen Griffen zwischen unsere einmal gegeneinander kämpfenden, einmal sich innig vermählenden Leiber zu drängen, teils aus Neckerei, teils aus Trotz. Mir war es nicht unangenehm, es machte mir fast Spaß, auf so angenehme Art gehemmt, gehindert zu werden – aber Dolores verstand es anders.

»Willst du ihn loslassen, du geiles Ding!« keuchte sie entrüstet, während sie mit ihrem Bauch gegen die freche Hand des Eindringlings stieß. »Kannst du es denn gar nicht erwarten?«

»Ach, stell dich doch nicht so an, beeil dich lieber, oder willst du ihn den ganzen Tag drinbehalten?« antwortete Lisa gelassen, in aller Ruhe meinen Schaft massierend, was mir unendliches Vergnügen bereitete. Ich hatte ihn zur Hälfte in der weichen Muschel, die Dolores mir mit den sehnsüchtigen Bewegungen ihres Unterleibes entgegenpreßte und die sich in der aufregendsten Weise zusammenzuziehen verstand, was einen besonderen Reiz auslöste; den Ansatz meines Instrumentes aber hielt die kleine, energische Hand Lisas umspannt, wie der Steuermann das Ruder, und drückte und preßte ihn, daß es meinen Kitzel zur höchsten Höhe steigerte. Nach einer Weile stellte Dolores ihren Protest ein. Sie konnte auf nichts anderes mehr achten, denn der Rausch hatte sie ergriffen und ihr Blut derart erhitzt, daß sie die Umwelt vergaß. Sie atmete mühsam, ihr Körper flog auf und ab; er wurde von meinen wuchtigen Stößen aber immer wieder auf das ächzende Bett genagelt. Ihr Leib zitterte in wahnsinniger Erregung, ihre trockene Zunge leckte die trockenen Lippen, denen gestammelte, kaum hörbare Worte entflohen. »Du – Süßer – ah! – ich ... ich ... ah! so, ja! – du sollst – mich – wei – ter – aaah! – noch – bit – te, bit – te ... ich. – Ich –!« Hier wurde die Stimme schrill, ging in ein Pfeifen über, schlug in hysterisches Heulen um: »Fe-ster Fe-ster! hörst du! ... Mach doch endlich ... ordent – lich ... so fest du kannst ...! Ja! So! ... Beiß mich! Weiter! Weiter! – Du ... Du ... Haaaa! Ahhhhh ... Jetzt ... Es kommt mir ... es – kommt – mir ... Ahhhhh!«

Dolores konnte nur noch leise röcheln. Ich hätte in diesem zarten Körper nicht soviel Leidenschaft vermutet. Ich war ganz hingerissen von ihrer aufrichtigen Liebeswut, die sie auf den steilsten Gipfel der Lust trug. Auch Lisa mochte das gefühlt haben. Ihre Hand hatte mich schließlich doch losgelassen. Sie strich meiner Partnerin zuerst sanft über die zitternden Flanken und Schenkel, dann, als die Erregung in Dolores sich immer stärker und stärker verriet, glitt sie zwischen unsere schwingenden Körper und begann die Knospe ihrer Freundin zu drücken, an den Lippen, die schon über und über von dem reichlich entströmenden Saft benetzt waren, zu streicheln. Dolores blieb nicht allein, auch ich war jetzt soweit und entlud.

Nun lagen wir da, keuchend, ineinander verknäult, mit bebenden Lenden. Lisa allerdings hatte sich weniger echauffiert, und sie war auch die erste, die wieder Initiative ergriff. Mit behutsamen, katzenhaft geschmeidigen Bewegungen befreite sie sich aus der Umschlingung, die uns in den engen Rahmen des Lagers gepreßt hielt, stieg über unsere dampfenden Leiber hinweg, um sich geschickt derart zu plazieren, daß ihre leicht geöffneten Schenkel meinen sowie den Kopf der neben mir ruhenden Dolores umschlossen. Und ihre von mir bereits erschlossenen Lippen kamen fast auf meinen Mund zu ruhen . . . Ich hatte Dolores zärtlich an mich gezogen, und wir lagen Wange an Wange geschmiegt; nun beschattete uns der feine Bauch Lisas wie ein heller Schild. Ihre kühlen, seidigen Schenkel umschmeichelten unsere erhitzten Ohren, und als ich mir mit der Spitze meiner Zunge über die Lippen fuhr, begegnete sie der süßen, betauten Knospe, die dem weichen Tal zwischen Lisas Beinen entsproß.

Ich konnte es mir nicht verkneifen, ihr einen leisen Kuß anzubieten, und hatte die Freude, an einem leisen Erschauern des Körpers über mir seine Wirkung erkennen zu können. Aber es mochte auch sein, daß diese Erscheinung durch einen anderen Reiz ausgelöst wurde. Lisas Mund hatte sich mit unendlicher Vorsicht meines ermatteten, zwischen meinen Beinen ruhenden Stachels bemächtigt und begann, ihn durch lindes Saugen, durch ein liebliches Spiel ihrer Lippen mit neuem Odem zu füllen. Sie hatte den Pfeil fast ganz in die zarte Höhlung ihres Gaumens eingeführt und ließ ihm dort eine unsagbar wohltuende Zungenmassage angedeihen. Sie mußte als wahre Künstlerin bezeichnet werden, ich konnte selbst in meinem Dämmerzustand deutlich beobachten, wie sich nach und nach, mit unglaublicher Regelmäßigkeit und stetig wachsender Kraft, neue Lebensgeister in mir zu Worte meldeten. Schließlich wurde das Thermometer aller meiner Sinnesnerven, das in seiner ganzen Mannheit einem Obelisken glich, der durch emsige, wohlerwogene Ameisengeduld und durch das ingeniöse Einsetzen derselben sich aufreckte, unmerklich aus seiner Sandgrube in die Höhe gebracht. Meine Erschlaffung war gebrochen, Lisas Lippenkunst hatte ein Wunder vollbracht. Was war natürlicher, als ihr wenigstens einen Teil der Schuld zurückzuzahlen? Mein Mund war indessen allerdings auch nicht müßig geblieben.

Lisas Schenkel hielten uns noch immer umfangen, und wir lagen in ihrer samtweichen Bucht geborgen, wie zwei Kinder sich in eine Höhle aus hermelinweißem Schnee betten . . . So ging das eine Weile, aber dann durchwallte mir das Blut neuerlich die Lenden, ich war unter den raffinierten Küssen Lisas wieder ein begehrender Mann geworden – ich hatte längst verlangend meinen wieder so hart gewordenen Speer derart an ihren Gaumen gepreßt, daß sie kaum mehr atmen konnte. Ich war bereit, das Spiel von neuem zu beginnen. Und nicht nur das, ich verspürte den brennenden Wunsch, etwas Besonderes zu vollführen . . .

»Kommt, Lisa, Dolores, kommt bitte, ich will euch zusammen haben . . . hier, rasch! – Ach, beeilt euch doch! So, ja, nebeneinander . . .! So ist es recht, – jetzt werde ich euch bearbeiten, – jede bekommt ihren Teil, – nur keine Angst! Ah – halt still, Kleines, einen Moment – so, ja, oh, wie gut das ist.« Ich hatte sie, ebenso wie Lisa, quer über das Bett gelegt. Die zwei Lippenpaare lächelten mich nun verführerisch an.

Zwei rosige Spalten sollten mich nun abwechselnd zum Genuß führen . . . Ich wollte sie mit wuchtigen Stößen bedrängen und nach meinem freien Belieben den Schauplatz wechseln; wenn es mich reizte und wenn ich sie genug mit meinen Blicken liebkost hatte, wollte ich jeweils die benachbarten der süßen Lippen heranziehen.

Dolores hatte die feineren von beiden. Die schlanken Schenkel setzten wohlgedrechselt an und waren sehr nervig und von untadeligem Weiß. Bei Lisa war alles etwas größer, was auch einen größeren Genuß versprach; ihr Schoß lud zum Schwelgen ein. Er saß hoch und sprang herausfordernd unter dem hohlen Becken hervor. Ihre kräftigen Schenkel hielt sie leicht gespreizt, und man konnte zwischen den Beinen die feinen, goldenen Härchen ihres weichen Vlieses hervorschimmern sehen.

So boten sie sich meinen Blicken dar, diese beiden Juwelen; ich war allmählich ein wahrer Kenner und Genießer dieser Partien geworden. Ein schöner Leib konnte mich in Ekstase versetzen, zur Raserei bringen. Es war der weibliche Körper, der mich anzog. Ich hatte, offen gestanden, auch noch nie den Mann getroffen, der mir so schön erschienen wäre, daß ich in ihm Adonis oder Apoll hätte sehen können. Wenn Harry mir auch oft sagte, ich sei »schön«, von einer fast weiblichen Grazie, so halte ich dies für übertrieben; anderseits war mir doch nie ein männliches Wesen begegnet, das ich als mir ebenbürtig empfunden hätte. Dies mag reichlich eingebildet klingen, ist aber meine vollkommen objektive Einstellung.

Wenn meine Erregung nicht einen derartigen Grad erreicht hätte, wäre ich gewiß nicht auf die Idee verfallen, die beiden Schönen zu einem solchen Doppelgenuß zu schirren. Aber jetzt sah ich nur das Gefäß der Lust in ihnen und holte weit aus, mich in die Wogen der Freude zu stürzen. Ich stieß einmal in das zartere Paar Lippen, das mir die noch immer wimmernde schwarze Dolores so gern preisgab – zumindest drückte sie dies durch ein krampfhaftes Zusammenziehen ihres köstlichen Reizes aus –, einmal zwischen die prächtige Lustgrotte, die mir Lisa anzubieten hatte. Hier traf ich scheinbar auf Verständnis; wenn Lisa auch den Kopf unter dumpfem Stöhnen in einem der Kissen vergraben hielt und in den Zipfel biß, so verriet mir doch der wilde Tanz, den ihr so herausfordernd modellierter Popo aufführte, daß sie mit aller Kraft bestrebt war, den Genuß, der mit dieser Zeremonie verbunden war, auszukosten . . .

Und ich war nach einer Weile auch schon im klaren: Ich würde in das reizende Etui Lisas entladen, es war wundervoll, sich zwischen diese beiden herrlichen Lippen zu brennen, ihre elastische Materie zu erproben, während der sich immer mehr und mehr steifende Speer in der engen Bahn hin und her glitt ... Ich konnte mich von Lisas Tal nicht mehr trennen; ihre kleine Hand hatte sich zwischen die Beine geschoben, um dort mit spitzen Fingern den Kitzler zu reiben. Sie versäumte es auch nicht, einigemal nach meinem angespannten Stachel zu haschen und ihn in der wirksamsten Weise zu drücken und zu kneten. Aber ein neuer Reiz trat hinzu. Es lockte mich, den verwaisten Schoß, den Dolores nebenan zuckend in die Luft reckte, mit zuerst leichten, scherzhaften Schlägen zu traktieren, die allmählich aber derber und derber ausfielen und den schneeweißen Bauch langsam zum Erglühen brachten. Es ergab sich eine prachtvolle Situation: Ich drang mit aller Macht, mit aller Kraft, deren ich fähig war, in das Paradies Lisas vor, mit der Linken die vor Wollust zitternden Backen knetend; mit der Rechten bedachte ich mit kräftigem Streicheln die zartere Nachbarin, die sich an Lisa schmiegte. Auch Dolores hatte eine Hand zwischen ihre Schenkel gesteckt, um dort Nachhilfe zu leisten. Der doppelte Reiz des Streichelns und des Reibens bewirkte auch, daß sie fast in demselben Augenblick wie Lisa und ich den Höhepunkt erreichte und wir uns nun alle drei keuchend in Lustkrämpfen wanden. Als ich endlich meine Lanze aus dem Engpaß der Lust herauszog, fiel ich wie ein Sack auf die nebeneinander ausgestreckten Körper meiner Partnerinnen – und nach einer Minute waren wir alle drei von tiefem, traumlosem Schlaf umfangen.

Diese Überfahrt wird mir immer ein schönes Erlebnis bleiben. Ich hatte bis in den hellen Tag hinein geschlafen und Harry schließlich meine »bonne fortune« gebeichtet. »Nun mußt du aber auch die Festvorstellung zu Ehren der beiden fremden Effendis über dich ergehen lassen, my boy«, meinte Harry, und damit war das Programm des folgenden Abends festgelegt. Wir sahen eine gepfefferte Komödie, ganz »Palais Royal«, nur unendlich gewagter. Die frivolen Szenen wurden nicht nur angedeutet, sondern auch ehrlich gespielt, der Dialog war nicht nur saftig, sondern eine gelinde Cochonnerie. Das breite Bett nahm in jedem Bild die Mitte der Bühne ein, ebenso den Vorzugsplatz in der Fabel überhaupt, es war die Bühne auf der Bühne ... Man sah alle Arten und Abarten der Liebesspiele, die ein solches Möbel als passendstes Requisit benötigte. Die Darstellung war ganz vorzüglich, besonders die Seufzer und Schreie der Erregung von einer Wahrhaftigkeit, daß der Verdacht nahelag, der vorgetäuschte Orgasmus sei echt ... Und die Ausstattung, ich meine, die wirklich schöne Spitzenwäsche – wie ein Gedicht in Pastell: Eine duftige Wolke köstlicher Dessous wirbelte unaufhörlich vor den betörten Augen des Zuschauers. Es war eine Freude, die wundervolle Regie der Entkleidungsszenen zu genießen, die reichlich eingestreuten Momente, die Gelegenheit gaben, einer Frau das Höschen und Hemd auszuziehen, wurden auch immer dankbar mit Applaus quittiert. Es war ein gelungener Abend, und die Plattheit des Textes schien durch den reizenden Rahmen wettgemacht. Wir blieben mit unserem liebenswürdigen Gastgeber, der übrigens vor Harry, wie überhaupt vor englischem Hochadel, den größten Respekt empfand, auch nach unserer Landung die ganze Zeit zusammen. Ich beglückwünschte mich schließlich zu dieser Tatsache, als ich eine Woche später in Kairo durch seine Vermittlung neuerlich auf ein wundervolles Mädchen, die zarte aschblonde Millicent, aufmerksam wurde. Ich kann es heute noch nicht begreifen, daß ich dieses herrliche Geschöpf nicht schon bei der ersten Begegnung als etwas ganz Besonderes erkannte ...

Afrikanisches

Ihr Vater war ein bekannter Diplomat gewesen und hatte die einzige Tochter Lord Fergusons geheiratet, eine bekannt exzentrische Frau, die lange Zeit in Indien gelebt hatte. Jetzt war Millicent Doppelwaise und verfügte über ein beträchtliches Einkommen. Sie reiste zu ihrem Vergnügen durch die Welt, d. h. sie hielt sich immer in jenen Orten auf, die gerade zur betreffenden Jahreszeit als »fashionable« galten. St. Moritz, Biarritz, Monte, Baden-Baden, Trouville und so fort. Im Herbst natürlich Ägypten oder Sizilien. Nun war sie in Kairo, und ich hatte Gelegenheit, sie als feines junges Mädchen kennenzulernen. Es ging ein stiller Reiz von ihr aus, dem man sich nur schwer entziehen konnte. Sie sprach leise, aber man bemühte sich, jedes ihrer Worte von ihren Lippen zu trinken. Diese waren auch bemerkenswert schön, rot und schwellend, von einer unendlich süßen Zeichnung. Ihre Figur konnte als adelig bezeichnet werden, dieser Ausdruck ist jedoch keineswegs erschöpfend, besser gesagt, nicht im geringsten geeignet, ihre Vorzüge auch nur einigermaßen zu beleuchten. Es verriet sich schon unter ihrem Kleid der feine, untadelige Wuchs des schönen, auffallend wohlgerundeten Busens, beim Schreiten zeichneten sich die runden Schenkel geradezu sinnenbetörend ab, und die Beine – ach, die Beine waren ein chef d'œuvre, wonnige Architektur aus Fleisch, die im Gehen und im Stehen vollkommene Rasse feinsten Geblüts bezeugten.

Wir waren selten allein. Es ergab sich, daß wir mit unseren Bekannten fast immer eine Gruppe bildeten, eine Gruppe jener typischen Touristen, die sich mit Tropenhelm und Schleier kostümieren und den phlegmatischsten Kameltreiber zur Verzweiflung bringen können. Es war selbstverständlich, daß wir unseren Dragoman in die dunkelsten Schlupfwinkel seiner Stadt hetzten, und nicht umgekehrt er uns veranlaßte, die ehrwürdigen Museen zu absolvieren. Er ließ es sich gerne gefallen und hatte bald herausgefunden, daß Trinkgelder besonders bei solchen Führungen hagelten, die uns mit bestimmten originell empfundenen »Spezialitäten« des Landes bekannt machten.

Eines Tages zwinkerte er außerordentlich verheißungsvoll und stotterte etwas von »big pläscher« und »no gudd for lähdies« – dann formierte sich unsere kleine Karawane, und los ging es durch gewundene Straßen, enge Torhöhlen, unter Sonnendächern, quer durch Bazare und über Märkte, die Sonne dörrte uns die Kehlen, der Staub drang zwischen die Lider.

Endlich waren wie angelangt; wir ruhten im Hofraum, im wohltätigen Zwielicht, neben kleinen Springbrunnen unter Zeltbahnen, die erfrischende Kühle schafften. Nur die Völker des Südens verstehen es, den nordischen Laubdom durch dicke Mauern zu ersetzen, und auch, wenn die Sonne monatelang unbarmherzig vom Himmel herniederströmt, Kühle in der Wüste aus dem Boden zu zaubern. Wir wurden eingeladen, auf Bänken Platz zu nehmen, die um ein Viereck herum angeordnet waren und wie in einer Schule vor jedem Sitz kleine Pulte besaßen. Das Viereck wurde von einem schäbigen Teppich ausgefüllt, in jeder der vier Ecken kauerte die vermummte Gestalt einer Frau. Wir saßen eine ganze Weile in stummer Erwartung; dann endlich ertönte ein Gongschlag, dann sehr leise Musik, auf orientalische Art aus gurgelnden, klarinettenartigen Tönen bestehend, die nach den ersten Minuten zur Tortur werden. Nun verstrich wieder eine kleine Viertelstunde. Dann trat auf einmal ein hochgewachsener Bursche in den »Ring«; er verneigte sich und sah sich einige Augenblicke stumm um. Nun zog er in aller Gemütsruhe seine dürftige Kleidung aus und legte sich langsam auf den Teppich, genau in die Mitte desselben. »Der Denker«, verkündete unser wackerer Dragoman. Der wie ein Lastträger gebaute Araber lag ganz ruhig, gerade ausgestreckt, die verschlungenen Arme unter den Kopf gebettet. Diese hoben ihn wie ein Kissen, und wir konnten jetzt bemerken, wie zuerst fast unmerklich, dann etwas rascher und ruckweise sein Mast sich zu versteifen und aufzurichten begann. Jetzt fixierte er, wir sahen es alle deutlich, mit seinen Augen die Spitze des so zauberhaft selbständigen Instrumentes, wie ein Schlangenbeschwörer seine Kobra. Die Musik schwoll ebenfalls allmählich an und begleitete auf diese Art sinnvoll das Wachsen dieser seltsamen Pflanze. Endlich, es mochten etwa drei Minuten vergangen sein, stand das knüppeldicke Ding wie ein in die Erde gerammter Pfahl empor, steil aufgereckt. Man hörte ein unterdrücktes Seufzen: Eine der anwesenden Damen konnte es sich nicht versagen, ihre Melancholie, die sie bei diesem schönen Beispiel männlicher Disziplin befiel, auf irgendeine Weise zu manifestieren. Ich sah interessiert zu und machte mir meine Gedanken. Millicent hielt sich fast unbeweglich neben mir, nur manchmal, wenn sie sich regte, wehte es mich wie eine unendlich feine Brise an – ihr Parfüm schwebte für einen Augenblick auf und fächelte mir süß um die Nase . . .

Auf einmal ging ein Raunen durch den dämmerigen Raum: Den Körper des sich so merkwürdig Produzierenden durchlief ein leises Zittern, und während er noch immer regungslos, vollkommen unbeweglich dalag, erbebte sein mächtiges Glied, und mit einemmal schoß in hohem Bogen etwas in die Luft, um unweit seiner ausgestreckten Füße mitten auf dem Teppich zu landen . . .

»Wonderful –«, lispelten sichtlich ergriffen etliche meiner Landsmänninnen, und neidische Blicke folgten dem davoneilenden, bronzebraungebraunten Burschen. Mich hatte die Sache amüsiert, und ich versuchte, ohne die Miene zu verziehen, Millicent verstohlen zu beobachten. Sie saß wortlos da, nur ihr Fuß streifte leise mein Knie, ohne daß ich in der Lage gewesen wäre zu sagen, ob diese Berührung eine zufällige war.

Wir wurden durch unseren Dragoman, der den offiziellen Ansager spielte, aufmerksam gemacht, daß die nächste Nummer des Programms zur Abwicklung gelange. Sie war, ebenso wie die folgende, nicht gerade erwähnenswert, man hatte von solchen Darbietungen schon sattsam gelesen. Die vier in den Ecken, herkulisch gebaute Männer, meist Araber und Neger, spießten bronzefarbene Frauen in allen erdenklichen Lagen auf ihre beneidenswert harten und biblische Maße aufweisenden Lanzen; dann kamen kleine Knaben als Assistenten – es ging reichlich orientalisch zu, immer wieder etwas Neues, und die Stöße der momentan auf der Bühne Agierenden wurden immer heftiger.

Da diese ganze Schau ziemlich lange dauerte, kamen wohl die meisten der Zuschauer auf ihre Kosten. Ich selbst war von einer Art Taumel ergriffen; Millicent sprach wohl noch immer kein Wort, und ich befürchtete schon, sie würde es uns nie verzeihen, sie zu einem derartigen Schauspiel geführt zu haben, aber sie atmete schwer, und auf einmal konnte ich deutlich fühlen, wie sich ihr herrliches Bein fester an das meine preßte, und gleich darauf ruhte auch ihre zarte Hand auf meinem Schenkel, ihn leise streichelnd, um schließlich, als sich das Finale dem Höhepunkt näherte, ihre feinen Finger in mein Fleisch zu graben ...

Der Heimweg wurde angetreten. Millicent hatte meinen Arm genommen, und ihr unsicherer Schritt bewies mir, wie tief sie das Ganze beeindruckt haben mußte. Sie zitterte leise, das Beben ging durch ihren ganzen Körper, sie schmiegte sich so eng an mich, daß ich fast wahnsinnig vor Glück geworden wäre. Erst in der Halle des Hotels machte sie sich los und gab mir die Hand. Ein tiefer Blick ihrer wundervollen Augen traf mich, und ihre Lippen flüsterten: »Kann ich Sie heute nacht aufsuchen?«

Ohne eine Antwort des ihr wortlos Nachstarrenden abzuwarten, war sie davongeeilt. Ich stand wie versteinert. Hatte die Vorstellung eine solche Wirkung ausgelöst? War ich am Ziel meiner Wünsche? Denn daß ich dieses Mädchen begehrte, mit jeder Faser meines Leibes, war mir vollkommen klar. Auch Harry konnte es schon bemerken. Wir hatten uns über alles ausgesprochen, die lange Reise gab uns genügend Gelegenheit dazu.

»Ich habe noch immer dein Bild, Dorian, das deine Mutter von dir machen ließ, als du achtzehn Jahre alt warst. Diese Miniatur von Richards ist ziemlich gut, dein Teint wurde im Internat sogar ausgezeichnet getroffen, und die Züge haben die Weichheit, die ich immer so sehr bewundert habe«, sagte er einmal. Und er fügte hinzu, daß er es oft betrachte, besonders nach jenen »Generalbeichten«, die ihn über meine Fortschritte – er meinte über das Anwachsen meiner Ausschweifungen – unterrichteten.

»Und denk dir, ich erwarte manchmal, daß sich das Porträt dieses reinen Knaben, der inzwischen so vieles erlebt hat, der schon soviel Fleisch berührte und sich so vielen Gelegenheiten hingab – leise trüben müsse. Es ist sicherlich eine skurrile Idee von mir«, fuhr er fort, »aber ich zögerte immer ein wenig, dieses Bildnis aus dem persischen Seidentuch, in dem ich es aufbewahre, zu schälen . . . Vielleicht bekommt es eines Tages harte Züge, vielleicht graben sich die häßlichen Linien ein, die ein anderer Sterblicher längst eingeheimst hätte – bei deiner Lebensweise, lieber Dorian«, schloß er überaus liebenswürdig.

Mich kümmerte diese verschrobene Philosophie wenig. Ich bebte einem Erlebnis entgegen, das mir die größten Sensationen versprach, und ich konnte es kaum erwarten, in mein Zimmer zu kommen. Nachdem ich mich entkleidet und zur Erfrischung gewaschen hatte, setzte ich mich, in einen ganz dünnen, seidenen Burnus gehüllt, auf den Balkon, um zu träumen.

Würde sie wirklich kommen? Ich geriet allmählich in einen Zustand, der dem des Opiumrauchers ähneln mußte. Mein Opiat hieß Millicent. Dieses Mädchen war wie ein Märchen. Eine liebliche Blume, eine wollusterregende Heilige, hätte sie ein Anhänger des keuschesten Liebeshofes der Chevalerie, ein Amadis, ein Lanaval genannt. Und eigentlich hatte ich bisher keine aufreizendere Frau kennengelernt. Ihr Busen war derart prunkend in seiner Kurve und von einer so betörend stolzen Form, daß ein Blick in ihren Ausschnitt erfahrene Männer schwindeln machen mußte. Wenn sie zum Dinner im Saal erschien, zog sie alle Aufmerksamkeit auf sich; sie vereinigte etwas undenklich rührend Mädchenhaftes mit Formen, die eine herausfordernde Sprache besaßen, die jeder üppigen Schönheit Ehre gemacht hätten. Ihre Beine waren, wo immer sie hinkam, in kurzer Zeit berühmt. Wenn sie tanzte, tat sie es mit halbgeschlossenen Augen, aber ihr Partner hatte nicht das Gefühl, sie in seinen Armen zu halten, sie schwebte an seiner Seite, ohne daß er in irgendeiner Weise Teil an ihr hatte. Es mußte himmlisch sein, sie auch nur ein wenig berühren zu dürfen, hinreißend, sie in die Arme zu schließen – überwältigend, sich mit ihr zu vereinigen . . . Aber diesen Gedanken konnte ich mir nicht einmal ausmalen. Ich hatte immer den keusch atmenden Busen vor meinen Augen, den sie wohl freigebig genug enthüllte, der Mode entsprechend, und der beim Gehen in der aufregendsten Weise leise erzitterte, deutliches Zeugnis seiner süßen Schwere. Ich dachte an die herrlichen, so geraden und hohen Beine, die immer in den entzückendsten Schuhen steckten und deren wundervolles Schreiten wie ein Tempeltanz anmutete ... Ich begriff ihre Scheu, und ich war auch nicht einen Moment lang im Zweifel, ob ich es mit einem hundertprozentig edlen Wesen zu tun hatte.

Hatte mir das Schicksal nicht etwas ganz Besonderes aufgespart? Ich war mehr als verwirrt. Ich hielt es für ein Märchen. Ich hatte mit einem engelhaft schönen Wesen zu tun. Nur das wie fassungslos schluchzende Weib, nachdem ich es besessen hatte – ja, es war ein Weib! –, in meinen Armen rief mich in die Gegenwart zurück, brachte mir meine erhitzten Sinne wieder zum Bewußtsein ...

Doch ich will fortfahren. Ich habe nicht einen Moment lang an Millicent zweifeln können, ihre Tränen, ihre Ratlosigkeit waren echt. Sie litt, sie war vielleicht noch niemals glücklich gewesen, hatte noch nie tiefere Freuden kennengelernt, immer abseits gestanden.

Endlich, endlich suchte sie mich auf – schön wie eine griechische Göttin. Ich war von einem leichten Schwindel befangen. Nie werde ich die leidenschaftlichen Küsse ihres Rosenmundes vergessen können. Unendlich graziös lag sie neben mir, halb zur Seite gewendet, und bot mir ihren so edel geformten Leib dar – aber auch die schwellenden Brüste, die sich wie mit weißem Atlas überzogener Marmor präsentierten. Mich durchzuckte ein erschreckend schwüler Wunsch. Diese weichen Polster wollte ich erstürmen. Auch glaubte ich zu bemerken, daß sich der schneeige Körper meinem Angriff sogar anzubieten schien ...

Wir durchwanderten dunkle Täler der Lust, tiefe Schluchten, wo die Sinne sich verlieren, Abgründe der Lust sich auftun. Es war die köstlichste Nacht, die ich je erlebt hatte. Wir schlossen kein Auge, und als der ägyptische Morgen die Spitzen der Vorhänge rosa färbte, waren wir vertraut wie die innigsten Freunde, liebten wir einander wie die zärtlichsten Verlobten. Unsere Sinne hatten gegeneinander getobt, wir meisterten abwechselnd einer den anderen, und wenn wir vollständig erschöpft zurückfielen auf unser Lager, das Millicent zwischen zwei Umarmungen mit Rosenblättern bestreut hatte, ergab es sich unweigerlich, daß mein

Kopf zwischen die weißen Schenkel des herrlichen Mädchens zu liegen kam und ihr im ermatteten Zustand sich *noch* seidiger anfühlender Schoß sich unversehens an meinen Mund schmeichelte. Und so ruhten wir – bis kleine Nekkereien, die sich unsere Zungen erwiesen, in neue Kämpfe ausarteten . . .

Könnte ich es je vergessen? Nein, niemals! Es war einmalig! So etwas kann sich nicht wiederholen!

Intermezzo in Stambul

Es folgten traumhaft schöne Wochen. Jedermann beneidete mich um meine Eroberung, aber keiner ahnte, *was* mir eigentlich Millicent war. Man sah uns immer zusammen, wir schienen unzertrennlich, ich sah keine andere Frau an und vermißte sie auch nicht. Harry, dem ich einiges erzählt hatte, nachdem Millicent ihn als meinen besten Freund und Vertrauten akzeptiert hatte, betrachtete immer wieder mit scherzhaftem Ernst mein Miniaturbild und meinte, dieses Abenteuer stelle mich neben die ganz großen Sünder, er könne sich den Holzstoß gar nicht vorstellen, der mir als Scheiterhaufen in der Zeit eines Gilles de Rais gewidmet worden wäre. »Soviel Laster«, pflegte er zu sagen, »macht entweder alt – oder es wirkt wie verjüngendes Gift und stärkt zu neuen Taten. Vorderhand scheinst du allerdings immer jünger und hübscher zu werden – beeile dich, bevor die Zeit um ist, neue Frauen warten auf dich!« Unheimlich und befremdend war das Lachen Harrys.

Ach, es sollte noch viel auf mich warten! Dunkles und Abscheuliches, ich wollte damals aber nicht daran glauben, daß irgend etwas mich jemals von Millicent trennen könnte. Wir waren so vertraut, so zufrieden. Sie erzählte mir alles, ihre Vergangenheit war mir bald bekannter als mein eigenes Leben. Wie hatte es mich amüsiert, als sie mir aus ihrer Pensionatszeit erzählte. Mir war eine so reizende, ergebene und zärtliche Geliebte noch nicht untergekommen. Als wir uns endlich trennen mußten, gab es einen herzzerreißenden Abschied. Wir umarmten uns innig, und wir schworen uns, nach meiner Rückkehr nie mehr auseinanderzugehen – aber einige Wochen nach meiner Abreise erfuhr ich durch ein Telegramm ihrer Begleiterin, daß sie einer simplen Lungenentzündung zum Opfer gefallen war …

Der Traum war aus. Ich hatte sie nur schwer entbehrt, aber nun erfüllte mich dumpfe Verzweiflung. Ich hatte mit Harry eine Villa in Konstantinopel bezogen, wo ich mir die ersten Sporen im diplomatischen Dienst holen sollte. Jedoch, meine Apathie machte alle Pläne, die meine ehrgeizige Familie für mich geschmiedet hatte, zunichte. Ich begann schlechte Gesellschaft zu frequentieren, ich trank mehr, als ich vertrug, und eines Tages mußte ich heimlich den Schauplatz verlassen, fast ohne Mittel, bei Nacht und Nebel. Es war ein dummes Abenteuer, in das ich mich da eingelassen hatte, und es kostete Harry nachher alle Mühe, ärgere Folgen zu hintertreiben. ». . . aber laß dich eine Zeitlang nirgends sehen, nimm einen anderen Namen an, wenn ich dir raten kann«, schrieb er mir, und sein letztes Geld – der arme Harry war niemals sehr bei Kasse – half mir über die erste Zeit hinweg. Was war geschehen?

Noch in Kairo hatte ich mich an den jungen Dragoman, der bei Ausflügen unser ständiger Begleiter wurde, so sehr gewöhnt, daß ich ihn unbedingt nach Konstantinopel mitnehmen wollte; Ali war mir allmählich unentbehrlich geworden, seine Aufmerksamkeit und Gewandtheit entzückten mich immer wieder, er war schließlich nicht nur mein Diener, sondern sozusagen meine rechte Hand, Vertrauter, Figaro und Leporello in einer Person. Ihm verdanke ich es auch, daß ich mich noch glimpflich aus der Affäre ziehen konnte, oder vielmehr er war es, der mich aus der Klemme befreite.

Ich hatte kaum begonnen, meine ersten diplomatischen Gehversuche anzustellen, als mich schon der Kitzel stach, in das Geheimnis eines Harems einzudringen. Es war mir lediglich um ein Abenteuer zu tun, erotisches Interesse konnte es nicht sein, dazu waren meine Gedanken immer noch zu sehr bei Millicent. Ich fand eines Tages, als ich durch eines der unzähligen Gäßchen, die von dunklen Durchgängen unterbrochen wurden, schritt, zu meinen Füßen einen Zettel, der mir, von einem Stein beschwert, in den Weg geworfen worden war. Als ich Ali meinen Fund zeigte, machte er ein bestürztes Gesicht, und erst auf mein Drängen übersetzte er mir die Worte. Ich wurde aufgefordert, mich am selben Tage um Mitternacht an der kleinen Pforte in jener Mauer, neben der der Zettel niedergefallen war, einzufinden. Eine treue Dienerin würde mich vor das unverschleierte Angesicht einer Dame führen, die es kaum erwarten könne, meine nähere Bekanntschaft zu machen. Da ich schon öfter diesen Weg, der mich durch jene hohlwegartige Gasse führte, eingeschlagen hatte, nahm ich an, daß die unbekannte Schöne mich schon seit längerem heimlich beobachtete und sich nun endlich zum ersten Schritt entschlossen hatte.

Zum Glück wußte Ali von meinem Vorhaben, und er verstand es dann auch, mich auf eine höchst sinnreiche Art aus der Patsche zu ziehen, die für mich sehr leicht verhängnisvoll hätte werden können. Ich war pünktlich an der kleinen Türe, mich vorsorglich im Schatten haltend, da der Mond die schmale Gasse in helles Licht getaucht hatte. Plötzlich öffnete sich die geheimnisvolle Pforte, und eine verschleierte Frauensperson ergriff meine Hand und zog mich, ohne ein einziges Wort zu verlieren, durch den prachtvoll angelegten Garten in eine weite Halle, mir immer wieder durch eine Geste andeutend, daß ich mich so geräuschlos wie möglich zu verhalten habe. Sie murmelte nur ganz leise, fast unhörbar, von Zeit zu Zeit: »Dangereux!«, woraus ich entnahm, daß die Situation vielleicht Gefahren barg, die mir unbekannt waren. So gelangten wir in eine Flucht größerer und kleinerer Räume, die verlassen schienen, auf deren Boden das Mondlicht bizarre Figuren zeichnete, sich der Schablonen bedienend, die ihm die zierlich gerundeten und durchbrochenen maurischen Fensterbogen lieferten. Als meine Begleiterin endlich einen Teppich aufhob, der eine Türe verborgen hielt, und mich durch die Öffnung sanft vorwärts schob, sah ich mich in einem mäßig beleuchteten Gemach, das ganz von Kissen und Teppichen gefüllt schien. Ich stand einer reizenden Person gegenüber, die mich durch freundliche Zeichen bat, Platz zu nehmen, und nach einem kurzen Augenblick der Musterung in gebrochenem Französisch unterrichtete, daß sie Gülnare hieß und daß es ihr großer Wunsch gewesen sei, mich kennenzulernen.

»Et pour vous dire tout, mon cher et beau Monsieur«, fügte sie noch hinzu, »Sie gefielen mir schon, als ich Sie das erste Mal durch das schmale Fenster meines Erkers beobachten konnte. Mein Leben verläuft sehr eintönig, und ich weiß, daß ich in einigen Jahren eine verblühte und ruinierte Frau sein werde. Aber als ich Sie sah, da nahm ich mir vor, noch einmal die Sinne sprechen zu lassen, mich Ihnen anzubieten – wollen Sie meinen Körper, mein Herr? Er steht zu Ihrer Verfügung, ich werde sehr, sehr glücklich sein, wenn Sie ihn als Ihr Eigentum betrachten wollen, denn auch nachdem Sie diesen Raum verlassen haben werden, bleibe ich Ihr Gut, die Tage, die mir noch bleiben, sollen Ihrem Andenken gehören! Aber –«, hier sah sie sich furchtsam um, »Sie müssen sich *rasch* entschließen, in unserem Lande herrschen andere Sitten als in dem Ihren, und ich möchte Sie nicht einer Gefahr aussetzen, wenn Sie sich voller Güte meines armseligen Leibes bedienen wollen!«

Diese Rede setzte mich um so mehr in Erstaunen, als ich mich einem blendend schönen Weib gegenübersah, dessen Reize zu blühend und zu herausfordernd waren, um den diesen Worten innewohnenden Fatalismus verständlich zu machen. Und als ich bald darauf die Glut ihrer Umarmungen kennenlernte, wurde es mir vollends unbegreiflich, wie eine solche Frau diese Art des lebendig Begrabenseins ertragen konnte . . .

Sie schien sich jedenfalls für Jahre sättigen zu wollen. Ich habe, mit wenigen Ausnahmen, niemals eine anspruchsvollere Geliebte besessen, niemals eine Frau angetroffen, die rührender und fleißiger darauf bedacht gewesen wäre, mir nur jeden erdenklichen Genuß zu verschaffen, als diese Gefesselte. Als ich ihr aber anbot, ihr bei der Flucht aus dem goldenen Käfig behilflich zu sein, lehnte sie es mit leisem Dank ab. Ihre Sitten erlaubten es nicht, sie wolle nicht gegen die Gesetze verstoßen. Und dann nahm sie wieder Besitz von mir oder vielmehr von meinem Körper. Der schwüle Duft dieses üppigen und gepflegten Körpers, das Sinnliche und Leidenschaftliche, das sich in der kleinsten ihrer Bewegungen offenbarte, berauschten mich. Ihre weiche Hand koste mich, ihre schwellenden Lippen verwirrten mich, und ihre vollen, straffen Brüste, ihre prachtvollen Schenkel versetzten mich in Raserei. Ich griff lustvoll in die mir gebotene Fülle; ich genoß dieses süße Fleisch, ich verlor mich zwischen Reizen, die mich dem Wahnsinn nahebrachten. Ich wühlte mich in die prangenden Hügel ein, drängte mich in ihre geheimsten Winkel ... Und bei all ihrer Leidenschaft gab mir dieses königliche Weib die vollkommene Illusion, daß sie meine demütige Sklavin sei, jeden meiner Wünsche, und sei es der abseitigste, gehorsam erfüllend. Sie bat mich, sie zu beißen, zu kratzen, damit sie auch die folgenden Tage an mich denken konnte und kleine Zeichen sie an mich erinnerten.

Sie beherrschte Künste, die mich immer wieder aus der Erschlaffung rissen, wenn ich aber doch versagte, gab sie mir Konfekt zu kosten, das meine Kräfte auf zauberhafte Art vervielfachte. Ihre Höhepunkte waren unglaublich reich, und ich glaube, daß sie ihn über zwanzigmal erreichte. Sie lehrte mich Stellungen und Umarmungen, die mir den phantasievollen Geist des Orients verrieten. Ich vergaß die Umwelt – mir war, als läge ich schon die siebente Nacht bei der schönen Gülnare ...

Anschwellender Lärm, dann Stimmengewirr, das sich unserem Gemache näherte, ließ meine Partnerin erbleichen – sie sprang auf, und im nächsten Augenblick hatte sie mich in ein kleines, finsteres Gelaß gestoßen. Was nun folgte, konnte ich nicht mehr genau beobachten, ich hörte nur zornige Männerstimmen, das Flehen Gülnares und schließlich das Kreischen der Dienerin, die wahrscheinlich empfindlich gezüchtigt wurde. Erst Stunden später befreite mich Ali mit großer List – man hatte den Eindringling schon überall gesucht –, indem er zuerst den ganzen Bezirk durch eine fingierte Feuermeldung in Aufruhr brachte, und dann, als die engen Straßen der Umgebung von einer johlenden Menge erfüllt waren und im unglaublichen Wirrwarr die Türen des angeblich brennenden Hauses eingedrückt wurden, indem er, sich unter die ersten »freiwilligen Retter« mischend, den ganzen Palast nach mir absuchte und mich schließlich ins Freie stieß ...

Ich gerate in die Manege

Ich hatte die folgenden Monate genügend Zeit, über mein Mißgeschick nachzudenken. Meine Apathie war einer starken Melancholie gewichen, und das Leben, das ich führte, war ganz dazu angetan, tristen Vorstellungen, trüben Ideen den Vorzug zu geben. Äußerlich umgaben mich bunter Flitter, laute Musik und derbe Späße – ich war wohlbestalltes Mitglied einer großen Zirkustruppe geworden, in der Hoffnung, mich auf diese Weise eine Zeitlang vor Nachforschungen schützen zu können. Die »Affäre« hatte viel Staub aufgewirbelt, es wurden sogar diplomatische Schritte unternommen wegen der Verletzung der geheiligten Rechte des Mohammedaners. Am meisten erschütterte mich die Nachricht, daß die schöne und so leidenschaftliche Gülnare sich gleich nach dem Eindringen der Eunuchen vergiftet hatte ...

Einigen Trost gewährten mir meine neuen Freunde, die, wenn die Schminke abgewaschen war, so einfach und hilfsbereit in ihrem Privatleben waren. Wir zogen in possierlichen, buntbemalten Wagen, die jeder ein kleines, rollendes Haus vorstellten, mit einer Zwergveranda geschmückt, durch die Landschaft; schrecklich schmale Betten und eine vom Dach baumelnde Petroleumlampe drückten diesem Dasein ihr Stigma auf. Ich war in einer Verfassung, die voller Verzweiflung war. Zuerst Millicent, dann Gülnare; vielleicht brachte meine Liebe Unheil?

Harry hatte es wieder einmal angedeutet, sein letzter Brief enthielt die Worte: »Versuche, etwas ruhiger zu leben, ich betrachte Dein Bild, es trägt zu meinem großen Schreck noch immer dieselben reinen Züge, ach, könnte es doch Deine Laster abspiegeln, und bliebest Du doch immer der helle Cherubim, der göttliche Knabe, den ich über alles liebe und bewundere als vollkommene Probe göttlicher Regiekunst!«

Meine neuen Kameraden verhätschelten mich geradezu. Ich nahm die Stellung eines Stallmeisters ein, meine Morgenritte im Hydepark kamen mir nur zugute, meine tadellose Haltung zu Pferde bildete mein Kapital. Ich habe Pferde immer geliebt, diese adligen Tiere standen meinem Herzen nahe. Leider dauerte es nicht lange, und meine verfluchte Larve bereitete mir neue Unannehmlichkeiten. Die Damen unserer Truppe fanden mich nämlich »anziehend« und zeigten mir dies unverhohlen. Meiner Stimmung entsprechend konnte es mich allerdings nur wenig erheitern, als »Mademoiselle Bébé«, die Riesendame, mir diskret den Hof zu machen begann. Sie war in ihrer Art eine Beauté, denn nichts an ihr schien abstoßend oder auch nur unappetitlich, sie war im Gegenteil sogar sehr proportioniert und konnte demjenigen, der nicht alltägliche Genüsse suchte, sicherlich besonderen Genuß bereiten. Von ihren sonstigen Qualitäten konnte ich mich eines Nachts überzeugen, als ich gezwungen war, ihren Wagen zu teilen, da mein bisheriger Genosse krank war und eigener Pflege bedurfte. Es war eine bizarre Situation, wie wir da so durch das schlafende Land schaukelten, im ruhigen Trott der Pferde, im langen Zug, ein Wagen nach dem anderen, unter dem warmen Lichte der Lampe, ich und gegenüber Mademoiselle Bébé, um uns die lange Nacht irgendwie zu vertreiben, an Schlaf dachten wir beide nicht, woran die kolossale Frau aber dachte, erfuhr ich in der nächsten halben Stunde, denn sie nahm mich nach kurzen, etwas typischen Präliminarien ohne weiteres auf ihren Schoß und preßte mich gegen ihren ungeheuren, steinharten Busen. Ich wollte keine lächerliche Rolle spielen, so entschied ich mich sofort, lieber freiwillig den Liebhaber zu spielen und die Sache von der heiteren Seite zu nehmen. Ich war ohnehin ein wenig neugierig, die intimen Reize dieser gigantischen Schönen kennenzulernen, denn sie zeigte allabendlich Kunststücke, die jene Neugierde wohl zu erwecken imstande waren. So wurde z. B. mit einem gar nicht so kleinen Hammer eine Anzahl Nüsse auf diesem marmorharten Busen aufgeknackt, der sich in dieser Situation wie ein Amboß verhielt. Ich bat das riesige Bébé, mit diesen sagenhaften Brüsten spielen zu dürfen, und sichtlich erfreut willigte meine neue Freundin sofort ein. Sie hakte ihr mächtiges Mieder auf, schob ihr Halstuch beiseite, und nun quoll, nein, wogte die majestätische Masse, nein, wogten zwei ungeheure schneeweiße Ballen über den Rand des Korsetts. Zuerst wurde mir angst und bang, dann aber, als die Neugierde den Sieg davontrug, griff ich mit meinen Händen, die sich neben diesen Dingern wie die eines wirklichen Babys ausnahmen, in die großartige Fülle, erstaunt über die seidige Qualität der untadeligen Haut. Aber was mich geradezu in Begeisterung versetzte und eine mir bis dahin unbekannt gebliebene Sensation bildete, das waren die unglaublich großen, spitz aufragenden Warzen, die wie Knäufe diese Bastionen zierten. Ich ergriff die eine, sie war noch weich oder vielmehr, sie vermittelte das Gefühl, das man beim Angreifen eines halbstarren Mastes empfindet, von warmem Leben durchpulst, mit einer unglaublich weichen Haut überzogen. Tatsächlich, diese enormen Brustwarzen entsprachen beinahe dem Zups eines hübschen Knaben . . .

Aber als ich jetzt meine Hand um diese rosafarbene Wurzel schloß, konnte ich staunend verfolgen, wie sehr sie fähig war, sich zu versteifen. Und in ganz kurzer Zeit hielt ich einen harten, von heißer Glut geschwellten Zapfen in jeder Hand – ich hatte nun auch den anderen Riesenknopf erhascht – dessen Verwendbarkeit ich noch näher kennenlernen sollte . . . Jetzt bemühte ich mich, wenigstens den einen in meinen Mund zu bekommen, und ich hatte auch gleich die Genugtuung, an Millicent erinnert zu werden. Dieser rosige, nach Milch schmeckende Knauf aus zuckendem Fleisch war ein wahres Surrogat für den unvergeßlichen, so entzückenden Abend mit meiner süßen Geliebten . . . Nach dieser Kostprobe war ich natürlich auf weitere Entdeckungen begierig. Bébé entkleidete sich jetzt bis auf ihre feinen Seidenstrümpfe und die sehr koketten Strumpfbänder (eines davon, das sie mir als Andenken überließ, diente mir eine Zeitlang als Gürtel zu meinem Dressing-gown) und unwahrscheinlich kleinen Schuhe. Sie hatte einen schneeweißen Körper, der ein Wunder genannt zu werden verdiente. Diese Frau war ein Unikum und wäre von Kennern sicherlich mit Gold aufgewogen worden – in ihrem eigenen Gewicht, versteht sich. Da gab es kein überflüssiges Fett, nur Fleischmassen, fest und kompakt, oder besser gesagt, gerade jene Partien, die erotischen Reiz erzeugen, waren in verschwenderischer Fülle gestaltet und in vergrößertem Maßstab angelegt. Der ungeheure Busen bestand aus zwei festen Ballen, die senkrecht von dem mächtigen Körper abstanden, ohne Senkung, was seiner Schwere entsprechend besonders erstaunlich schien. Natürlich waren diese Brüste sehr breit aufgesetzt, aber der trotz seiner Riesendimensionen sehr pikant wirkende Büstenhalter war als bloße Formalität anzusehen. Ich machte mir aber doch den Spaß, diese schweren Kugeln mit beiden Händen hochzustemmen, und konstatierte ganz perplex, daß sie kaum nachgaben, nur wenn sich Bébé ein wenig nach vorne beugte, konnte ich ihr unglaubliches Gewicht, diese phantastische Schwere, einigermaßen beurteilen. Die Arme meiner Schönen waren so stark wie die Schenkel eines Ringers, aber sie gingen in die zierlichsten Handgelenke über, und auch die Hände selbst waren bei diesem Riesenweib geradezu graziös gestaltet, von größter Weichheit und mit schönen, überaus gepflegten Nägeln versehen. Ebenso waren die stämmigen Beine geformt, sie verjüngten sich nach unten in unwahrscheinlicher Weise, um in die zierlichsten Füße überzugehen – ich glaube, daß diese enorme Masse auf Schuhgröße 35 balancierte! Die Prachtwaden waren geformt und muskulös, Bébé besaß unglaubliche Kräfte, von der sie übrigens im Verlaufe unserer »Liebesnacht« den charmantesten Gebrauch machte . . .

Was aber alle Vorstellungen übertraf und fast als Gebirge zu bezeichnen war, das war ihr mächtiger Popo, der von einer Prallheit und Marmorhärte schien, die jede Schilderung Lügen strafen mußte. Diese beiden ungeheuren Globen fanden niemals eine passende Sitzgelegenheit, und Bébé konnte auch nur auf der Erde schlafen, auf Matratzen, denn ein Bett für sie hätte aus Stahl konstruiert werden müssen . . .

»Setze dich auf meinen Popo«, befahl mir Bébé, als ich

meinem Erstaunen Ausdruck gegeben hatte, »ich werde dir etwas zeigen!« Und als ich ihr gehorchte – sie lag auf dem Bauch ausgestreckt auf ihrem Lager –, machte ich den sonderbarsten Ritt meines Lebens. Die riesigen Kugeln unter mir begannen leise zu erzittern, und Welle auf Welle überrieselte die breiten Flächen, was einen wohligen Kitzel in mir auslöste. Dann wurde aus dem Gekräusel ein Spiel fleischlicher Wogen, ein gewaltiges Rollen erfaßte den prächtigen Körper, der mich trug, und die Erschütterung teilte sich mir so innig mit, daß ich durch diese sonderbare Massage beinahe zum Höhepunkt gekommen wäre. Es war wie ein Ritt auf einer Sphinx, auf einem ungeheuren Fabeltier, dessen ungeheurer barbarischer Croupe magische Kraft innewohnt. Aber Bébé drehte sich lächelnd um und forderte mich auf, mich nun auf ihre Brüste zu setzen. Ich tat dies auch bereitwillig und mußte feststellen, daß ich noch nie auf zwei glatteren Kissen Platz genommen hatte. Die regelmäßigen Atemzüge, die die Brust des riesigen Geschöpfes wie einen Schmiedeblasebalg hoben, ließen mich auf meinem seltsamen Thron schwanken. Bébé hatte ihre prallen Kugeln mit beiden Händen ergriffen und preßte sie knetend und mahlend gegen mein nacktes Hinterteil, mir wieder eine neue Art der Massage zeigend. Mein Mast stand steif, fast schmerzend aufgereckt und der Entladung sehnsüchtig entgegensehend. Wie würde ich mich verhalten müssen? Würde Bébé verlangen, daß ich armer gewöhnlicher Sterblicher diese Massen befriedigte? Da drehten ihre weichen Hände mich ihrem Gesicht zu. Mit vorsichtigen Griffen nahm sie meinen brünstig in die Luft starrenden Speer und näherte ihren gespitzten Mund seiner bereits feuchten Kuppe. Sie bedeckte ihn mit zärtlichen Küssen, und es dauerte auch gar nicht lange, bis ich entlud ... Ich blieb auf dem elastischen Lager, das mir ihr ausgestreckter Körper bot, liegen und konnte in Muße zusehen, wie Bébé sich nun ihrerseits Befriedigung verschaffte: Mit leisen Bewegungen vollzog sie nun selbst den Akt, während sie behutsam die Finger meiner rechten Hand in den Mund nahm und mit geschlossenen Augen mit ihrer Zunge umspielte.

Und wahrhaftig, sie machte den Eindruck eines großen Babys, das unbewußt mit seinen Genitalien spielt, ohne seinen Lutscher entbehren zu können ...

So spielten wir noch manche Spiele. Es würde zu weit führen, meine anderen Erlebnisse, die ich im Laufe der Monate mit den einzelnen »Attraktionen« dieser bunten Menge genoß, ausführlich zu beschreiben. Viel Kitzel bereitete mir die Bekanntschaft mit Miß »X«, der Akrobatin, deren Weltruf damals langsam verblaßte und die sich unserer Truppe darum um so enger anschloß. Ihre Liebkosungen wurden aber mit der Zeit entnervend, ihre Ansprüche, Forderungen eines gestählten Körpers, gingen zu weit ... Miß Cruel, die Dompteuse, erheiterte mich durch ihre betont forsche Art und ihre Sucht, dem Liebesakt stets etwas von ihrem Metier, der Dressur, beizumengen. Allerdings, manchmal, wenn sie zur Ermunterung meiner lässigen Sinne ihre Peitsche in *besonders* raffinierter Weise gebrauchte, empfand ich dies als willkommene Abwechslung, wohl geeignet, meine ermattende Gier neuerlich anzufachen.

Ganz unten

Neue Sensationen erwarteten mich. Aber sie waren von einer Art, die mich, wenn ich ihre Tragweite gleich erkannt hätte, mit Schrecken erfüllt haben würden. Ich hatte mich in Südfrankreich von meinen Zirkusgenossen losgesagt. Man war der Ansicht, der verdammte Lord habe die Weiber genügend verrückt gemacht, und ich wollte es nicht riskieren, einem geschickten Messer die Scheide abzugeben. Nun saß ich in Marseille, im alten »Marsilia«, der Heimat des Lasters, in einem miserablen Hotel, erfüllt von Ekel und Bitterkeit. Ich trank. Ich fühlte mich alt. Ich sann: Würde ich jemals wieder Geschmack an den unschuldigen Freuden meiner Jugend gewinnen? Ob das Bild Harrys sich schon verzerrt hatte? Ich vermied es, in den Spiegel zu schauen. Leider las ich oft genug in den Augen der Menschen meiner Umgebung, was ich mir lieber verheimlicht hätte.

Ich trank. Ich vergaß dann wenigstens meine Sorgen und Bedrängnisse – aber ich vergaß auch mich . . . Und dann war mir die erbärmlichste Dirne recht, jeder Fetzen menschlichen Fleisches. Ich trank und trank, um mich zu betäuben, um meine Umgebung wieder für Stunden ertragen zu können. Harry hätte mir schreiben sollen. Ich erwartete auch Geld. Meine Frau war nach kurzer Krankheit gestorben, sie hatte mich als Erben eingesetzt. Aber ich fürchtete die Öffentlichkeit, meine Familie, die Verwandten meiner Frau. Man würde über den »Makel Englands« herfallen, mich durch Prozesse schleifen, meinen Namen, den Namen meiner Mutter besudeln. Ich blieb lieber »down« in der Gosse. Da konnte ich nicht schmutziger werden, als ich schon war. Aber wieder das Habit des Lords anzuziehen, um dann bespien zu werden? Nein – ich trank Fusel und wälzte mich lieber auf welken Frauenleibern.

Ich war selten hungrig, aber wenn mir das Geld für Fusel ausging, geriet ich in Verzweiflung, dann sah ich nicht mehr klar. Ich klammerte mich an eine Dirne, die sich prahlerisch meiner bemächtigt hatte – mein Spitzname »Lord Dorian«

hatte es ihr angetan –, daß ich ein wirklicher Lord war, davon konnte ich in dem verfluchten Hafennest, der Heimat aller Betrüger und Hehler, Mädchenhändler und Mörder, nicht einmal Zou-Zou überzeugen. Ich hatte mich damit zu bescheiden, daß sie, wenn sie gut aufgelegt war, mir zubilligte, daß ich wie ein Lord aussehe. »Mais alors, ein Lord, mon petit«, sagte sie stets, »ein Lord hat ganz andere Manieren als du!«

Ach, ich pfiff auf gute Manieren, und die Dirne Zou-Zou sollte sich ruhig beklagen. Mir genügte es, daß vor gar nicht so langer Zeit die Herzogin von Chambrun und die Infantin Maria Ildefonse sich um einen Tanz gestritten hatten – um einen Tanz mit mir!

Von Stufe zu Stufe - von Herzoginnen zu Zou-Zou ... Das war mein Los. Aber wie war es soweit gekommen? Der Alkohol? Hatte er mich meines freien Willens beraubt? Und warum verließ ich nicht dieses Weib, das mir wohl seine Groschen anvertraute, aber sich längst nicht mehr scheute, Männer in die armselige Dachwohnung zu schleppen, die ich mit ihr teilte? Ich klammerte mich förmlich an sie, ich konnte diesen Körper nicht entbehren. Ach, es war mir ja alles so gleichgültig. Und wie rasch war es so gekommen! Ich hatte mich vergessen und auch die Welt. Die Gesellschaft hatte mich vergessen, und ich tat nichts, wieder in meine Kreise zu gelangen, meine Vergangenheit zu vertuschen, mit frecher Stirne von meinen Reisen in exotische Länder erzählend ...

Solche Betrachtungen stellte ich aber nur an, wenn ich gerade nüchtern war. Und Zou-Zou ließ es selten dazu kommen. Vielleicht fühlte sie doch, daß nur ein ständig genährter Rausch meine Abhängigkeit erhielt. Sie schleppte flaschenweise das fürchterliche Zeug herbei, und ich ließ es gut sein ... Wie war das alles gekommen? Als Zou-Zou das erste Mal zu mir kam in das gemeine Hotelzimmer – ich war ihr auf der Straße nachgelaufen, ihrer aufreizenden Figur halber –, hatte ich Vergnügen empfunden. Ich brauchte Abwechslung.

Der Verkehr mit den komödiantischen, burlesken Zirkusleuten hatte mir wahrscheinlich Appetit auf »zivile« Typen gemacht. Zou-Zou ließ sich nicht lange bitten. Ich nahm sie zu mir. Ihre Kleidung war von ebenso raffinierter Talmi-Eleganz als herausfordernder Knappheit. Es spannte sich der dünne, glänzende Stoff über den Busen und den prallen Popo, daß man glauben mußte, diese Körperteile würden die spröde Seide bei der nächsten Bewegung sprengen ... Besonders die aufreizend volle, sehr harte hintere Ansicht zeichnete sich mit einer Deutlichkeit ab, die nichts von der Rundung der beiden Globen verbarg. Aber auch die Brüste ließen an Aufdringlichkeit nicht viel zu wünschen übrig. Sie wippten bei jedem Schritt und stachen hart durch den flordünnen Hauch, aus dem die gewagt ausgeschnittene Bluse gemacht schien; sie bohrten ihre Spitzen wie Lanzen in das Gewebe. Aber ich hatte genug gesehen, nun wollte ich fühlen ...

Ich zog das mechanisch lächelnde Mädchen an meinen Körper und nahm mit Genugtuung wahr, daß sie sich willig an mich schmiegte, ja, sogleich leise zu wetzen begann. Da ich ohnehin schon einen respektablen Mast hatte, fühlte ich ihre prallen Schenkel, die abwechselnd über ihn hin und her strichen, ganz deutlich. Ihre länglich geformten Brüste lagen zutraulich in meinen Händen, die ungeniert preßten und quetschten, was aber das Fleisch dieser aufreizenden Kugeln nur noch härter zu machen schien. Übrigens riskierte ich nun eine Hand, um auch einmal die größeren Schwestern dieser runden Dinge zu untersuchen. Ich glitt den geschmeidigen Rücken entlang und landete bald auf einem Vorsprung, der durch die zwei härtesten Pobacken, die ich je getätschelt habe, gebildet wurde. Und der Spalt war noch aufregender, denn er wich kaum auseinander. Die prallen Kugeln waren so muskulös und hart, daß man sich wohl den Finger einklemmen konnte, wenn man ihn in das Tal dieses Marmors zu stecken versuchte ... Ich hielt es nun nicht mehr aus – ich wollte alles ... Ich wollte schon loslegen, meine Finger ebenso wie meinen Schweif in dieses köstliche Fleisch einwühlen und zugleich mit meinen Augen diese wollüstigen Glieder abtasten, mir noch Schwüleres vorstellend.

Aber es kam anders, als ich dachte ... Meine Besucherin hatte sich plötzlich meinen Händen entwunden, die sie, ohne Argwohn, nicht festhielten, sondern nur genußsüchtig abtasteten. Sie stellte sich gegen meinen Schrank und sagte ruhig: »Moment, mon petit! Du mußt jetzt schön artig zusehen, wie ich mich ausziehe, et laisse moi faire ma petite toilette!«

Ich war zuerst verblüfft, dann glaubte ich an eine List – aber als ich sah, daß die schmalen, weißen Hände mit den blutroten Nägeln ohne weiteres den engen Rock hinaufschoben, ihn von selbst über den Kopf zogen, so daß ich einen Augenblick nichts von dem pikanten Gesichtchen sah, war ich beruhigt. Dem Rock folgte das kurze, recht billige Hemdchen und diesem wieder ein armseliges Spitzenfragment – die Hose. Nun wandte sich Zou-Zou dem Waschtisch zu, goß Wasser in das erbärmliche Bidet, das in Frankreich auch das ärmste Hotelzimmer »ziert«, und begann, ohne sich im geringsten durch meine Gegenwart geniert zu fühlen, ihre intime Toilette. Vorher aber hatte sie noch schnell ein anderes kleines Geschäft erledigt. »Viens faire autant«, ermutigte sie mich jetzt, ihrem Beispiel nachzuahmen, und hilfsbereit machte sie sich auch gleich an meiner Hose zu schaffen. »Das kitzelt, nicht?« fragte sie mich neckisch, aber in geschäftsmäßigem Ton, mich routiniert waschend. Und so ging der ganze Akt vor sich. Alles hatte seine Phasen, das »sourire commerciale« verließ keinen Augenblick die grell geschminkten Lippen meiner höflichen Partnerin, und nach mühselig vollzogener Prozedur, die ein für meine Manneskraft geradezu klägliches Zeugnis ablegte, wiederholte sich die rituelle Waschung, ohne daß eine unvorhergesehene Nuance diese peinliche Sache ein wenig angenehmer gemacht hätte. Aber es blieb nicht bei diesem ersten Zusammensein, ich wollte die Scharte auswetzen, um Zou-Zou zu beweisen, daß ich, wenn ich erst einmal an das fürchterliche Zeremoniell gewöhnt war, wohl meinen Mann stehen konnte. Hätte ich es doch lieber bleiben lassen! Der eigentlich mit gewöhnlichen Reizen ausgestattete Körper dieser Dirne nahm mich derart gefangen – mich, der ich in den Armen Nanas und Millicents gelegen war! –, daß ich mich nicht mehr freimachen konnte. Bei der ersten Revolte war diese übrigens raffiniert genug, mich durch Alkohol und entnervende Spiele willensschwach zu machen, und als sich diese Methode als wirksam erwies, blieb sie dabei.

Wer weiß, wie lange ich dieses Leben noch ausgehalten hätte, wenn ich nicht eines Tages, mühsam balancierend, über eine schmale Planke geschritten wäre, mit einem hohen Scheck in der Tasche – endlich war er gekommen! –, und mit dem schrulligen Kapitän des armseligen Frachtdampfers »Locmaria« Bruderschaft getrunken hätte. Und dieser ließ mich, nachdem wir so manche Flaschen *Calvados* geleert hatten – Gott sei Dank von anderer Qualität als die, die mir Zou-Zou verschaffte –, als seinen »besten Freund« einfach nicht mehr an Land, ließ mich, sternhagelvoll, wie ich war, erst einmal tüchtig ausschlafen und schließlich – auf hoher See erwachen. Die nächste Station war ein elendes Nest an der griechischen Küste, und nach einigen Wochen – oder waren es Monate? – saß ich in *Shanghai*, ein ähnliches Leben führend wie in der europäischen Schwesterstadt dieses Hurennestes, in Marsilia. Ich kann eben dem »bunten Hafentreiben« keinen Reiz abgewinnen, der Schmutz und Pseudoromantik der Kneipen, die doch im besten Falle verkleidete Bordelle darstellen, mit ihrem schlechten Alkohol und abgetakelten Fregatten stoßen mich ab. Ich bin nicht als Matrose zur Welt gekommen.

Um mir aber Rechenschaft zu geben, daß ich mich schließlich im »Fernen Osten« befand, suchte ich die landesüblichen Genüsse kennenzulernen, die Mysterien von Teehaus und Opiumhöhle zu ergründen. Ich klapperte sie alle ab, diese windschiefen, rührenden Papierhäuschen, wo man den Tee aus lächerlich kleinen Schälchen trinkt und froh darüber ist, weil seine Bitterkeit unserem Gaumen so ungewohnt wie möglich erscheint. Und ich befreundete mich in aller Form mit den vielen Hunderten von Geishas, die diese kleinen Käfige mit den komischen Blumennamen bewohnen. Es war eine Wohltat, nach der rüden Art der Marseiller

Dirnen hier vollendete Damen, nein, Prinzessinnen von Geblüt, das Amt eines Freudenmädchens zelebrieren zu sehen. Es war ein ästhetischer Genuß, eine Regieleistung, ein Erziehungsresultat ohnegleichen. Ich beneidete den asiatischen Ehemann – wenn man eine käufliche Frau so erziehen kann, was mußte da erst die Ehefrau leisten?

Ich hatte bald meine Lieblinge, die ich immer wieder aufsuchte und deren blumenhafte Liebkosungen mich immer wieder aufs neue entzückten. Besonders Fräulein Vergißmeinnicht, die meistens mit Fräulein Zephir zusammenarbeitete, hatte meine Gunst errungen. Diese beiden Mädchen, die ich kaum voneinander unterscheiden konnte, so schwarz und so weiß waren ihre Haare und ihre Gesichter, besaßen ganz entzückende Körper, von einer Ebenmäßigkeit und Feinheit der Haut, die mich immer wieder entzückten. Reizende kleine Brüste, Miniaturhände und noch kleinere Füße, schön gerundete, elfenbeinfarbene Popos ließen glauben, man habe es mit ganz jungen Mädchen zu tun. Auch ihr kindisches, wenn auch überaus höfliches Wesen ließ dies annehmen. Sie konnten sogar sehr übermütig sein, und diese infantile Ausgelassenheit, im Verein mit dem Raffinement, das sie in allen Künsten des geschlechtlichen Verkehrs besaßen, bildete vielleicht den größten Reiz dieser Art Vergnügen. Es geschah zum Beispiel, daß das eine der Mädchen, eben damit beschäftigt, meinen Pfeil in meisterhafter Art mit ihrem kleinen Munde zu bearbeiten, von ihrer Kollegin derart gekitzelt wurde, daß sie sich winden und drehen mußte und schließlich prustend herausplatzte – wobei ihr natürlich mein Griffel aus dem Mund glitt. Aber erschrocken und wohlerzogen bat sie mich dann unter Verneigungen um Verzeihung, umsäumte mein Ding von neuem mit ihren rosigen Lippen. Dabei konnte ich aber ganz deutlich sehen, wie sie der übermütigen Freundin zublinzelte, als ob sie sagen wollte: Warte, du kommst auch gleich dran, laß mich nur rasch fertigmachen.

Ein anderes Mal konnte ich eine noch viel reizendere Szene beobachten. Ich lag auf meiner Matte und plauderte mit den beiden nackten Mädchen, die ihr Englisch ganz entzückend radebrechten. Da ergab es sich ganz unwillkürlich, daß sie gegenseitig streichelten, zuerst wie unbeabsichtigt, aber bald konnte ich erkennen, daß diese Art des Spielens ihnen großes Vergnügen bereitete, aber daß sie scheinbar im strengen Regime des Hauses selten Gelegenheit fanden, sich gegenseitig derartige Aufmerksamkeiten zu erweisen. Ich ermunterte sie nun lächelnd und bat sie, mir doch zu zeigen, was Frauen miteinander machen können. Da schwangen sie sich wie auf Kommando, lebhaft in ihrer merkwürdigen Sprache zwitschernd, ohne weiteres aufeinander, und nun konnte ich eine ganz reizende Koserei in allen Details beobachten, die mit einer Intensität und Leidenschaft ausgeführt wurde, die mir verriet, daß diese beiden zierlichen Geschöpfe sich aufrichtig liebhatten. Sie bildeten ein köstliches Knäuel, und es wäre unmöglich gewesen, diese ineinanderverstrickten Glieder zu sondern oder auch nur zu bestimmen, wem dieser oder jener Arm oder Fuß gehörte ... Sie verbissen sich schließlich förmlich in das Geschlecht, das die eine der anderen bot, und ihr Röcheln und Keuchen, der feine Schweiß, der ihre geschmeidigen Körper bedeckte, regten mich ganz außerordentlich auf. Mein Freund vergaß alle Ermattung, und ich hatte bald nur den Wunsch, mich neuerlich zu verströmen. Eben sanken die beiden Mädchen auseinander, atemlos; aber da fiel, nachdem sie sich mit einem scheuen Blick bei mir entschuldigt hatten, das Auge der einen auf meinen aufgereckten Speer. Ohne eine Sekunde zu zögern oder sich auch nur eine Minute zum Atemholen zu gönnen, pflanzte sie sich den leise Zuckenden in ihren Schoß. Auch die andere Dienerin der Liebe blieb nicht müßig, sie bedeckte meinen ganzen Körper mit kleinen, wollüstigen, kitzelnden Küssen und ließ es sich gerne gefallen, daß ich sie an mich zog und mir ihr feuchtes, nach Mandeln duftendes Törtchen an den Mund setzte wie einen Becher köstlichen Weins ...

Weniger unschuldig waren die Freuden, die mir der Besuch einiger Opiumrauchstuben bereitete. Ich konnte zuerst auch gar kein Vergnügen darin finden, mit dumpfem Schädel und schmerzenden Knochen zu erwachen, nach und nach aber wurde auch mir die »Erleuchtung« zuteil, und ich hatte schließlich das zweifelhafte Glück, wie ein richtiger »Raucher« von Erscheinungen und Visionen heimgesucht zu werden. Meine Träume bewegten sich aber immer in erotischer Richtung, ich sah üppige Weiber in allen Stellungen, ich hatte den Eindruck, ich sei ein riesiger Mast und müsse immer in tiefe Abgründe springen, in weitgeöffnete, gigantische weißliche Grotten, ich sah Wolken ziehen, die aus schneeweißen, berauschend üppigen Leibern gebildet wurden, aus enormen Brüsten und Pobacken geballt, in stetem Gewoge sich verschiebend wie Fleischmassen, in denen eine gierige Hand wühlt.

Ich sah im Wachen und Träumen nur noch Fleisch, Fleisch, Arme, Beine, Schenkel, Brüste und grandiose Hinterteile. Ungeheure Busen explodierten und sprengten die Decke, sie rannen über die Dächer, überschwemmten die Straßen. Fuhrwerke blieben zwischen Fleischmassen stekken, in jeder Kuppel, in jedem Turm sah ich Brüste und Schenkel. Ich hatte fürchterliche Alpträume, ich erwachte schweißgebadet immer in Angst, unter Weibern zu erstikken, von ungeheuren Brüsten erschlagen zu werden, ich sah mich zwischen riesige Schenkel gepreßt, die mich langsam und wollüstig zermalmten . . .

Ich lebte wieder im Taumel. Aber es war ein gefährlicher Taumel. Ich hatte Kameraden bei meinen gräßlichen Träumen. Andere Raucher, die neben mir lagen, auf derselben Matte, verkrampft, stöhnend und mit verglasten Augen. Sie nahmen mich mit in andere Höhlen, in verschwiegene Schlupfwinkel, die ich allein niemals gefunden hätte, auf leise schwankende Schiffe, wo ein blasser Lampion von der niederen Decke hing . . .

Einmal, ich war wieder auf eine solche elende Dschunke gelangt und sah mich im Kreise der fahlen, lehmigen Gesichter um, da sah ich eine wundervolle, zauberisch schöne Frau. Sie hatte mattgoldenes Haar, eine Kostbarkeit in diesem Lande, schneeweiße, majestätische Glieder; ihre Tracht war seltsam; starre, gleißende schwarze Seide umhüllte den prachtvoll gemeißelten Körper.

In der Mitte des Raumes stand ein niederer Tisch. Darauf lag eine undeutliche Masse – ja, es war ein Mensch, ein Weißer – mein Kopf – mein Kopf – er dröhnte, alles schwankte vor meinen Augen, wann würde ich endlich eine Pfeife bekommen, ihr Hurensöhne? – Wann ...? Sonst ...

Die blonde Göttin besaß die weißesten Arme, die ich je gesehen hatte, so weiß mußte der ewige Schnee des geheimnisvollen Hochlandes sein, das sich westlich, fern, fern von hier erstreckte, von dessen Steppen dieses Wesen vielleicht herübergekommen war ... Es hatte auch schneeweiße Hände, weiß wie Linnen, wie feines japanisches Papier. An einem der schmalen Finger stak ein blutroter Rubin – ich erinnere mich ganz deutlich – ganz deutlich ... Ja, aber warum ist mir gerade dieser Stein so unvergeßlich? Was war es nur ... Ach, mein Kopf! Mein armer Kopf!

Ja, der Stein blitzte auf, regelmäßig, wie die Leuchtfeuer an der englischen Küste – ha, England! mein Kopf ... Der Stein glühte in regelmäßigen Abständen auf – ja, ganz richtig, die schneeweiße Hand fuhr nämlich auf und ab – auf und ab – auf und nieder – regelmäßig, nicht zu rasch, nicht zu langsam. Sie hielt das Ding des weißen Mannes umklammert, der da gefesselt zu ihren Füßen lag und dessen Gurgel die zwei knotigen Fäuste eines mißgestalteten Zwerges würgten. Und ich sah, ich mußte das mit ansehen, wie sich der Körper des Gefesselten aufbäumte, nach Atem ringend, wie unbeirrt die wunderschöne, königliche, so sanfte und schneeigbleiche Hand seinen Pfeil umschmeichelte ... Ich röchelte, ich merkte nicht, daß auch mich starke Hände festhielten. Mir kam nicht einmal der Gedanke, daß es mir ebenso ergehen könnte wie diesem Mann. Der Gefesselte wand und krümmte sich, die weiße Hand massierte unbarmherzig weiter. Das ist der Osten! durchzuckte es mich. Sie treibt ihn in den Tod. Ich konnte den Blick nicht abwenden von der faszinierenden Frau. Mein Schicksal war mir gleichgültig ...

Jetzt, ein letztes Schütteln ging durch den ausgestreckten, wehrlosen Leib. Das rote Glühen erlosch. »Der Verräter ist gerichtet!« hörte ich irgendwie verdämmernd, dann wußte ich nichts mehr ...

Nach drei Tagen kam ich wieder zu mir. Mein Kopf dröhnte, mein Herz raste, meine Hände zitterten – noch einmal war ich der Hölle entronnen. Ekel vor meinem Leben, vor mir selbst erfaßte mich. Die schönsten, die begehrenswertesten Frauen der Welt hatten mir zu Füßen gelegen. Alle hatte ich sie besessen: Dirnen, die feinen Damen der Gesellschaft, süße Mädchen, die geheimnisvollen Geishas, orientalische Schönheiten. Ich liebte die Lust, die Schönheit, den raffinierten Genuß. Meine eigene Schönheit hatte die Frauen bezaubert, ich galt als einer der besten Liebhaber. – Doch hier, hier lauerten Grausamkeiten und Zerstörung auf mich. Hier war ich fremd, wie ich jetzt erkennen mußte. Was hielt mich hier? Was hatte ich, ein englischer Lord, hier zu suchen? Wie lange wollte ich dieses Leben noch mitmachen, am Ende gar mich selbst zerstören? Zweifel befielen mich: Konnte ich noch nach England zurückkehren? Würde man mich nicht verstoßen? War ich nicht ein Gezeichneter?

Von solchen und ähnlichen Gedanken gequält, schrieb ich, nachdem ich mich etwas erholt hatte, einen Brief an meinen Freund Harry in England, in dem ich ihm meine Lage schilderte und ihn um Rat bat.

Schon nach kurzer Zeit erhielt ich von Harry eine Antwort, die es mir ermöglichen sollte, ein neues Leben zu beginnen.

»Lieber Dorian«, stand in dem Brief Harrys, »es ist nicht einzusehen, warum Du nicht nach England zurückkehren solltest, um hier zur Ruhe zu kommen. Dein Vermögen ist gesichert und Dein Ruf beinahe intakt geblieben. Du wirst es aber zu ertragen wissen, als ›kolonialer‹, daher ein wenig spleeniger Lord betrachtet zu werden. Dein Bildnis ist fleckenlos – ich habe es häufig betrachtet. Es triumphiert über Deine Sinne. Du wirst dieses tote Bildnis überleben. Schönheit entschuldigt das Laster!«

Bitte beachten Sie
die folgenden Seiten